— LEANDRO LEAL —

QUEM VAI FICAR COM MORRISSEY?

EDIÇÕES
ideal

LEANDRO LEAL

QUEM VAI FICAR COM MORRISSEY?

COLEÇÃO IMPULSO

Copyright © 2014, Leandro Leal

Copyright desta edição © 2014, Edições Ideal - Coleção Impulso

Editor: *Marcelo Viegas*
Projeto gráfico e diagramação: *Guilherme Theodoro*
Capa e ilustrações: *Butcher Billy*
Foto: *Bruna Corrêa*
Revisão: *Mário Gonçalino*
Diretor de Marketing: *Felipe Gasnier*

CATALOGAÇÃO NA PUBLICAÇÃO
Bibliotecária: Fernanda Pinheiro de S. Landin CRB-7: 6304

L435q

Leal, Leandro
Quem vai ficar com Morrissey? / Leandro Leal ; [ilustração de Butcher Billy].
São Paulo: Edições Ideal, 2014. 272 p.: il. ; 21cm. – (Impulso)

ISBN 978-85-62885-22-8

1. Ficção brasileira. 2. Música. I. Billy, Butcher. II. Título. III. Série

CDD: 869.3

04.02.14

EDIÇÕES IDEAL
Rua João Pessoa, 327
São Bernardo do Campo/SP
CEP: 09715-000
Tel: 11 4941-6669
Site: www.edicoesideal.com

Ao Seu Leal e à Dona Mercês.

Prefácio
Paint A Vulgar Picture
página 11

Introdução
These Things Take Time
página 17

Parte 1
I Know It's Over
capítulo 1, página 23
capítulo 2, página 32
capítulo 3, página 37
capítulo 4, página 44
capítulo 5, página 50
capítulo 6, página 54
capítulo 7, página 60
capítulo 8, página 66
capítulo 9, página 74
capítulo 10, página 82
capítulo 11, página 89

Parte 2
There Is A Light That Never Goes Out

capítulo 12, página 103
capítulo 13, página 113
capítulo 14, página 121
capítulo 15, página 129
capítulo 16, página 137
capítulo 17, página 147
capítulo 18, página 168
capítulo 19, página 179
capítulo 20, página 191
capítulo 21, página 197
capítulo 22, página 212
capítulo 23, página 221

Parte 3
Everyday Is Like Sunday

capítulo 24, página 233
capítulo 25, página 242
capítulo 26, página 254

Apêndice
Reader Meet Author

página 263

PREFÁCIO
PAINT A VULGAR PICTURE
POR PEDRO GONÇALVES*

Por respeito a Fernando, e por respeito ao meu afastado irmão Leandro Leal (que acredito ter um Fernando dentro), no instante em que me sento a escrever coloco nos ouvidos os meus melhores fones e faço-os transmitir o *Hatful of Hollow* na íntegra, um dos álbuns dos Smiths habitualmente não referidos como seminal. Desde logo por não ser um dos quatro de originais que a melhor banda do universo lançou enquanto viva, de 1982 a 1987. Por questões práticas, faço-o num popular serviço de *streaming* de música, mas evite o meu julgamento sumário por excesso de modernidade, emérito leitor. A meu favor tenho o fato de tê-lo feito vezes incontáveis com a edição em vinil num toca-discos Technics capaz de perceber sozinho quantas camadas de guitarras existem em "How Soon is Now?".

Entrego-me nesta ocasião a *Hatful of Hollow* por três razões. Primeiro, porque Fernando, o protagonista de *Quem vai ficar com Morrissey?*, deixa claro a páginas tantas que é o seu preferido (também por razões extra-musicais, coisa nada rara nesta coisa de amar os Smiths). Segundo, porque o meu afastado irmão Leandro Leal confessa, na entrevista que encontrará no final do livro, a sua predileção pelo mesmo disco. Terceiro, para selar a confirmação de que ambos estão absolutamente equivocados. A melhor coletânea dos Smiths não é *Hatful of Hollow*, mas *The World Won't Listen*. Não fosse *Quem vai ficar com Morrissey?* uma obra tão apaixonada e tão apaixonante e eu proclamaria facilmente que nem Fernando nem Leandro percebem nada acerca dos Smiths. Infelizmente, não posso fazer isso.

Há, seguramente, uma questão geracional no apego à música dos Smiths. Há uma vivência que só se faz em determinada altura, uma ligação às palavras de Morrissey que só transforma o casulo suburbano-depressivo em borboleta segura de si numa determinada fase da vida. Uma fase que, em momentos diferentes, tanto eu como o Leandro (apesar de mais novo do que eu, o sacana) tivemos o desmesurado orgulho de experimentar. Começa ainda nos anos 80 do século XX, entra pelos 90, deixa-se certamente ofuscar durante algum tempo e regressa em todo o seu esplendor quando os homens deixam de recear ter paixões por outros homens, no caso guitarristas e cantores. Os Smiths não são do rapaz mais popular da escola. E o fato de o rapaz mais popular da escola nunca vir a perceber a magia dos Smiths é uma das mais divinas manifestações de vingança involuntária de sempre. Quem tem os Smiths, Johnny Marr e Morrissey na sua vida tem mais do que os outros. Que me desculpem os outros.

E, no entanto, não há na dedicação eterna aos Smiths, existência cristalizada na década de 80, nada de revivalista. Para mim, não há. Não há uma única vez em que ouça canções como "This Charming Man", "Sheila Take a Bow", "Sweet and Tender Hooligan", "Bigmouth Strikes Again", "How Soon is Now?" ou "There is a Light That Never Goes Out" e pense que noutros tempos é que tudo era bom. Porque é errado. Não só não era bom como as canções mencionadas, como todas as outras, permanecem estranhamente relevantes no ano de graça de 2014, o ano de *Quem vai ficar com Morrissey?* Numa qualquer noite de Janeiro de 2014, por razões de que não me recordo e que não precisam de existir, dei por mim a ouvir com particular atenção "Rubber Ring". De forma quase imperceptível, diz Morrissey quase no final da canção: *"Everybody's clever nowadays"*. Pense nas redes sociais, emérito leitor. Estamos esclarecidos sobre a relevância da mensagem em 2014?

Não há, no amor a Morrissey e aos Smiths, duas devoções iguais. Fernando, por exemplo, herdou as gravações do irmão e encontrou nelas as notas com que se fabricava a sua pobre existência juvenil. Eu, por exemplo, não tenho irmãos mais velhos. Descobri os Smiths, orgulho-me de dizê-lo, sozinho enquanto passava férias de Verão com os meus pais na segunda metade dos citados anos 80. À sombra de um chapéu de praia, um rádio de pilhas transmitia todas as tardes um programa dedicado à boa música pop. E eu, até aí ignorante e impedido de ir ao mar por causa da digestão, ouvi assim pela primeira vez canções que mudaram a minha vida. *"The songs that saved your life"*, como canta Morrissey na referida "Rubber Ring". Porque me transformou mais aquela voz sobre aquela guitarra do que qualquer outra música alguma vez gravada é coisa que me ultrapassa. Por que razão nunca consegui transmitir essa devoção ao meu irmão, mais novo, também.

Leandro Leal, autor deste livro que tem em mãos, já tocou em Morrissey. Caso não tenha o estimado leitor a noção da dimensão quase litúrgica de tal ato, a internet ser-lhe-á particularmente útil. Experimente procurar vídeos de apresentações dos Smiths e do seu cantor em carreira solo ao longo dos anos, sente-se e espante-se. Depois, mal regresse ao mundo dos mortais, diga-me que outra entidade musical conhece a quem tantos seres humanos queiram agradecer o fato de pôr as suas vidas em canções. Todas as canções. Todas, sem exceção. Não é necessário ter frequentado as escolas públicas de Manchester na década de 70 do século XX para sentir os dentes a cerrar e os músculos a enrijecer ao som de "The Headmaster Ritual". Leandro Leal já tocou em Morrissey, dizia eu, e os fãs dos Smiths, como de muitas outras bandas, não resistem a comparar o tamanho da sua... experiência com aqueles de quem gostam. É por isso, Leandro, que não vou aqui deixar passar a oportunidade de dizer a todos que assisti ao concerto do regresso de Morrissey a casa, à sua Manchester, a 22 de Maio de 2004 (o concerto que deu origem ao DVD *Who Put the M in Manchester?*). Que vi a entrada de Morrissey no fosso dedicado aos fotógrafos e que, depois do espetáculo, cantei-lhe os parabéns pelo seu 45º aniversário numa sala de um hotel da cidade. Não ficarás mais, por isso, a pensar que estás a ganhar-me na coleção de recordações de dedicação à causa. Já agora, Leandro, prefiro comparar as nossas experiências do que comparar a de Fernando à minha. Porque, depois de sentir enorme emoção ao ler a sua esperança de ser jornalista musical, mergulhei na compaixão de quem conseguiu levar na vida tal desejo em frente. Vocês tinham a Bizz, nós tínhamos o Blitz, onde fui de redator a diretor. Hoje, teria dado a Fernando parte desse tempo. Ele merecia-o.

Não tenho como não morrer de inveja da jukebox mental de Fernando, onde Morrissey e os Smiths tocam a toda hora, ilustrando, enriquecendo e trazendo catarse e uma espécie de psicoterapia para todas as situações cruciais da sua vida amorosa. No entanto, tal como errou na escolha de *Hatful of Hollow*, Fernando também errou na forma como viveu o desamor. O que ele devia ter feito, sempre que foi abandonado por aquela que mais queria, era o seguinte: com uma atitude sobranceira em total contraste com a miséria que sentia por dentro, devia tê-la feito ouvir de seguida e em silêncio mortuário

"There is a Light that Never Goes Out" e "Unloveable". Primeiro, ouvir a voz de Morrissey cantar *"to die by your side is such a heavenly way to die"*. Depois, *"I know I'm unloveable, you don't have to tell me. I don't have much in my life, but take it, it's yours"*. Não posso assegurar, mas a probabilidade de a sua cruel amada terminar a sequência com lágrimas nos olhos e com muita pena da separação é assinalável. Não tenho a certeza. Foi um amigo que me disse.

Neste momento já não tenho *Hatful of Hollow* a ecoar dentro da caixa craniana. *The World Won't Listen* ocupou o seu lugar.

***Pedro Gonçalves** teve a felicidade, que Fernando não teve, de ganhar a vida escrevendo sobre música. Começou em 1994 como redator no jornal Blitz (hoje revista Blitz), o mais importante órgão de comunicação português dedicado à música, e viria a tornar-se seu diretor em 2003. Como dizia o grande guitarrista Carlos Paredes, gosta tanto de música que preferiu não viver dela. Atualmente continua a escrever sobre música, na Time Out Lisboa, mas a fatia maior da sua existência profissional acontece na qualidade de criativo publicitário. Ainda não colocou os Smiths numa campanha. Ainda.

INTRODUÇÃO

THESE THINGS TAKE TIME

POR LEANDRO LEAL

"Não acredito", disse o oficial da imigração do aeroporto de Dublin quando eu e o Rodrigo explicamos o motivo de nossa viagem à Irlanda. Foi a resposta a "viemos ver o Morrissey." Mas o "não acredito" do camarada não era para valer, como provavelmente tinha sido aquele dirigido aos outros passageiros do mesmo voo, à nossa frente na fila. O pessoal levou uma canseira até ter a entrada enfim liberada – isso sem contar aqueles que foram barrados.

"Vocês dois vieram do Brasil só para ver um show do Morrissey?", continuou o oficial, mais surpreso que incrédulo. "Não, nós viemos para ver *dois* shows do Morrissey", corrigiu meu amigo. "E depois, mais um, em Londres", completei. Talvez porque o "não acredito" guardasse, enfim, um pouco de desconfiança, o oficial quis saber onde seriam os shows. A resposta também estava na ponta da língua. "Vicar Street? É um lugar legal. Pequeno, mas legal. O problema é que não deixam fumar lá dentro", lamentou. A essa altura, já melhores amigos do gorducho, perguntamos: "E aí, você também curte o Morrissey?" Coçou o cavanhaque e disse, sem muita empolgação: "Ah, gostava mais quando era garoto, agora..." Faltou só ele arrematar com um "sorry, mates". Afinal de contas, diante dele estavam dois caras que, embora mais novos, também já não eram mais garotos. *Caras que tinham vindo do Brasil.*

A viagem tinha levado bem mais que as onze horas de avião – catorze, com a escala em Frankfurt – que separam São Paulo da capital irlandesa. Para mim, tinha começado havia vinte anos, em 1991. Muito antes do bilhete da Lufthansa, algumas fitas cassete com músicas dos Smiths e do Morrissey fizeram as vezes de passagem. Catorze anos incompletos, não fazia ideia de que elas "mudariam a minha vida" – é, eu sei, o maior clichê vindo de um fã do Moz –, muito menos de que me levariam àquele tour pelo Reino Unido. Também não era capaz de imaginar, os tapes dariam origem a este livro. Demorei cerca de três anos para finalizar *Quem vai ficar com Morrissey?*, mas sua história começou a ser escrita na mesma época em que se iniciou minha jornada à Grã-Bretanha. E, não bastando a viagem e o livro terem o mesmo ponto de partida, também terminaram quase simultaneamente: escrevi as últimas páginas justamente no finalzinho da minha peregrinação, em Londres.

Os primeiros eventos que inspiram *Quem vai ficar com Morrissey?* aconteceram no começo dos anos 1990, mas sua espinha dorsal é bem mais recente: o fim de um relacionamento amoroso, em 2007, e o clássico quem-vai-ficar-com-o-quê. Se os nomes nas primeiras páginas dos livros diziam quais eram de quem, com outros objetos não foi tão simples. Mesmo assim, nos mantivemos civilizados – só por fora. Era o fim de um fim longo e doloroso, um *band-aid* que demoramos muito a tirar. Olhar para as caixas cheias do que me coube não facilitava nada. Até o que era meu estava impregnado de lembranças dela. Ao esvaziar essas caixas, me dei conta. Ela tinha ficado com os meus bens mais importantes: minhas músicas preferidas. Não os discos, esses continuaram comigo. Mas das músicas, que lhe apresentei e que dividimos enquanto estivemos juntos, dessas ela tinha se apossado para sempre. Pensava nela continuando a ouvi-las – para piorar, muitas vezes, com outro cara – e não achava justo. E se eu exigisse que ela não as escutasse mais? Não podia pedir aquilo, claro. Porém, se a vida real não comporta um absurdo assim, é para isso que existe a ficção. Escrevi um conto, batizado com o nome que viria a ser o deste livro, e mostrei para alguns amigos. Um deles sugeriu adaptá-lo como roteiro de curta-metragem. Gostei da ideia de transformar aquela pequena história em outra coisa, mas preferi continuar no campo literário. Alguns anos depois, aquelas quatro páginas acabaram se desdobrando nas mais de duzentas que hoje você tem em mãos.

No primeiro semestre de 2011, *Quem vai ficar com Morrissey?* aproximava-se dos últimos capítulos, na base da teimosia, desafiando a lentidão que meu expediente interminável como redator publicitário impunha à sua execução. Com férias a vencer, cogitava usá-las para terminar o livro, me isolando com o notebook em algum lugar – de preferência, sem wi-fi. Amigo de longa data e também *criativo* – parece autoelogio, mas é assim que nos referimos a nós mesmos, nessa profissão –, nesse tempo o Rodrigo trabalhava na mesma agência e, como para mostrar que suas ideias eram melhores que as minhas, sugeriu um uso muito mais interessante para as minhas duas semanas de folga. Fuçando na internet, ele, igualmente fã do Morrissey, descobriu que o cara se apresentaria num lugar minúsculo em Dublin no final de julho, um desses shows cujas entradas se esgotariam em minutos mesmo se não houvesse vendas online. Correu à minha mesa, empolgado, me sugerindo o show e a consequente viagem. A empolgação, porém, deu lugar a um certo desânimo quando o chamei para ir comigo. "Para mim não rola. Meu filho acabou de nascer. A Ju não ia ficar muito feliz se eu fosse", disse o Rodrigo, não sem razão. Mesmo assim, logo que as vendas no site foram abertas, às quatro da manhã do fuso brasileiro, comprei um ingresso a mais. "Agora, se vira com a Ju", comuniquei. Se a maioria das mulheres torce o nariz à simples menção de uma cerveja com os amigos, quantas você conhece que concordariam com uma viagem solo do marido nessas condições? Eu conheço uma, a Ju. Sabendo que para o Rodrigo não seria apenas uma viagem, ela não apenas concordou, o *incentivou* a me acompanhar. Sorriso de orelha a orelha, a partir daí ele passou a pesquisar passagens e hospedagens, além de outras datas próximas em lugares próximos. Haveria um show extra em Dublin, no dia seguinte ao que já tínhamos comprado, e outro em Londres, uma semana depois. Nós estaríamos neles – dessa vez, quem comprou os ingressos foi ele. Nossa *Moz Tour 2011* estava programada.

Maravilha. Mas e o livro? Tinha determinado um *deadline* para mim mesmo, até o meu aniversário, em agosto, e a data estava se aproximando. Embora infinitamente mais divertida, sabia que a *Moz Tour* consumiria tanto tempo quanto o trabalho na agência. Mas, para tentar compensar, contei com a inspiração de Deus – leia-se Morrissey – e levei comigo meu notebook, que abria e atacava a cada oportunidade. Escrevi no avião, apoiado na bandeja de alimentação. Escrevi no albergue em Dublin, entre os dois shows e os inúmeros *pints* de Guinness. Escrevi no hotel em Liverpool, depois de passar pelos Strawberry Fields. Escrevi no hotel em Manchester, onde, guiados por Craig Gill, baterista do Inspiral Carpets – um dos tantos grupos legais surgidos por lá –, estivemos no Salford Lad's Club e demais pontos históricos para Moz e sua banda. Por fim, escrevi no hotel em Londres, na véspera do derradeiro show de nossa turnê, na lendária Brixton Academy.

Horas antes, naquele mesmo sábado, tinha começado na cidade uma série de tumultos populares motivados pelo assassinato de um jovem negro pela polícia. Inclusive, eu e o Rodrigo presenciamos sua gênese em Tottenham: ao sair do estádio do time local, nos deparamos com um protesto dos moradores do bairro onde o rapaz tinha sido morto. Só ao chegar no hotel e ligar a TV, descobrimos que a manifestação, até então pacífica, havia descambado para a violência e se estendido por toda a capital inglesa. Londres estava em chamas, como na música do Clash. Mas, confesso, eu estava mais para os alienados "Lazy Sunbathers" do Morrissey, indiferentes a tudo que não fosse seu bronzeado. Enquanto meu amigo acompanhava os desdobramentos dos *riots* no noticiário, eu me preocupava mais em saber como outra história iria terminar. Foi então que *Quem vai ficar com Morrissey?* recebeu o último ponto final.

Com capacidade para cerca de cinco mil pessoas, a Brixton Academy só é colossal na importância para a história do rock – para se ter uma ideia, foi o último lugar onde os Smiths tocaram. Mesmo assim, é cinco vezes maior que o dublinense Vicar Street. Na casa de shows de Londres, tomada por uma plateia semelhante à torcida que vimos no estádio no dia anterior, preferimos ficar a uma distância segura do palco. A proximidade dos shows de Dublin, em que nos acotovelamos nas primeiras filas com fãs bem mais *hardcore* que nós, tinha sido suficiente. No primeiro desses concertos, consegui apertar a mão do Morrissey. Depois disso, o que mais eu poderia querer?

Esse cumprimento – breve, sofrido, disputado e dividido com outros fanáticos – representou muito para mim. Foi um agradecimento e um pedido de benção, como os que as carolas fazem quando beijam as mãos dos padres. O fato de eu, uma semana depois, finalmente ter conseguido terminar este livro talvez mostre que essa benção foi mesmo concedida.

PARTE 1
I KNOW IT'S OVER

capítulo 1

"Não, melhor escovar os dentes antes".

Havia dois minutos, atendendo ao chamado do celular, Fernando despertara. Antes, tivera de enfrentar por outros três minutos a relutância dos olhos, cujo plano era continuar fechados por tempo indeterminado. Quando finalmente consentiram em dar início às suas atividades, convencidos pela cortina do quarto que suavizava a luz da manhã, foram recompensados.

A repetição diária desse prêmio não tinha sido suficiente para fazer seus olhos entenderem as vantagens de acordar, mas, paradoxalmente, também não banalizara aquela visão. Sempre que acordava ao lado de Lívia, invariavelmente antes dela, era como se a imagem tivesse sobre si um selo de "pela primeira vez", como os filmes que o SBT se orgulhava de exibir antes da concorrência. Fernando assistia, encantado com a monotonia macia da respiração, aos últimos minutos do sono da namorada.

O fim de um sonho nunca é bom, por isso, desde que Lívia se mudara para sua casa, Fernando fazia o possível para amenizar esse choque. Depois de cogitar o clichê romântico café da manhã na cama – tarefa trabalhosa, descartada com alegria ao lembrar que ela não tinha fome ao acordar –, resolveu-se por uma solução mais simples. Junto à contemplação da bela adormecida, o beijo passou a figurar entre as coisas que se repetiam dia após dia. A resposta de Lívia também ingressou nesse grupo.

Toda manhã, seus olhos verdes revelavam a beleza que nem o inchaço das horas dormidas conseguia tirar. Toda manhã, seu sorriso mostrava-se lindo como as fotos da infância diziam que fora desde sempre. Toda manhã, seus braços percorriam o mesmo caminho e, com o abraço, o que começara como um selinho rapidamente ganhava ares de beijo de final de filme, daqueles que o SBT passava "pela primeira vez" – de bom gosto e originalidade duvidosos, mas de felicidade incontestável.

Antes mesmo de abrir os olhos, dia ou outro, um dos dois enfrentava a ameaça de um ataque de mau humor matinal. Nesses casos, para Fernando, o antídoto era o ressonar de Lívia e, para ela, o modo como esse era interrompido por ele. Na verdade, antídoto não era a melhor definição. Funcionava mais como um paliativo, já que, no trabalho ou no trânsito interminável a caminho dele, a ameaça se cumpria. Gritavam com outros motoristas, com colegas, ficavam de mal com a vida, o universo e tudo mais. Mas não importava o quão ruim fosse o dia, o começo era sempre maravilhoso.

Ou tinha sido, durante uns bons três anos – os bons três anos. Algumas semanas tinham se passado desde que, sem aviso, a rotina foi burlada. Sim, burlada como uma lei, a que dizia que Fernando deveria acordar Lívia com um beijo e, ao despertar, ela tinha a obrigação de beijá-lo de volta, apaixonada e feliz. Cumpridor das leis, inclusive as que só vigoravam no apartamento 1301, Fernando seguiu sua parte no script. Só não contava com a transgressão da namorada. "Você tá com bafo!", disse, os olhos apertados, numa expressão de nojo que ela não fez questão de disfarçar.

Fernando colocou a palma da mão por sobre a boca e respirou de encontro a ela, para conferir o hálito. Não notou nada, mas, por via das dúvidas, se apressou para escovar os dentes. Espuma na boca, pelo espelho que ocupava toda a parede sobre a pia, viu a chegada de Lívia. Passou seus braços por debaixo dos dele e abraçou-o. Olhou-o nos olhos, pelo reflexo – envergonhada como estava, só assim para fazê-lo. Um fiapo de voz pediu "desculpa, Fê... Fui uma idiota, não sei o que deu em mim." Fernando continuou os movimentos circulares, lentos e cuidadosos, seguindo a recomendação do dentista. Sua única resposta foi a interrupção dos beijos despertadores. Nunca mais tocou no assunto, nem nos lábios de Lívia antes da higiene bucal.

Passou a substituir o beijo na repetição diária o quase beijo, como o de hoje. Culpa do aviso de "pela primeira vez", que insistia em pairar sobre a visão da namorada. Com muito custo, como também tinha passado a ser frequente, Fernando o ignorou.

"Não, melhor escovar os dentes antes".

~~~~~~~~~~

A espuma que enchia a boca de Fernando já começava a incomodar. A ardência da pasta de dente avisava que ele ia acabar se atrasando, mas ele não se importava. Escova no canto esquerdo da boca, apoiado com o cotovelo direito na porta aberta que separava o quarto do corredor, ele ganhava mais alguns minutos para admirar o sono de Lívia. Ao contrário do que já tinha sido costume, quem definiu o fim da sessão não foi ele.

"Que horas são?", resmungou a namorada, bocejante. De fato, o inchaço do sono só deixava a beleza de seus olhos menos óbvia.

"Quinze pras nove", Fernando respondeu, de forma quase incompreensível, e só depois cuspiu a espuma na pia do banheiro.

"E você não me acordou por quê? Tenho uma coletiva às nove e meia!" Num pulo, Lívia jogou o lençol de lado e, impaciente, abriu o guarda-roupa. "Porra, Fernando! Caralho!!"

"Bom dia pra você também, Lívia".

"Ah, indo trabalhar sem tomar banho, com o cabelo todo fodido, vai ser uma beleza de dia mesmo..."

Abotoou com violência a camisa social branca, das que usava em eventos importantes, fina como seu vocabulário matinal não conseguia ser. Enfiou-se em calças pretas de linho e pegou o primeiro sapato que viu. Lívia era uma mulher grande, de ossos largos, quase 70 quilos distribuídos em coxas grossas, uma bunda volumosa e 1,70m de altura. Fartos cabelos castanhos, lisos, sedosos e compridos, pele morena realçada pelo branco da camisa. Irresistível à admiração de Fernando. Pensou no chavão que associa a beleza ao destempero, mas resolveu guardar para si – atitude que adotara para quase tudo que se referia a Lívia.

"O carro do jornal já deve estar lá embaixo. Vou ter que aguentar a cara de cu do motorista..." O celular tocou, ela olhou o identificador de chamadas. "Maravilha, é ele... Oi, Seu Getúlio... Eu sei, eu sei... Já tô descendo."

Fernando deu passagem para Lívia, que, de outra forma, a tomaria à força. Ela entrou no banheiro e bochechou um pouco de Listerine, cuja acidez não se comparava à sua. Pegou a bolsa, a credencial e, pisadas duras levando o namorado a questionar se o piso de cerâmica resistiria, foi à porta da sala, que bateu atrás de si sem dizer nada.

De volta ao banheiro, Fernando viu um idiota no espelho. Teria se tornado o tipo de cara que sempre criticou? Seria agora como os amigos bananas, que se submetem às megeras com quem namoram ou são casados por mero comodismo? Quanto de amor havia naquilo? Amor próprio, bem pouco, sem dúvida. E o seu próprio amor próprio?

Como numa afronta a Lívia, sem nenhuma pressa, ele foi até a sala e escolheu a trilha sonora do banho. Primeiro pensou, como sempre fazia, em ouvir o que Morrissey tinha a dizer. Mas, iPod em punho, antes de chegar ao "s" de Smiths ou mesmo ao "m", encontrou o que procurava: Joy Division, "Love Will Tear Us Apart". Era a vez de outro poeta de Manchester ecoar pelo apartamento de 50 metros quadrados, levado pelas caixas acústicas do 3 em 1 Panasonic que acompanhava Fernando desde a adolescência. Ian Curtis descrevia com bizarra precisão a situação pela qual ele passava. "Por que algo tão bom simplesmente não dá mais certo?", ídolo e fã se perguntavam. O vocalista, nas quatro vezes em que a canção, em função repeat, foi executada. Fernando, por muito mais.

~~~~~~~~~~

Fernando chegou à redação vestindo uma variação do seu figurino diário. A camiseta escolhida era do Stone Roses, mas podia ser de outra banda que ocupasse suas prateleiras de discos, como os Beach Boys ou o Sonic Youth. Em menor quantidade, outras *t-shirts* traziam referências a quadrinhos e filmes – a formação clássica dos X-Men e *A Noite dos Mortos Vivos*, entre tantos. Se a temperatura exigisse, como naquele dia, usava também uma camisa de flanela ou a jaqueta jeans – os dois juntos, só se estivesse muito frio; a jaqueta de couro, só em caso de temperatura glacial. Nos pés, Vans pretos de cano alto, um dos seus seis pares de tênis. As calças eram sempre velhas Levi's 505, de design e material resistentes aos anos e ao peso ganho ao longo deles – com 1,78m, não faria mal perder alguns dos 93 quilos. Mais antigo que as calças, só o corte do cabelo. Desde a adolescência, usava-o bem curto na parte de baixo e acima ostentava um topete castanho escuro – que já tinha sido maior, é verdade – que começava a se tingir de branco. Mantidas desde quando a barba permitiu, as costeletas eram outras de suas marcas registradas.

Tirando os Wayfarer, Fernando revelou as sobrancelhas cerradas, franzidas como quase sempre. A expressão, que muitas vezes o fazia injustamente passar por mal humorado, hoje ilustrava à perfeição seu estado de espírito, reforçado pelo seco "bom dia". Mesmo já passando das dez, a única resposta ao cumprimento veio de dona Suely. A faxineira zarolha era a primeira a chegar e, ainda assim, chegava tarde. Àquela hora, ainda passava o pano sobre as mesas, com a flagrante má vontade que resultava na limpeza unanimemente criticada. Suely resumia bem a editora e seus funcionários. Especializada em publicações muito específicas e pouco interessantes, a Continente atraía para seus quadros quatro tipos de profissionais: 1) os sem experiência; 2) os sem talento; 3) os sem ambição; 4) os sem experiência, talento ou ambição. Os salários não eram grande coisa, mas as exigências também não. Surpreendentemente lucrativa – por menos interessantes que parecessem, temas como "unhas decoradas" e "tatuagens de presídio" conseguiam angariar alguns milhares de leitores –, a editora se permitia uma estrutura inchada, o que ocasionava em pouco trabalho e prazos tranquilos para todos.

Nesse contexto, ficava mais difícil identificar incompetências individuais e, quando isso acontecia, geralmente elas eram relevadas, porque demissões não faziam parte da política da empresa. "Curva de rio Continente" era como Fernando se referia à sua empregadora, aludindo à capacidade de aglutinação de lixo que a editora tinha em comum com esses trechos fluviais. O sarcasmo, no entanto, não impedia Fernando de ser ele mesmo parte desse detrito.

Os doze anos de jornalismo lhe tinham dado boa experiência e, embora não o usasse muito, seu talento para escrever não era desprezível. Por exclusão, das categorias de empregados da Continente, a que melhor o acomodava era a terceira. Acomodar, aliás, era o verbo. Fernando tinha, sim, ambições, mas estavam devidamente guardadas, na mesma gaveta que abrigava os recortes das matérias publicadas no período em que trabalhou com música, a única razão por que fizera jornalismo.

Na faculdade, atuou como crítico não-remunerado na Gazeta do Ipiranga, depois, foi estagiário nas revistas Top Metal e Bizz – numa, cobria heavy metal e suas variações, mas na outra escrevia sobre bandas de que realmente gostava. Foi na Bizz, quando Fernando realizava o sonho de trabalhar em sua revista preferida, que tudo acabou: primeiro o curso, depois o estágio, por fim, o sonho.

Os elogios do editor não bastaram para sensibilizar o departamento financeiro, que não liberou os trocados necessários para efetivá-lo. Fernando ficou magoado. Com o editor, em cuja explicação não acreditou, com a revista, com o mercado editorial, com a sorte. Sentindo-se traído, fez como muitos na mesma condição: ficou com a primeira que apareceu. E essa foi a sem graça Impermeabilizar. Além de feia, seu papo não era bom – só tratando de impermeabilização, não podia mesmo ser –, mas só precisou da carteira assinada para seduzi-lo. "Coisa temporária, para juntar uma grana". É, quem imagina se casar com uma baranga chata?

Mas, com as "facilidades que só a Continente oferece para você", Fernando foi ficando. Sete anos de uma união estável, sem brigas, sem emoção. Fidelidade recompensada com as ocasionais promoções que o colocaram na cadeira de editor, de onde não pensava em se levantar.

Alcançou os jornais, cujas assinaturas eram regalias conquistadas nos anos de casa, jogou os pés sobre a mesa e começou a ler, na ordem de todos os dias. Primeiro, o carioca Meia Hora, periódico povão, herdeiro humorístico do finado Notícias Populares. Ria com as manchetes apelativas e debochadas, depois corria os olhos por Folha, Estado e Jornal da Tarde. Neles, Fernando demorava-se especialmente na Ilustrada, no Caderno 2 e no Divirta-se. Em tese, por trazerem os temas que mais lhe interessavam; na prática, porque analisava com cuidado as resenhas e, em geral, tinha a certeza de que faria melhor.

Ao lado de edições importadas da Rolling Stone, do NME e eventuais quadrinhos, os diários compunham a leitura de sua sala, hoje transformada numa de espera. Se o que tinha à mão era mais interessante do que antigas revistas Caras e Pais & Filhos, a ausência de contato de Lívia era muito mais torturante do que o barulho do motorzinho do dentista.

Nas ruínas da rotina afetuosa do casal, ainda sobravam fragmentos de doçura. Entre eles, e-mails e telefonemas arrependidos quando um sabia ter pisado na bola com o outro. Mais cedo ou mais tarde, Fernando esperava se deparar com uma dessas colunas rachadas. Mais tarde, provavelmente, já que, àquela hora, Lívia devia estar ouvindo o secretário de segurança falar sobre os preparativos para a visita do Papa. Se bem que, às 10:23h, a coletiva já devia ter terminado e ela estaria no carro a caminho do jornal, fazendo-se de surda-muda, numa tentativa de pôr freios à indiscrição de Seu Getúlio. Aí estaria a explicação para ela ainda não ter ligado: se o fizesse, o motorista, notório fofoqueiro, espalharia pelos corredores que ela estava com problemas conjugais. Certo, um torpedo, pelo menos, ela podia mandar. Mas a frieza resumida dos "hj", "vc", e "tb" seria incapaz de expressar o quão sentida a namorada devia estar pela grossura de mais cedo. Não dava para saber. Tão certo quanto o inferno é quente, ele está cheio de conjecturas.

"E aí? Onde vai ser o almoço?" O Casio calculadora de Fernando – reedição do modelo que ele tanto cobiçara na infância – marcava 10:46h quando o editor de arte Munhoz, o primeiro a chegar depois dele, fez piada com o próprio atraso. Gracejos desse tipo eram um antigo hábito entre os funcionários da Continente, mas já em desuso, mantido unicamente por ele. Cientes das vistas grossas de Fernando, os colegas há muito não se constrangiam e, portanto, não viam necessidade de fazer graça para atenuar um suposto embaraço. Munhoz, para quem a simples existência já parecia ser motivo suficiente para constrangimento, continuava com as gracinhas, mas, paradoxalmente, também não se esforçava para chegar mais cedo. "Se tivesse que dizer que continente a Continente é, diria que é a África. Afinal, como diz o Chico César, a África é uma mãe." Hoje, porém, Fernando decidira que essa mãe não seria tão complacente.

O costume era ele abrir um sorriso um pouco forçado mas ainda sincero diante da patética tentativa humorística do editor de arte e chamá-lo para um café. Na copa, antes da chegada dos outros, falavam da diagramação de alguma matéria, a estreia de certo filme ou comentariam determinado novo disco. Metido numa camiseta do Grant Lee Buffalo – uma das bandas pouco óbvias que sempre envergava no peito – e usando cabelo à moda dos irmãos Gallagher no auge do *britpop*, Munhoz era fã de música como o chefe, o que lhe rendia sua simpatia e complacência. Não dessa vez. Mal o colega passou em frente à porta de seu escritório, Fernando o metralhou: "Quando esses vagabundos chegarem, avisa que eu quero ter uma palavrinha com todos." Não, ele não seria o único que Lívia faria sofrer.

"Algum problema, Fernando?" A pergunta, óbvia, relutou para sair da boca de Munhoz. Na editora, ele era o mais próximo de Fernando e, mesmo assim, o que mais o temia. Coisas de um caráter inseguro e contraditório.

"Vários problemas. Um para cada um desses folgados que chegam tarde."

"Eu... eu... eu também?"

"Você não, Munhoz. Você chegou antes de mim, né?"

Munhoz não respondeu. Incapaz de encarar a fúria de Fernando, à cuja causa ele imaginava estar relacionado, virou-se sem jeito e, sem jeito, foi andando até sua mesa, sob a qual deslizou o corpo alto e magro. De sua sala, Fernando o observava, tirando daquilo o mórbido prazer da criança que coloca a lupa sobre o inseto e o vê fritar com a luz do sol. Como a criança, ele também tinha a noção de que o que fazia era cruel, mas não se importava. Se, no caso da criança, a inconsequência infantil era um atenuante, no seu, o que aliviaria sua barra perante um hipotético júri seria o sofrimento.

Qualquer que fosse a sentença, Fernando a aceitaria de bom grado. Os vinte minutos da agonia silenciosa de Munhoz o ajudaram a esquecer-se da própria e já tinham feito o crime compensar. Com a chegada do resto da equipe, o desespero do pobre diabo ganhou texto. Àquela distância, Fernando não podia ouvi-las, mas apostava que, se as palavras de Munhoz compusessem uma matéria cuja diagramação ele tivesse de fazer, seriam coloridas com amarelo, universalmente associado à covardia. Qualquer que fosse a cor delas, as palavras de Munhoz causaram nos demais o efeito esperado. Numa simultaneidade de coreografia, todos engoliram seco e, olhos arregalados, viraram as cabeças na direção da sala do chefe.

Seguindo a crença socialista de que os unidos são mais fortes, o estagiário, a assistente e os dois repórteres, além do próprio Munhoz, deram sequência à coreografia, marchando pé ante pé até a sala do editor, e lá só não entraram todos ao mesmo tempo porque a largura da porta não permitiu. Puseram-se diante do chefe e, para enfrentar sua fisionomia excepcionalmente carrancuda, cada um ofereceu o seu melhor: sorrisos forçados e caras de cachorro pidão, num cada um por si patético que encerrou a homogenia.

Fernando examinou a pequena legião de *losers* à sua frente, todos sem dúvida cientes das incompetências e falhas que os credenciariam ao olho da rua. Tinham a noção de que uma hora a mamata acabaria e deviam imaginar que a tal hora finalmente chegara. Tudo isso Fernando leu não nas mentes, mas naquelas caras, tão evidentes que dispensavam a necessidade de poderes telepáticos. A de Munhoz, em especial, era o prenúncio de um ataque cardíaco. Então, Fernando se deu conta de que tinha ido longe demais.

"E aí, gentalha? Almocinho feliz no Jacaré?", convidou o editor, fingindo até o momento estar brincando.

"Ah, Fernando, que susto! Vai tomar no cu... Ha, ha, ha...", respondeu o estagiário Ângelo, quebrando o silêncio do outro lado.

"Não, quem vai tomar no cu é você. Quem você pensa que é pra falar assim comigo, seu estagiário de merda?"

"Eu... eu..."

"É, eu sei, você é um bosta. Arruma suas coisas e vaza."

Novamente como ensaiados, todos engoliram seco ao mesmo tempo.

"E aí, quem vai?", Fernando continuou, como se nada tivesse acontecido. "Você pega o carro, Munhoz?"

capítulo 2

O dia quente pedia uma cerveja. Como o dia não podia se expressar verbalmente, seu porta-voz foi Fernando, àquela altura já sem usar a voz. Bastou a primeira Original para o garçom do Jacaré saber o que trazer a cada levantar de dedo. E o dedo tinha se erguido vezes suficientes para embebedar toda a equipe da Impermeabilizar. Ali, no entanto, havia apenas o editor-chefe e o de arte, e só quem bebia de fato era o primeiro. O conteúdo do copo de Munhoz estava lá havia tanto tempo que poderia ser levado a um exame de urina sem despertar suspeitas.

"Se a vida fosse um show da Xuxa, Munhoz, você faria parte do time das meninas". A desculpa de ser o motorista da vez e as improváveis abordagens policiais na tarde de terça o tinham salvado dos chutes de Fernando, mas só dos literais. "Ô maravilha! Pega uma aí, bicho!" As costeletas de cordeiro ao molho de hortelã vieram acompanhadas da enésima cerveja e do entusiasmo de Fernando. Munhoz serviu-se de uma, mas só por imaginar que o fato de estar dirigindo não o impediria de comer mais e que, assim, acabaria apanhando se recusasse. A porção de costeletas era a quarta servida e, para ele, havia muito satisfeito, desnecessária. Pena que o apetite de Fernando ia em direção oposta ao seu humor.

Ao contrário do que Munhoz pensava, mesmo excessiva, a comida tinha sua função. Não fosse ela, Fernando estaria ainda mais bêbado, o que, embora parecesse, não era impossível. Meio grau alcoólico a mais o faria se abrir com Munhoz, a quem ainda não considerava tanto a ponto de confiar detalhes de sua intimidade.

Limitava-se a comentários sobre a suculência da carne, sobre a temperatura gelada da cerveja e sobre o fato de serem os únicos no restaurante. Constatações de foto legenda, sempre acompanhadas do sorriso forçado de Munhoz, que não conseguia esquecer o trabalho que o esperava e, principalmente, o episódio de mais cedo. Seu primeiro impulso tinha sido juntar-se aos colegas no boicote ao almoço de Fernando, mas, temeroso do que isso pudesse acarretar, não o seguiu.

Enquanto ouvia o chefe, mirava as orelhas dele, à procura de vermelhidão – era desses que acreditavam que, quando se fala de alguém, a orelha da pessoa fica quente. Tinha certeza de que, naquele momento, os demais estariam na padaria em frente à editora, consolando Ângelo, o estagiário demitido, e analisando o acesso de raiva de Fernando, para entender quais seriam suas causas. Munhoz saberia o que havia por trás da cólera de Fernando bem antes dos companheiros.

"Munhoz, você sabe que, naquela editora, você é o único amigo que eu tenho, né?" Pronto: o último copo de cerveja, tomado num só gole, tinha acrescentado o álcool que faltava para Fernando começar a falar.

"Claro que a gente é amigo, Fernando..." Agora, ele sabia que Fernando começaria a falar. Só não tinha certeza de que queria ouvir.

"Você é casado, Munhoz?"

Mesmo o editor de arte sendo o mais próximo de um amigo que Fernando tinha na editora, ele ainda estava a alguns quilômetros de ser um amigo de verdade. Fora os eventuais almoços e escassos *happy hours*, não tinham convívio além da editora e não sabiam absolutamente nada sobre as vidas pessoais um do outro. E, se não estivesse tão bêbado e necessitado de desabafar, Fernando não se importaria de manter as coisas exatamente assim.

"Não", sorriu Munhoz timidamente, erguendo a mão esquerda, sem aliança, para ilustrar sua resposta.

"Tem namorada?"

"Também não."

"Mas gosta de mulher, né?"

Com a pergunta, de humor grosseiro mas inocente, Fernando não pretendia remeter aos boatos sobre a suposta homossexualidade de Munhoz que circulavam na editora, mesmo porque não sabia de sua existência. Imaginando que ele conhecesse a fofoca, Munhoz sentiu-se ofendido. Fosse um pouquinho mais homem – e aqui não nos referimos à sua opção sexual –, teria expressado seu descontentamento com a falta de consideração de Fernando com ele, a única pessoa que, depois do chilique da manhã, ainda estava do seu lado. Se não lhe metesse a mão na cara, pelo menos o mandaria à merda. No mínimo, sairia andando, deixando-o sozinho com a conta, com a depressão e sem a carona. Mas lhe faltava hombridade para qualquer coisa além de ruborizar e manter-se em silêncio constrangido por longos segundos, encerrados com um pouco convicto "gosto, claro".

"Vou te dizer: o melhor jeito de continuar gostando é permanecer solteiro. Namorada ou esposa é um pé no saco."

Ao perceber que não havia maldade na pergunta de Fernando, Munhoz ficou feliz por não ter respondido atravessado. "Problemas em casa, Fernando? Quer dizer, você é casado, né?", perguntou, com um pouco mais de confiança.

"Mais ou menos." Como Munhoz, Fernando levantou a mão sem aliança. "Moro com a minha namorada. Mas, no fundo, é a mesma merda."

"E o que acontece?"

"Acontece que a relação tá uma porcaria."

"Fala que eu te escuto", ofereceu-se Munhoz. Progressivamente mais confiante, permitiu-se o sorriso e a alusão ao programa do canal de Edir Macedo.

"Basicamente, descobri que ela não gosta mais de mim."

"E você descobriu isso quando, hoje?"

"Hein?"

"Nunca te vi assim."

"Por que você diz isso?"

"Pô, Fernando. Você demitiu o estagiário por nada. Quer dizer, ele foi um pouco sem noção, mas não era para tanto. E, agora, enchendo a cara em plena terça-feira à tarde... Óbvio que aconteceu alguma coisa para te deixar assim. Quando você disse que chegou à conclusão de que a sua namorada não gosta mais de você, ficou fácil deduzir que isso tinha acontecido hoje."

Ao contrário do que acontece com a maioria, Munhoz não tinha precisado beber nada para adquirir confiança. Fernando, por outro lado, tinha bebido um bocado. Anestesiado pelo álcool, sua reação ao que o editor de arte falava era mais tranquila do que se supunha, o que aumentava a coragem de Munhoz para continuar.

"Digamos que hoje a ficha finalmente caiu, depois de muito tempo negando as evidência..."

Mas a última palavra, que deveria estar no plural, não chegou a conhecer o "s". O "a" foi seguido por diversos outros, formando uma gargalhada repentina e bizarra. A bipolaridade de Fernando não apenas surpreendeu Munhoz, também o fez descer alguns degraus da escada de autoconfiança na qual estava subindo.

Conteve a pergunta e, por isso, não soube que o riso do colega fora motivado pela recordação de "Evidências", de Chitãozinho & Xororó, desengatilhada pela palavra homônima. Fernando tinha uma jukebox mental, que, para cada palavra, citação ou situação, tocava uma música. A maquininha atuava sem folga e sem dar folga para Fernando que, mesmo em momentos não necessariamente felizes, como aquele, era atormentado pela lembrança de hits como o clássico dos irmãos de vozes estridentes e nomes de passarinho. Porque, com mais frequência do que ele admitiria, seu toca-discos se assemelhava àqueles dos puteiros e postos de gasolina fuleiros de beira de estrada, onde, se não há nada de Leonard Cohen, pode-se ouvir todos os grandes sucessos de Julio Iglesias.

"Ai, ai, Munhoz, você me mata..." Quando, finalmente, pararam as gargalhadas, Fernando já havia se esquecido de sua verdadeira razão e, também, do assunto abordado antes que elas o interrompessem.

"Se alguém te mata é você mesmo", respondeu Munhoz, mas só em pensamento. O riso inesperado reforçara o depoimento dado pelo episódio de mais cedo, encerrando as dúvidas quanto à instabilidade de Fernando e os riscos de se brincar com alguém em tais condições. O editor de arte descera a escada da autoconfiança para não mais subir.

"Fernando... Você... Eu... Talvez fosse melhor... Está na hora da gente..."

Quando Munhoz procurava as palavras para convencer o colega a voltar ao trabalho, o celular de Fernando só precisou de seu resumido vocabulário para interrompê-lo. O toque anunciava uma mensagem de texto de um nome que Fernando demorou a decodificar. "Dr. Orestes... Dr. Orestes... Eu conheço o Quércia?" Antes fosse o ex-governador, de carranca de estátua da Ilha de Páscoa. O dono da editora, que só aparecia por lá em anos bissextos, queria conversar com Fernando. Se não estivesse tão bêbado, ficaria preocupado.

Ergueu o indicador para o garçom por mais duas vezes. Na terceira uniu a ele o polegar, simulando descoordenadamente a assinatura no ar que encerra as contas. O garçom teve de perguntar três vezes até que Fernando entendesse: "crédito ou débito?". Por mais quatro, Fernando repetiu "crédito" até que o garçom distinguisse as palavras na pronúncia ébria. O que se repetiu com a pergunta "Visa ou Master?" e a consequente resposta "Visa". Coerência de bêbado mantida, errou a senha nas três tentativas a que tinha direito até cancelá-la. Sobrou para Munhoz, promovido de motorista da vez a salvador da pátria. Mas nem toda a boa vontade do amigo salvaria do que estava por vir.

~~~~~~~~~~

Conduzindo Fernando – uma Miss Daisy bizarra, esparramada, bêbada e adormecida no banco de trás –, Munhoz cogitou seguidamente deixá-lo em casa ao invés da editora. Razões para isso não faltavam: já eram quase 5 da tarde, não havia quase trabalho e, mesmo que houvesse, o chefe não reunia condições para nada além do que já estava fazendo. Não o fez porque, além de não saber onde Fernando morava, recebia dele protestos raivosos a cada mínima tentativa de mudança de rota – a sensibilidade imbecil dos bêbados inconscientes, que torna praticamente impossível a tarefa de levá-los para a cama ou para o chuveiro.

Soubesse da reunião que aguardava Fernando ao chegar na Continente, Munhoz recorreria ao que sobrara de suas reservas de autoconfiança e enfrentaria o amigo.

capítulo 3

"Tênis preto suja demais."

Disse Fernando diante da passagem dos carros, que levantava a poeira da obra em frente à qual ele e o amigo Edgar esperavam para atravessar a rua. Aquele comentário, aparentemente desabonador, tinha o mesmo objetivo de todos os outros que o garoto fazia sobre os adidas: atrair a atenção das outras pessoas para eles. Desde que os ganhara de seus pais, o seu centro gravitacional se deslocara para os pés, e ele não conseguia entender como alguém poderia não ficar tão fascinado quanto ele. Enquanto Fernando dava tapinhas cuidadosos para limpar a poeira dos calçados, Edgar estava mais preocupado com o avanço acelerado de um Volkswagen.

"Cacete, esse cara do fusca é louco!"

Sem ter ouvido o comentário do amigo, Fernando começou a atravessar a rua, ainda olhando para os pés, alheio a tudo além dos tênis que os calçavam. A constatação da loucura do motorista o atingiu da forma mais literal. Violentamente, o carro o lançou para longe, mais longe do que os cinco metros à frente. Tão longe que os gritos de Edgar, os apelos do motorista arrependido e os rumores da multidão que se formou não podiam ser ouvidos por ele.

"Judiação, tão novinho... Virou um anjo..."

A cabeça de encontro ao meio-fio, envolta numa poça de sangue de formato sutilmente arredondado, um arremedo de aureola para ilustrar os comentários da transeunte, de catolicismo e curiosidade fervorosos.

"Um anjo..."

~~~~~~~~

Seguindo o script dos que despertam de pesadelos, Fernando acordou num sobressalto suado. As gotas excessivas deviam-se não só ao nervosismo causado pelo sonho. Eram, principalmente, responsabilidade do corino que cobria o sofá. Nos dias quentes, a imitação de couro, liga plástica de baixa qualidade, esquentava o móvel a ponto de torná-lo quase impossível de se sentar. Dormir, então, era uma prova de resistência digna de reality shows como o "No Limite", que Fernando só conseguira cumprir porque, bêbado como estava, difícil seria não dormir.

"Puta merda... De novo esse sonho. E, de novo, esse fim."

O sol alto invadia a sala pela porta da sacada, cujas cortinas estavam escancaradas, e tostava a sua cabeça. Acrescentava mais suor ao que já o encharcava e sublinhava a dor, misto de ressaca, noite mal dormida e arrependimento de algo que ele não se lembrava bem o que era. Com algum esforço, pôs-se de pé e a caminho da cozinha. Lá, na segunda gaveta do gabinete da pia, alcançou a caixa de primeiros socorros. Nela, algumas Neosaldinas e a promessa de alívio.

"Será que a Lívia já acordou?"

Dois comprimidos, um gole só. Correu ao quarto. A cama já feita foi mais difícil de engolir. Será que Lívia não tinha dormido em casa? Bem capaz. Tinha certeza de não tê-la visto; certeza de, ao chegar tarde, ter preferido o sofá para não incomodá-la. Certezas desfeitas diante do bilhete preso à geladeira pelo imã, que só notou ao voltar à cozinha.

Tchau, Fernando.
Depois pego o resto das minhas coisas.
Lívia

Como a volta à cozinha, a segunda corrida ao quarto revelou detalhes antes despercebidos. A mala, geralmente ao lado da cama devido à falta de espaço no guarda-roupa, tinha sumido. Fernando abriu o armário e viu que, se a Samsonite ainda estivesse no quarto, agora haveria no móvel lugar para ela. O que abrira a vaga, no entanto, foram as roupas da namorada, e essas estavam exatamente dentro da bagagem. Outra dor de cabeça começava, e para aquela nem toda a Neosaldina do mundo seria suficiente.

~~~~~~~~~~

O que Fernando tinha acabado de fazer não podia ser chamado de café. Se a cor preta, apesar de desbotada, lembrava a bebida, o sabor tratava de desfazer qualquer mal entendido. O primeiro seria o único gole de Fernando naquele purgante, ainda que a sabedoria popular o recomendasse para curar a ressaca. Resolveu apenas manter a caneca abaixo do rosto, inalando a fumaça quente e reconfortante, o mínimo que o tenebroso preparado era capaz de produzir.

De reconfortante, a fumaça passava a confrontante. Entrava pelas narinas e, como um sopro, afastava as nuvens que encobriam as memórias do dia anterior. A reconstituição dos fatos apontava Fernando como o culpado por tudo. O ontem vinha à cabeça como naquelas cartelas ilustradas do noticiário policial: não retratavam fielmente o que tinha se passado, mas, a partir deles, dava para ter uma ideia.

Com clareza, viu o ridículo episódio que culminou na demissão do estagiário. Na sequência, envergonhado com o feito, refugiou-se na Vila Madalena, acompanhado do fiel Munhoz. Ao lado de seu Sancho Pança, bebeu em quantidade suficiente para transformar moinhos de vento em monstros. Com menos clareza, recordou o torpedo recebido no meio da bebedeira. Levou alguns minutos matutando: de quem era mesmo? Teria sido Lívia? Teria essa mensagem alguma relação com a briga que tiveram? Pegou o celular e verificou a caixa de mensagens: a última recebida era do Dr. Orestes.

Precisamos conversar.
Venha para a editora o quanto antes.
Att. Orestes.

Não que ele lembrasse o que tinha se seguido a partir dali, mas, com base nas pistas e nos sentimentos despertados pela leitura daquele SMS, estabeleceu uma conjectura, da qual não gostou nem um pouco. Fosse escrita ou falada, o dono da editora raramente lhe dirigia a palavra. Só se falavam (pouco) em raras reuniões e confraternizações de fim de ano. Ele nem sabia que tinha o telefone do Dr. Orestes – o que só descobriu ao ver o nome no identificador –, também não imaginava que o velho pudesse ter o seu. Da mesma forma que Fernando nunca ligara ou mandara torpedos para o chefe, também jamais recebera ligações ou torpedos dele. Logo, não seria necessário um gênio para imaginar que algo muito sério tinha acontecido.

E aí começaram as suposições. Bêbado como estava, Fernando jamais deveria se aproximar de um carro, nem se fosse para encerá-lo. Mas o consumo excessivo de álcool, somado à suposta gravidade do assunto a ser tratado, poderia muito bem ter afetado seu julgamento dos riscos envolvidos. As caixas de Original poderiam perfeitamente tê-lo convencido de que perder um emprego de que não gostava seria pior do que perder a vida – da qual também não andava gostando muito – num acidente de trânsito. Persuasivas, as garrafas ainda o teriam feito acreditar que, mesmo incapaz de articular uma frase, ele poderia ter com Dr. Orestes a conversa que resolveria a hipotética crise e, de quebra, lhe salvaria o emprego.

Estar em casa, no entanto, vivo e sem escoriações, significava que ele não havia sofrido nenhum acidente sério. Mas estar em casa àquela hora, mais de uma da tarde, também significava que, contrariando o que lhe garantiram as cervejas, sua eloquência não tinha sido capaz de impedir Dr. Orestes de demiti-lo – qualquer que fosse a razão que ele tivesse para isso.

"Ai, caralho."

O celular ainda estava na mão de Fernando quando começou a tocar. Na tela do aparelho, novamente um nome que ela pouco mostrava, mas nada que o surpreendesse tanto.

"Fala, Munhoz."

"Fernando, cadê você?"

"Em casa, onde mais? Fui demitido, esqueceu?"

"Quê? Tá bêbado ainda? Demitido você vai ser se não vier pra cá logo. O Dr. Orestes já ligou várias vezes atrás de você. Eu disse que você estava doente, mas ele não quis saber. Estava puto..."

"Hein?"

"Disse que te mandou um torpedo ontem, e você ignorou..."

"Não! Eu peguei o carro e fui pra..."

Mais uma cartela da reconstituição dos fatos do dia anterior foi exibida na cabeça de Fernando. Nela, ele se viu entrando trôpego pela porta traseira do carro de Munhoz.

"Obrigado, Munhoz. Muito obrigado."

"Toma um banho e vem. Logo."

Ainda nem uma mísera cena da briga com Lívia na sua reconstituição mental. No cérebro de Fernando, o encarregado das cartelas parecia saber que, por ora, ele tinha coisas mais urgentes com que se preocupar.

~~~~~~~~~~~~~

Aquele Dr. Orestes não tinha o sobrenome Quércia, mas atualmente seria mais fácil agendar uma hora com o homônimo ex-governador do que com ele. Empreendedor em várias frentes, tinha participações em frigoríficos, fábricas de tratores e de calçados, além de algumas lojas do McDonald's.

Desse mosaico esquizofrênico, a Continente era das poucas empresas de que era o único dono, e o era com orgulho de bater no peito. Espumava diante de sugestões dos consultores para a abertura de seu capital e, da mesma forma, reagia às seguidas propostas de compra feitas por concorrentes maiores. Convertido em milionário por força de herança e de um talento administrativo superior ao jornalístico, a editora representava para o ex-repórter um meio de se manter ligado à área – apesar dos comentários ferinos de que o praticado na Continente nem de perto era jornalismo.

Só esse xodó explicava, em meio a tantos compromissos, sua presença nas festas de final de ano e em ocasionais reuniões, que transcorreriam perfeitamente sem ele. Só isso justificava o fato de ele, com centenas de funcionários em suas variadas empresas, ter o telefone de todos os editores da Continente – para alguma eventualidade, que até então não tinha acontecido. Mas ele sabia: esse dia chegaria.

~~~~~~~~~~~~~

Ao receber o telefonema enfurecido do amigo, Orestes desmarcou as três reuniões da tarde. Sem demora, dirigiu-se à editora e, antes mesmo de lá chegar, procurou se informar sobre a situação. Também bem antes de entregar seu Jaguar ao manobrista, já havia disparado o torpedo para Fernando, esperando que a mensagem tivesse efeito semelhante ao do artefato bélico que lhe empresta o nome. Em vão, no dia anterior, tinha esperado pelo funcionário durante uma hora. E hoje, já esperava havia quase o mesmo tempo. Foi quando a secretária abriu a porta para um farrapo de Fernando, a quem o doutor nem esperou sentar.

"Senhor Fernando, o senhor sabe o que uma hora representa para um homem na minha posição?", perguntou de forma retórica o imponente sexagenário. Além do nome, Dr. Orestes guardava em comum com o político o nariz avantajado e o rosto anguloso. Aproximava-se no porte, alto, de Antônio Ermírio de Moraes, mas na fortuna nem chegava perto. Enquanto falava, seus olhos crispavam na direção do cabisbaixo editor, mais interessado nos arabescos do tapete persa.

"Posso imaginar, doutor", respondeu, ainda mirando o chão. Entre ficar calado e dar uma resposta aparentemente inofensiva, Fernando optou pela segunda.

"Acho que o senhor não tem lá uma grande imaginação. Se tivesse, não me deixaria esperando por tanto tempo...", grunhiu o proprietário da editora.

A arma automática de respostas de Fernando travou. Quando, por fim, ensaiou um disparo, saiu fraco e inconsistente: "É que ontem eu não estava me sentindo bem e..."

"Pra fazer a cagada que você fez, só podia não estar se sentindo bem mesmo..."

"Hum... ah... De que cagada estamos falando, doutor?" Fernando ergueu e arregalou os olhos, legitimamente desinformado sobre esse aspecto.

"Do moleque que você mandou embora."

Fernando não conseguiu disfarçar o suspiro de alívio. Imaginando ter a situação sob controle, a arrogância de sempre recuperada, retrucou: "Desculpe, Dr. Orestes, mas eu não preciso falar com o senhor para o demitir um funcionário, digo, um estagiário, preciso?"

"Não, senhor, não precisa. Desde que o veadinho não seja filho do diretor de marketing do maior anunciante da porra da sua revista", respondeu Dr. Orestes, mostrando os dentes e um vocabulário inesperado.

Uma frase do ex-técnico da seleção Zagalo, dada numa entrevista, ocorreu a Fernando: "Aí, sim, fomos surpreendidos novamente."

"É, seu bosta. Ele é filho do diretor de marketing da Lince, tubos e conexões. Conhece?"

"Mas, o senhor... quer dizer, ninguém... Ninguém me disse..."

"Porque o próprio pai dele, quando me pediu o estágio, pediu também que eu não revelasse isso para ninguém. Queria que o filho tivesse o mesmo tratamento dos outros funcionários. Pelo visto, como não temos a política de demitir ninguém, parece que o senhor não observou essa equanimidade."

Fernando teve de conter o choro que lhe veio à garganta. Os pré-soluços não representavam o receio de perder o emprego. Eram, sim, um sinal de que, finalmente, entendera o sentimento causado no pessoal da sua equipe no dia anterior. Tinha sido um tremendo filho da puta, e a constatação doía.

"Tá certo, doutor. Em meia hora, minha mesa estará limpa."

"Não vou te demitir, boçal. Esqueceu da política da empresa?"

"Não?" Novamente, Fernando e Zagalo foram surpreendidos.

"Não. Se eu te demitir, acabou-se a Impermeabilizar."

"Puxa, eu não sabia..."

"Não, meu amigo, você não é insubstituível. E, a não ser que seja mais idiota do que parece, sabe bem disso. Acontece que eu preciso de você para trazer esse moleque de volta e, consequentemente, o patrocínio do pai dele. Sem a Lince, sim, essa revista vai para o saco."

"E o que o senhor quer que eu faça?"

"Liga pro moleque. Chama pra almoçar, pede desculpas..."

"..."

"...E oferece um cargo pra ele. Repórter... repórter sênior."

Outra frase de Zagalo, a mais famosa, veio à cabeça de Fernando. Sim, ele teria que engolir.

capítulo 4

As mensagens eram gravadas em fita cassete; o aparelho, grande, ficava na mesinha, ao lado do telefone. E "caixa postal" ainda era apenas um serviço oferecido pelos correios. Desde então, desde sempre, secretárias eletrônicas têm uma função além de avisar que alguém ligou quando não podíamos atender – se é que dá para dizer que nos fazer parecer idiotas é uma função. Idiotice de mão dupla, antes e depois do sinal. As décadas passadas não foram suficientes para a humanidade aprender a gravar mensagens razoáveis, sem ser patéticas na tentativa de ser bem humoradas, ou robóticas no esforço para passar por sérias. Esse tempo também não bastou para a evolução da espécie superar a gagueira após o "piiii". Para Fernando, as duas imbecilidades estavam interligadas. Segundo ele, sabendo que suas mensagens antecederiam palavras incertas e frases desconexas, os que não podiam falar no momento não as levavam muito a sério. A ruindade dessas mensagens deixava aqueles que esperavam o bip desconcertados e, logo, incapazes de articular um recado decente.

Fernando acreditava que Lívia era, de certa forma, um elo evolutivo. A primeira pessoa da história cujo celular tinha uma mensagem concisa e divertida – sem aspas. "Oi, aqui é a Lívia, mas isso você já sabe. Não posso falar agora, mas isso você já sabe. Deixe seu recado após o... bom, isso você também já sabe."

Que timing cômico, que inflexão cínica bem colocada. Impressionante. Por várias vezes, crendo na relevância do ato, Fernando aconselhara a namorada a doar o chip de seu Motorola para a pesquisa científica. "Você é que devia doar o seu cérebro, para eles tentarem descobrir como alguém consegue ser tão bobo", dizia Lívia, se referindo aos gracejos de Fernando. Mas, se o estudo sugerido por ela fosse dirigido às mensagens de celular, poderia ser iniciado antes que o namorado morresse. Bastaria os cientistas ficarem às portas das unidades de tratamento intensivo colhendo autorizações de familiares, à espera da primeira morte. No assunto gravar mensagens ou deixar recados, Fernando era tão desarticulado quanto a média. O último que acabara de deixar na caixa postal de

Lívia era emblemático – mais especialmente ridículo por conta do nervosismo que o precedia.

"Oi, Lívia... Sou eu... Bom, caso você não tenha reconhecido minha voz, sou o Fernando... Mas por que eu estou falando isso? Como você não ia reconhecer minha voz? Depois de tantos anos, né? Bom, me liga... Quero falar sobre a nossa... Hã... Meu telefone é... Putz, você tem meu telefone ainda, não tem? Bom, fico esperando. Um beijo... Quer dizer... Um abraço..."

Ciente de suas limitações, Fernando relutou para deixar o recado. Só o fez porque, depois da quinta tentativa, convenceu-se de que Lívia não o atenderia. Mas foi desligar o telefone para a lembrança das bisonhas palavras passar a assombrá-lo, mais e mais conforme o tempo passava e a resposta da namorada (ou já seria ex?) não vinha. Certo, o recado idiota não seria o único motivo para ela não querer falar com ele, mas também não o ajudava muito.

Acontece que tentar entrar em contato com Lívia naquele momento não tinha sido uma opção sua. Dr. Orestes tinha acabado de trazer à tona as implicações da demissão do estagiário, rebaixando-o a menos que um, e esperava dele alguma reação. Mesmo que Fernando quisesse dar uma resposta ao dono da editora, isso não seria possível. Um grupo de pensamentos fortemente armados tinha acabado de invadir seu cérebro, expulsando de lá qualquer um que não tivesse a ver com Lívia e os desentendimentos recentes. Apontando metralhadoras para a sua cabeça (para onde mais?), os pensamentos rebeldes obrigaram Fernando a, sem aviso, sair da sala do chefe e usar o celular.

Fernando entrou pela primeira porta que viu e, como estava sentado de frente para Dr. Orestes, essa foi a do banheiro privativo do homem, localizada atrás de sua mesa. Passou correndo pelo chefe com a mão na boca, como se estivesse contendo o vômito, e só por isso o espanto do velho com a atitude repentina não foi maior. Assim que o editor da Impermeabilizar fechou a porta, o que se ouviu não foi o esperado som gutural. O que se ouviu foi nada. Ao suposto silêncio, correspondiam as tentativas de Fernando ligar para Lívia, feitas de maneira bastante discreta, e o próprio recado, sussurrado –

não havia necessidade de mais alguém além da própria destinatária ouvir as humilhantes palavras.

Quando, ao cabo de uns cinco minutos, Fernando saiu do banheiro, teve que confrontar-se com a outra questão que o atormentava. Os pensamentos paramilitares haviam suspendido, por ora, a ocupação de sua cabeça, deixando-a livre para pensar sobre a encruzilhada em que a demissão do garoto o colocara.

"Tudo certo aí, Fernando?", perguntou Dr. Orestes, entre assustado e irônico.

"Er... Eu falei que não estava bem..."

"Quer que eu peça um copo d'água para você?"

"Não, obrigado", respondeu. "Essa eu vou engolir a seco", completou mentalmente.

"E então, vai ligar para o moleque quando?"

"Eu..."

"Você...?"

"Eu... eu me demito, compreendeu? Me demito!"

Fernando insuflou-se, lembrando, na formulação da frase e na revolta da dignidade ferida, o personagem de José Wilker na adaptação cinematográfica de "Bonitinha, Mas Ordinária", de Nelson Rodrigues. Em papel parecido com o do pai da bonitinha Lucélia Santos, Dr. Orestes também fizera ao funcionário uma proposta indecorosa. Em jogo, não a salvação da honra de uma donzela "criminosamente" deflorada, mas a de uma revista – como a protagonista da fita, bastante ordinária. Diante da chance de tirar o pé da lama, Wilker chegou a titubear. Já Fernando, a quem não foi proposto nada além da manutenção do emprego, não hesitou por um segundo. Falou grosso, alto e claro. Não contrataria novamente o estagiário nem que fosse filho do Papa – nesse caso, aí sim, seria preciso manter sua paternidade em segredo. Definitivamente, sua dignidade valia mais do que um emprego ruim. Manteve-se fiel aos seus princípios. Mas só na sua cabeça.

"Eu... Eu posso ligar para ele amanhã cedo. Aí, nos encontramos no almoço."

"Por que esperar? Liga hoje mesmo. Vai que ele combina outra coisa para o almoço..."

"Doutor... Aquela água... Acho que vou aceitar."

~~~~~~~~~~

Fernando saiu da sala do chefe abatido. No sentido militar da palavra: parecia ter sido atingido impiedosamente pela artilharia inimiga, estava destroçado. Se era digno de pena ao entrar lá, agora, nem disso era digno. Mas Munhoz achava que, pelo menos, de seu apoio ele ainda era. Ao vê-lo cabisbaixo nos corredores, atraindo os olhares de todos, puxou-o de canto.

"Que é isso, meu? Levanta essa cabeça! O que aconteceu?"

"Eu... Eu... Não quero falar sobre isso", respondeu Fernando. Soava como uma vítima de violência sexual, ainda muito abalada moralmente para mencionar o assunto. Sentia-se tão estuprado quanto alguém pode se sentir sem de fato ter sido.

"Bom, não precisa falar agora. Vamos tomar um café na padoca", propôs Munhoz. Percebendo a fragilidade do amigo violentado, o tratava com o mesmo cuidado dirigido a quem tenha sofrido um trauma dessa natureza.

Segura com as duas mãos, a xícara de café ajudava Fernando a compor o personagem molestado, que ele nem imaginava estar interpretando. Depois de alguns minutos, Munhoz achou que já podia perguntar.

"O que o Dr. queria?"

"Minha alma."

"Ah, pensei que ele quisesse te demitir..."

Fernando estava chocado demais para recriminar, ou sequer perceber, a piadinha inoportuna de Munhoz, feita com o único intuito de quebrar o gelo. Mesmo assim, ele tratou de se desculpar.

"Foi mal... Mas o que você quer dizer com isso?"

"Sabe aquele estagiário que eu demiti?"

"Claro, o Ângelo. O que tem?"

"O moleque é filho do diretor de marketing do maior anunciante da revista."

"Da Lince? Puta merda, eu não..."

"Nem eu. Acho que, tirando ele e o Dr. Orestes, ninguém sabia."

"E agora?"

Fernando novamente emudeceu. O que o calou foram as lembranças do telefonema que o dono da editora o forçara a fazer na sua frente. O constrangimento. A simpatia forçada. O ultraje. A submissão representada pelo pedido de desculpas e pelo convite para um almoço. A sensação de que tudo o que um dia tivera valor para ele estava infestado de moscas e larvas. Mais repugnante do que essa imagem apodrecida, só a natureza do ato que acabara de cometer. E foi isso, mais do que as inúmeras cervejas do dia anterior, que o fez correr e vomitar na calçada em frente à padaria.

"Pelo menos não foi aqui dentro", conformou-se o balconista.

~~~~~~~~~~

Muito antes de serem seus, os adidas pretos já eram objeto de culto para Fernando. Passava em frente à vitrine da sapataria todos os dias e os admirava com a mesma reverência que os sapos à lua ou Charlie Brown à Garotinha Ruiva. Achava os tênis, a um tempo, lindos e inatingíveis; não se julgava bom o suficiente para eles ou para o esforço que seus pais fizeram para comprá-los. Por isso, quando o presentearam com aquela maravilha, viu-se na obrigação de ser o melhor dos filhos. Suas notas e seu comportamento tiveram um *upgrade* surpreendente. Era um cavaleiro medieval numa cruzada pelo merecimento das três listras. E, mesmo sem armadura, faria de tudo para protegê-las. Quando os demoníacos bólidos passavam velozes pela obra em cuja calçada ele e Edgar estavam, levantavam poeira e, insolentemente, sujavam os tênis. Ultrajado, Sir Fernando só não os perseguiu porque tinha deixado em casa seu cavalo e sua lança. Baixava a cabeça e levantava os pés, um de cada vez, para limpá-los.

"Tênis preto suja demais."

Cabeça ainda baixa para conferir o bem-estar dos adidas, esqueceu-se do próprio. Começou a atravessar a rua, sem dar pela aproximação do rápido fusquinha, para a qual Edgar o havia advertido segundos antes. "Cacete, esse cara do fusca é louco!"

A pelo menos 80 km/h, o Volkswagen estava em curso de colisão com Fernando. Mas, sabendo que só as palavras não bastariam para salvar o amigo, Edgar agarrou-o pelo braço e o puxou. Só não foi rápido o suficiente para impedir que o retrovisor do carro atingisse o outro braço de Fernando.

"Ai... ai... ai..."

"Você tá bem, cara?"

"Meu braço... acho que quebrei..."

~~~~~~~~~~~~~~

"Esse sonho, mais uma vez? E agora, com mais um final diferente... Parece aqueles livros 'enrola-desenrola'..."

Fernando estava triplamente surpreso. Pela repetição do sonho, por mais um desfecho alternativo e, finalmente, por ter se lembrado daquele gênero literário depois de tanto tempo. Ao fim de cada capítulo dos livrinhos infanto-juvenis, cabia ao leitor decidir os rumos do personagem principal, sugestivamente chamado de "você". Se você acreditasse que "você" deveria apertar um certo botão, a leitura continuaria em tal página. Caso achasse melhor "você" não mexer no botão suspeito, a página seguinte seria outra. Cada escolha levava a outras, resultando em variados desenrolares para a mesma história. Quando criança, Fernando adorava o "enrola-desenrola" e a sensação de estar no controle da situação proporcionada pelo gênero, algo que no futuro lhe seria cada vez mais raro.

Dessa vez, o que o tinha feito despertar não fora o horrendo final do sonho, que, afinal, nem horrendo era. A culpa fora do celular. Minutos antes da função despertadora do aparelho cumprir seu papel, uma chamada.

"Lívia?"

"Você não queria falar?"

"Queria não, quero."

"Passa no jornal às 13h30."

Lívia desligou em seguida. Fernando não conseguia. O que valia mais a pena tentar salvar? Um emprego que nunca quisera ou um relacionamento que parecia além de qualquer salvação? Para que página ir? Na vida real, ser "você" é bem mais complicado.

capítulo 5

"Opa, tudo bem? Vê uma Original e dois copos..."
"Não... Pra mim, uma Pepsi Twist."
"Não vai beber, Fernando?"
"Não. Tô com o estômago meio ruim..."
"Ah, então não devia tomar nem refrigerante, né?"

Ângelo sorriu o clássico sorriso sarcástico, aquele em que um dos cantos da boca se ergue, pontuando de forma desnecessária a óbvia ironia contida no comentário. Sabia estar em vantagem estratégica. Por isso, além do emprego de volta, Fernando lhe daria algum prazer sádico. Inclusive, a escolha do restaurante seguia a natureza maquiavélica de suas intenções. Estavam no Jacaré, onde seria o "almoço feliz" que Fernando pretendia fazer mesmo após demiti-lo. Para Ângelo, o tal almoço viria com um certo atraso, mas a felicidade adicional compensava.

"Querem pedir os pratos?"
"A gente vai querer uma entrada antes..."
"Na verdade, Ângelo, eu tenho um compromisso daqui a..."
"Mais importante que o seu emprego?"

O braço da jukebox mental de Fernando novamente pôs-se em ação. Entre os inúmeros disquinhos, pegou um do Morrissey, como há certo tempo não fazia. "The Teachers Are Afraid Of The Pupils", o troco dos alunos humilhados, embalou os pensamentos dele sobre a origem de uma nova ameaça. A demissão parecia ter tido em Ângelo o mesmo efeito da picada de uma aranha radioativa ou da explosão de uma bomba gama. As sobrancelhas arqueadas não deixavam dúvidas: o recém surgido super estagiário usaria os seus poderes para o mal. "Meu Deus, criei um monstro." Mesmo sem conseguir evitar o pensamento clichê, Fernando procurou não mostrar-se abalado.

"Não viemos aqui para falar do meu emprego, e sim do seu." Fernando sabia estar caindo, mas, pelo menos, queria fazê-lo lutando.

"Que emprego? Você me demitiu, esqueceu?" O pacote dos superpoderes malignos incluía um senso de humor, se não refinado, ácido.

"Eu... eu... voltei atrás... O seu... o seu..."
"Talento?"

"O seu..."

"Empenho?"

"O seu p... o seu p..." Não, ele não podia falar "pai". "...Perfil tem tudo a ver com a editora." Adepto de sarcasmos contundentes, os típicos de iniciantes, Ângelo não chegou a notar a sutileza do ataque de Fernando. "Cair lutando, meu velho."

"É mesmo?" Por um segundo, a máscara do vilão deixou antever o garoto de aparelho nos dentes e barba rala, o que admirava Fernando e, coitado, encantou-se com o que julgou um elogio. "Fico feliz de saber..."

"A gente é que ficaria feliz em poder voltar a contar com você." Mesmo enojado, Fernando continuava rodando sua bolsinha.

"Mas que diferença um estagiário pode fazer na Continente?" Pronto, a máscara voltara. Brainiac diante do painel computadorizado que controla uma super arma, Ângelo sabia quais botões apertar.

"Não... Você volta contratado..."

"Não diga..."

"Você pode começar, digo, recomeçar segunda que vem?"

"Sem dúvida."

Apertaram as mãos. Fernando tinha mais nojo da sua própria do que da de Ângelo. Afinal, quem se submetera, quem trocara seus princípios por duas mariolas e uma caixa de chicletes – o valor de mercado de seu emprego – fora ele.

"Então, até segunda... repórter."

Fernando jogou na mesa desproporcionais vinte reais – só pedira um refrigerante, que nem tomara – e se pôs a caminho do estacionamento. "Repórter sênior o cu desse moleque. Só porque o Dr. Orestes quer..." Naquele momento, lhe escapou que fizera o convite para Ângelo voltar, sim, só porque Dr. Orestes queria. Preferia valorizar seu pequeno ato de rebeldia, em recusar-se a dar ao garoto a graduação pedida pelo dono da editora. Gostava de pensar que tinha se estatelado, é verdade, mas com estilo.

～～～～～

Acabara de entrar no carro quando o Casio calculadora gritou: 13h12. Temendo a provável bronca de Lívia caso lhe avisasse do atraso,

Fernando preferiu crer na improvável ajuda do trânsito para chegar ao jornal a tempo. A cada informe do trânsito no rádio, a esperança minguava. Com os registros de 70 km de lentidão, a única maneira de ir da Vila Madalena à Ponte do Limão em 10 minutos seria utilizando uma "warp zone", aqueles canos verdes que milagrosamente levavam Super Mario de um lugar a outro, ou um teletransporte, aparato futurista que fazia o mesmo por Dr. Spock e seus amigos. O problema era que, até onde sabia, nenhum dos dois tinha deixado de ser ficção.

Na paralisia que atingia a Avenida Pompéia, a única coisa a se mover eram as mãos dos motoristas pressionando as buzinas. As de Fernando, no entanto, ocupavam-se de outro movimento, igualmente inútil, mas inaudível. O indicador e o polegar passavam sob o nariz, ladeavam a boca e encontravam-se no queixo, depois reiniciavam a ação. Atrasado, Fernando odiava o tráfego como todos nos outros carros, mas odiava ainda mais a verdadeira razão do seu atraso, e era sobre ela que pensava ao afagar a barba. O que o tinha levado a priorizar o encontro com Ângelo em detrimento do almoço com Lívia? Por que dera preferência à manutenção de um emprego de merda ao seu grande amor? A única explicação para aquilo era simples: ele não estava no controle da própria vida.

Fernando não era o único a crer que o controle de suas ações estava acima de seu poder. Como a amada de Nick Cave em "Into My Arms", muitos acreditam num Deus intervencionista e a Ele atribuem a responsabilidade pelo seus destinos. Como Cave, Fernando não acreditava nesse tipo de Deus – nem em qualquer outro –, mas sua nova teoria era tão absurda quanto a do sujeito barbudo criando a vida a partir de um sopro no barro. Imaginou-se um "você", personagem principal de livro enrola-desenrola, e imaginou que esse livro caíra nas mãos de um imbecil, que tomava todas as decisões erradas – ou, mais provável, de um sádico, que fazia a mesma coisa, mas por sacanagem. Esse leitor não se importava de entrar em todas as portas erradas ou apertar botões suspeitos, afinal, "você" não era ele – era Fernando. "Se você vai encontrar seu ex-estagiário para manter o emprego que você odeia, vá até a página 42. Se você prefere encontrar sua namorada e tentar salvar a melhor coisa que já aconteceu na sua vida, vá até a página 25." Na dúvida, era sempre a escolha que parecia mais errada. "Maldito Leitor."

O telefone começou a tocar. Dessa vez, "você" tentou ser mais rápido que o Leitor. Sem certeza de que a decisão tinha sido a melhor, Fernando atendeu.

"Oi, Lívia..."

"Cadê você? Já tô aqui, na frente do jornal."

"Atrasei um pouquinho, mas já tô no lado, tá? Cinco minutos, no máximo."

"Ok."

Mas foi o ok de quem está longe de concordar, e Fernando sabia disso.

Largou o telefone, as teorias absurdas e passou a engrossar o buzinaço. "Anda, porra!!!"

capítulo 6

Cortinas do teatro onde se encenam alguns dos principais atos amorosos, os lençóis testemunham interpretações exageradas, contidas e até mesmo poucos convincentes. A interpretação de Fernando, àquela noite anos atrás, fora no mínimo comovente.

Um clássico há muito caído no domínio público, o texto era inédito para ele, que o vinha ensaiando diariamente por dois meses. Desde que conhecera Lívia, estudava a entonação, modulava repetidamente as palavras, para que, ao dizê-las, não o traíssem – não mais que o esperado, pelo menos. Sem dúvida, elas o exporiam, e esse risco ele já havia assumido. Porém, se não as vigiasse de perto, as palavras se voltariam contra ele, o sequestrariam e o manteriam num cativeiro escuro, com direito a uma, no máximo duas refeições por dia.

Desconfiava tanto da frase que, antes de permitir que saísse, tirou dela quase toda a sua força. O clichê romântico não foi projetado com a impostação pretendida. Saiu a bordo de um sussurro, que mesmo a primeira fila – Lívia, cabeça em seu peito – teria dificuldade de ouvir: "Sempre esperei alguém como você."

Silêncio. Passaram-se alguns segundos e, esperança perdida, convenceu-se de que aquela era a resposta. Por mais baixo que tivesse falado, o quarto tão quieto, ela tão próxima, Lívia certamente o teria ouvido. Se não respondia, era unicamente por não compartilhar de seu sentimento. Todo o cuidado que tivera fora inútil. Não havia como evitar que as palavras pusessem tudo a perder.

Mais constrangedora que a frase, só mesmo aquela mudez. Conferia à cabeça de Lívia um peso monumental, que esmagava o tórax de Fernando e tornava sua permanência ali insuportável. Pensou em falar alguma coisa, pedir-lhe licença pois ia ao banheiro e, dali, pegar a calça na sala e ir embora, para nunca mais voltar. Mas aí lembrou-se: a casa era sua, e não seria muito inteligente abandoná-la assim. Tinha que pensar em outro plano, rápido, antes que as toneladas reduzissem seu peito a migalhas.

Aquele momento jogava por terra a máxima de que o silêncio ajuda a pensar. Muitos pensamentos passavam por sua cabeça, é verdade, mas Fernando não conseguia ouvir nenhum, só o silêncio, do qual, à medida em que passavam os segundos, ele se tornava mais íntimo. Identificava suas camadas, suas sutilezas e percebia que, na verdade, não era tão silencioso assim. Notou o sutil ruído do ponteiro no relógio da parede, o latido abafado do cão a duas ruas dali, a respiração de Lívia – um ressonar.

Cuidadosamente, Fernando virou um pouco a cabeça. Olhou para baixo e constatou os olhos cerrados da garota. Agora, de pesado sobre o seu peito, só o sono de Lívia. Livre da ameaça das palavras, ele também pôde dormir.

O texto que Fernando acabara de editar estaria além de qualquer ajuda mesmo se estivesse péssimo. Não estava, principalmente para os padrões de Regiane. A repórter baixinha de bunda avantajada conseguia fazer bem pior que aquilo. Com uns tapas, as quatro laudas podiam melhorar, sem dúvida, mas, duvidando que quem lesse uma matéria sobre os problemas da umidade em galinheiros procurasse literatura, Fernando resolveu deixar como estava.

A crença no desinteresse estilístico dos avicultores serviu de desculpa para o editor da Impermeabilizar se dedicar a um trabalho realmente importante. Desde antes de voltar à editora àquela tarde, seu foco era a arqueologia. Empreendia uma expedição por suas memórias e, analisando as situações vividas uma vez mais, descobria outros aspectos delas. Hoje, por exemplo, conhecendo Lívia muito melhor, podia imaginar que, naquela noite, seu sono era falso.

Chegou à conclusão um pouco depois de chegar à frente do jornal, onde a namorada – ou ex? Já não sabia como considerá-la – não mais o esperava. Na verdade, sabia que, àquela hora, ela já não estaria lá, mas, passado tanto tempo no trânsito, viu menos sentido em desistir da jornada do que em concluí-la. Lívia estava em meio ao fechamento e não podia perder tempo. Se havia combinado o encontro para aquele horário era porque tinha uma brecha e não queria esperar para resolver a situação. Aliás, não querer esperar, mais do que qualquer fechamento ou compromisso, seria sempre a razão para ela não tolerar atrasos.

    Sua intransigência dava conta de todos os sentidos de espera. Não esperou o cabelo ficar branco para começar a tingi-lo; não esperava o elevador, descia ou subia de escada; não esperava mais do que dez minutos para sair da sessão de um filme que não estivesse agradando. Então, por dedução, "também sempre esperei por alguém como você", seriam palavras impossíveis para ela. Quando ele disse o que disse, agora Fernando cogitava, Lívia preferiu fingir-se adormecida para não ter que responder e soar falsa ou escrota. Solução delicada para não magoá-lo.

    Linda, inteligente e divertida, ela não teria mesmo por que esperar ninguém. Ainda mais um Fernando, absolutamente mediano em todos os aspectos. Se o seu gosto para homens não fosse lá muito sofisticado e ela quisesse um sujeito do tipo dele, tudo o que precisaria fazer era pegar o primeiro que aparecesse – talvez não na rua, mas em qualquer sexta-feira na Fun House. No começo dos anos 2000, ele era só mais um com uma camiseta do Strokes espremendo-se no concorrido balcão da casa, tentando pedir uma Heineken. É, talvez a Heineken, à época não tão popular, fosse um dos poucos diferenciais de Fernando.

    As palavras, aquelas, ainda o tinham sob sua mira. Fernando não podia negar que ele, sim, tinha esperado a vida toda por Lívia. E ainda hoje esperava. Depois de ter ligado e ter se deparado com a promessa de ridículo apresentada pela caixa postal, havia preferido não deixar nenhum recado. Quando ela visse suas chamadas não atendidas e as retornasse, ele se desculparia pelo atraso e proporia um outro encontro. Mas isso aconteceria?

    Uma vez mais, sua sala virou o purgatório, e sua alma, uma à espera da salvação duvidosa. Com "There's A Place in Hell For Me and My Friends", enviada pelos desígnios misteriosos da função *shuffle* do iPod, Morrissey deixava claro: não haveria absolvição para Fernando. Afinal, se ele não era um de seus amigos, quem mais seria? Sorriu. Pensou em si mesmo como amigo de Morrissey e em como seria legal receber por isso, sugestão dada involuntariamente pelo próprio compositor em "Best Friend On The Payroll". "Não, Moz, eu não teria que ser pago para ser seu amigo. É que, se fosse, podia mandar essa editora à merda." Sorriu de novo, agora amargo. Dias atrás, aliviara sua agonia humilhando seus funcionários e, como consequência, depois teve que submeter-se a uma humilhação ainda maior para manter o emprego. Afinal, havia as prestações do apartamento. É, a amizade de Morrissey com carteira assinada viria a calhar.

Conteve todos os impulsos, de correr, de gritar, de chutar o computador, de fazer qualquer coisa drástica e desnecessária, com o único intuito de extravasar um pouco da tensão e da culpa. Além do atraso que impossibilitara o encontro com Lívia, atormentava-o a briga que tiveram – principalmente o fato de não conseguir lembrar dela. Nervoso, buscou com as mãos a primeira coisa a seu alcance, o Jornal da Tarde, que começou a folhear sem dar por si. Passou batido por títulos garrafais sobre tensões no Oriente Médio e escândalos em Brasília. Um nomezinho, no entanto, impresso numa fonte muito menor, foi capaz de atrair seus olhos e deles extrair as lágrimas há muito contidas.

Choro discreto, sem sonoplastia, desses que apenas tingem os olhos de vermelho. Não precisou de mais que isso para todos o perceberem, já que desde antes suas atenções estavam voltadas para a sala do editor. Ainda temerosos da ira repentina de poucos dias, só trocaram olhares e comentários, só via MSN.

Munhoz era o único que, mesmo usando o programa para tratar do assunto, não o fazia para fofocar. Por ser também o único conhecedor da causa da tristeza de Fernando – ou as duas possíveis causas –, tentou chamá-lo para conversar. Estava *offline*. Mandou-lhe uma mensagem de texto no celular. O aparelho tocou e, quando viu o amigo ávido para pegá-lo, Munhoz percebeu que ele esperava outro contato e sentiu-se um pouco mal por ter dado a ele falsas esperanças. E teve a certeza de que suas lágrimas nada tinham a ver com o Dr. Orestes ou o estagiário.

"*Quer conversar?*"

"*Valeu, cara. Deixa pra outra vez.*"

Apesar de não aceitar o convite para o desabafo, Fernando ficou realmente grato por ele, pois sabia que não tinha sido feito por mera educação. Enxugou as lágrimas e, de novo, riu. Constatou que, como no caso de Morrissey na música, seu melhor amigo também estava na sua folha de pagamento.

~~~~~~~~~~

As mochilas Company dominavam a paisagem – e as costas – das escolas de toda a cidade de São Paulo, talvez do país. Parecia até que a empresa tinha ganhado uma licitação e, como resultado, a bolsa fora imposta como parte do uniforme na rede de ensino particular e na pública – nessa última, os inspetores, cientes das limitações aquisitivas dos alunos, faziam vistas grossas às falsificações. Por serem *default*, as mochilas não necessariamente atribuíam *status* a quem as usava, mas tinham o poder de marginalizar quem não tivesse uma. Fernando aceitou correr o risco de ser jogado à cova dos leões colegiais.

Naquele começo de 1991, se esvaindo no material didático dele e do irmão, a verba dos pais estava mais minguada que de costume. O menino sabia, mas isso não o impedia de insistir.

"Não, Fernando. Você sabe que não dá."

"Mas, pai, por favor..."

"Nem por favor nem por decreto."

"Mas eu *preciso* desse tênis."

"E eu, depois de comprar o material de vocês, de pagar as matrículas, o IPVA e o IPTU, se comprar esse tênis, vou precisar de um empréstimo..."

"E se... E se... E se eu continuar com a minha mochila velha?"

"Quê? Não vai querer a tal da Company? Você me encheu o saco e..."

"Eu sei, pai. Mas é que eu *preciso* mesmo desse tênis."

Seu Fonseca parecia finalmente ter lido o itálico no "preciso" do filho. "Tá certo, moleque. Mas ai de você se me vier com nota vermelha esse ano."

Assim, enquanto Edgar e todos os demais amigos – e inimigos – desfilavam reluzentes mochilas da Company, Fernando manteve a horrorosa mochila jeans, puída e manchada com tinta de caneta. Seus pés, por outro lado, tiveram muito mais sorte que as costas.

"Vamos atravessar aqui mesmo. Se a gente subir, vai passar na construção..."

"E o que tem?"
"E o que tem? Eu não coloco meus tênis naquela poeira nem a pau."
"Ah, larga a mão..."
"Tá louco? Tênis preto suja demais!"
"Que bobagem... Cacete, esse cara do fusca é louco!"
"Nem fala, meu... Já pensou se pega um?"

~~~~~~~~~

Adormecido no sofá, Fernando foi acordado pelo som da própria risada. Tão divertido, nem se incomodou com a reincidência do sonho ou o fato dele, mais uma vez, terminar de um jeito alternativo – o mais inofensivo até agora. Caberia ali uma análise psicanalítica, talvez, mas ele não a faria. De Freud, conhecia apenas o charuto, que só apreciava devidamente bêbado, em casamentos e afins.

Passadas as risadas e o sonho, retornou à sua atual situação, longe de inspirar risadas ou de ser coisa de sonhos. A noite de sexta-feira, em que tantos encontros acontecem, promoveu o de Fernando com a solidão. Pela primeira vez, a cabeça livre do álcool e de outras preocupações, ele se deu conta de que Lívia realmente fora embora. Além das roupas, levara suas gargalhadas, seu senso de humor, sua ternura. Não demoraria até seu cheiro também desaparecer.

Agora, ao contrário, surpreendentemente ele se intensificava. A fragrância se aproximava de Fernando passo a passo. Ouvindo o som das pisadas, ele se virou para confirmar suas suspeitas, antes improváveis.

"E agora, será que a gente consegue conversar?", perguntou Lívia.

capítulo 7

Fernando enfim sentiu os grãos em sua cabeça. Vinham caindo há tempo, mas agora a quantidade os fazia impossíveis de ignorar. Pá após pá, a terra úmida, carregada de pedregulhos e tufos de grama, era jogada sobre ele. Em pouco tempo, estaria completamente encoberto, não havia o que fazer para impedir o soterramento. Olhos abertos, presenciaria tudo até que um punhado de terra lhe obscurecesse a visão.

"Dá pra desligar o som?", pediu Lívia, talvez incomodada com a obviedade da trilha providenciada pelo sobrenatural *shuffle* do iPod, ligado no velho três em um Panasonic.

"Claro." Dedo no botão *power*, Fernando concordou.

Na sua jukebox mental, porém, "I Know It's Over" continuaria a tocar e sua letra, a ilustrar o desfecho de um longo processo. "Oh, mother, I can feel the soil falling over my head." Lívia segurava a pá e, apesar de estar em frente e não sobre ele, não encontrava dificuldades para enterrá-lo. Os últimos dias, aliás, provaram que mesmo a distância ela conseguia fazê-lo.

"Você... voltou?" Mal terminara a pergunta e a sua inocência já o tinha deixado encabulado. Sabia que ela não tinha voltado, claro, mas ainda se agarrava a frágeis, ridículas esperanças. Não sabia mais para onde ir.

Outra vez, a resposta foi o silêncio. Outra vez, foi dada de olhos fechados. Mesmo assim, no futuro, ao se recordar da cena, Fernando não teria dúvida de que Lívia estava acordada e o tinha ouvido bem. Seus olhos e boca não se abriram por não caberem palavras, por não caber olhar. O silêncio foi rompido depois, por uma palavra. Uma só, mas ácida o suficiente para, sozinha, dissolver por completo as esperanças onde Fernando se segurava. "Acabou".

Como Morrissey, Fernando sabia. Sabia com todo o seu corpo. Com a garganta, mesmo assim seca. Com as mãos, subitamente suadas. Sabia como alguém sabe da morte iminente de um amigo ou parente em estado terminal, mas não consegue deixar de ficar chocado quando, passados dias na UTI, o médico finalmente traz a notícia. Havendo pouco tato por parte do médico, o choque é maior.

"É por causa da... briga? A gente pode conversar... Sei lá, tentar se entender..." As esperanças de Fernando podiam ser vãs, mas eram também muito mais resistentes do que se podia imaginar. Seria preciso mais que um simples "acabou" para liquidá-las.

Lívia apertou as sobrancelhas e o encarou, os olhos verdes de kryptonita, capazes de subjugar homens muito mais poderosos que aquele. A voz mudou de tom, revelando a impaciência de sempre e uma raiva nova, que a condescendência de até então mal conseguia disfarçar. "Briga??? Você não lembra do que aconteceu, lembra?"

O silêncio agora mudou de lado. Fernando poderia, como Lívia no passado, fingir-se adormecido, mas os olhos, bem abertos, não o favoreciam. Poderia simular um ataque cardíaco, mas, com o batimento acelerando mais e mais, talvez nem precisasse. Caso o ataque não se confirmasse, poderia dizer que de fato não lembrava de nada, mas os fragmentos do planeta Krypton a encará-lo mostravam que a verdade seria, se a menos estapafúrdia, a mais perigosa das alternativas.

Nos bastidores da sua consciência, então, operou-se um milagre. A equipe responsável pelas reconstituições dos fatos finalmente pôs-se a trabalhar naquela. As pranchas começaram a ser ilustradas, porém a baixa qualidade das memórias e a dificuldade de resgatá-las atrasavam a execução. Fernando precisava ganhar tempo e, também, precisava ganhar tempo para pensar num jeito de ganhar tempo. Sem saber como, permaneceu mudo.

Farta do silêncio, Lívia virou-se em direção à porta. "Nem sei o que eu vim fazer aqui..."

A mão de Lívia na maçaneta, súbito, Fernando reaprendeu a falar: "Espera. Eu lembro, sim, o que aconteceu".

Talvez por, momentaneamente, estar longe do foco mortífero das íris de kryptonita. Talvez por insistir na preservação de um relacionamento liquidado, da mesma forma que relutamos em aceitar o falecimento do ente querido quando é atestada sua morte cerebral, mas o coração ainda bate – o coração, esse órgão sobremaneira valorizado. O mais provável é que a lembrança da lamentável atuação tenha sido desencadeada pela visão de Lívia partindo, cena idêntica à que encerrou o episódio. Na reprise, entretanto, a moça não chegou a cruzar a saída. Deteve-se, virou-se e voltou a encarar Fernando, que, debilitado pelo olhar e pela vergonha trazida com as recordações, quase emudeceu novamente. "Senta. Por favor". As palavras saíram humildes, como se soubessem que, no fundo, não fariam grande diferença.

Fernando estava no pequeno sofá branco de corino, comprado nas Casas Bahia, sem conhecimento ou consentimento de Lívia. Do lado, havia uma pequena mesa ébano e quatro cadeiras da mesma cor e estofamento de veludo, que ela comprara na Etna – "Economia tem limite, né, Fernando?". Puxou uma das cadeiras e, parecendo realmente fazer um favor a Fernando, sentou. Em seguida, afastou as mechas do cabelo castanho a cobrir parcialmente seu rosto, mais um favor que parecia lhe fazer. "Olha bem pra essa carinha linda, aproveita, porque depois você não vai ter muitas oportunidades", o gesto dizia. Fernando não ouvira o gesto, nem via o que ele pretendia mostrar. Olhava para a ex-namorada (sim, a essa altura podia afirmar com exatidão), mas enxergava imagens bem menos agradáveis que a dela.

Viu-se chegar cambaleante à porta do apartamento e, depois de errar a fechadura por diversas vezes, finalmente conseguir abri-la. Ouviu-se cantar a plenos pulmões o pegajoso refrão de "Suedehead", um "I'm so sorry" tão alto que engoliu os seguidos toques do interfone – o porteiro agindo diante das reclamações dos vizinhos.

Perseguiu-se pelo corredor, parando e entrando no banheiro para abraçar a privada. Acompanhou-se, depois, até a porta do quarto, trancada. Constrangeu-se ao ver suas seguidas tentativas de abri-la, com a chave do apartamento, depois com a chave da editora e, por fim, com a do carro. Impressionou-se ao se ver tentando forçar a fechadura, chegando até a ensaiar um chute, que, por sorte e por um mínimo de consciência restante, saiu fraco. Lastimou-se pelos palavrões que se ouviu dizer, ofensas das piores, imerecidas, dirigidas à companheira de tanto tempo.

Aliviou-se um pouco ao constatar que, não muito depois, a insistência e a indecência foram vencidas pelo cansaço. Observou-se engatinhando até o sofá. Nele, a inconsciência só teve uma breve interrupção, que na hora ele não julgou ser. Passos no corredor o fizeram abrir os olhos e deparar-se com Lívia deixando o apartamento.

Então e até há pouco, a imagem tinha sido tomada como um sonho e, como tantos, esquecida.

"Olha, eu sinto muito". Além de traduzido, dessa vez o refrão de "Suedehead" veio em decibéis respeitosos aos limites do condomínio.

"Aquilo não parecia você", constatou Lívia, decepcionada.

"Bebi além da conta." Tomou fôlego e prosseguiu. "Mas, se eu bebi como bebi, foi porque, já tem um tempo, você também não parece com você. Pelo menos, não com quem você era". Pronto, Fernando tinha se tornado imune à kryptonita.

"Não vem querer justificar a sua ceninha patética colocando a culpa em mim. Se você é um bêbado imaturo, eu não tenho nada a ver com isso", gritou. Lívia mostrava, a exemplo de Fernando no dia fatídico, não estar nada preocupada com o sossego dos vizinhos e as possíveis reclamações resultantes da sua perturbação. Mais do que os ouvidos, seus gritos feriam os sentimentos de Fernando. Eram palavras secas, verdadeiras e cruéis.

Enquanto as ouvia, ele escutava também "I Know It's Over", tocada mais uma vez por sua jukebox interna. "É tão fácil amar, é tão fácil odiar", cantava Morrissey, "mas é preciso coragem para ser gentil e educado". Essa coragem faltava a ambos, mas ele estava disposto a ser bravo.

"Você tá certa. Não me orgulho do que fiz naquele dia, não só com você, com outras pessoas também..." Antes de falar mais que o necessário e, fatalmente, atribuir à garota mais uma responsabilidade, essa ainda mais indevida, conteve-se. "Mas acho que a minha bebedeira é só um sintoma desagradável de algo bem mais profundo, né? Como uma febre, que tem por trás uma infecção interna..."

Por um instante, Fernando notou que as palavras, escolhidas ao acaso, mas ainda assim bem escolhidas, atingiram Lívia em cheio. Viu na expressão dela a mesma admiração de antes, quando ela se espantava com a sua capacidade de análise e síntese, traduzida em metáforas e analogias precisas. Em respeito a essa inteligência, ela arrojou-se também num esforço para ser corajosa.

"É, Fernando, se for assim, nosso relacionamento já estava infeccionado faz tempo." Jogou o cabelo para trás, olhou para cima e, então, para ele. "Sei que também tenho minha parcela de culpa... Porra, no que a gente se transformou?"

Imediatamente, a jukebox mental de Fernando selecionou outro disquinho, ridiculamente propício para o momento. Em "Must I Paint You A Picture?", uma das mais belas canções sobre separação que Fernando conhecia, Billy Bragg afirmava, de forma um tanto irônica: "Isso nunca aconteceria se a gente morasse na praia". E reforçava, como Morrissey, a importância da coragem, presente no passado, quando "a gente costumava ser tão corajoso". Era justamente o que tentavam ser novamente, ainda que isso não trouxesse o passado de volta. Conscientes da infecção, sabiam que ela tinha sido a *causa mortis* do relacionamento, mas ainda não estava claro o que a tinha originado e, para chegar a isso, se fazia necessária uma autópsia. A exumação seria mais fácil agora, já que o enterro ainda não tinha se completado – Lívia dera uma folga à pá. Mexer com defuntos, entretanto, mesmo os frescos, sempre requer estômago. Vick Vaporub sob o nariz, Fernando deu início aos trabalhos.

"Nós viramos dois insuportáveis, um para o outro. Você não me aguentava e, com isso tão claro, esfregado na minha cara todos os dias, como eu podia te aguentar? Eu relutei em enxergar isso... Mas, me diz, quando me tornei tão intragável para você?" A boca permaneceu aberta, como a pergunta, como a ferida, como a cova.

O fedor da decomposição atingiu em cheio as narinas de Lívia. Ao contrário de Fernando, ela não estava preparada. Se a falta de rodeios dele a surpreendeu, a sua própria ao responder também não deixaria por menos: "Quando, um dia, eu acordei e me vi ao lado de um derrotado". A resposta de Lívia dispensou não só meias-palavras: dispensou tato, dispensou sutileza. Dispensou, acima de tudo, o respeito que Fernando tentava resgatar.

Ele não esperava aquilo. Imaginava que tinham entrado num tácito acordo para serem "corajosos, educados e gentis", adjetivos que nada tinham a ver com a cruel afirmação de Lívia. Quem aquela ingrata estava chamando de derrotado? Armistício suspenso, Fernando sentiu-se, a partir de então, desobrigado de qualquer gentileza: "Sempre desconfiei que você dormia com outras pessoas". Ah, o sarcasmo.

"Pois é. Antes, eu dormia mesmo com outra pessoa". Lívia respondeu, surpreendentemente calma, dando continuidade à linha que adotara. "Quando a gente se conheceu, você era ambicioso, brilhante, cheio de projetos. Uma inspiração pra mim. Eu descobri o que queria e fui atrás. Você passou a querer o que já tinha, simplesmente para não ter que lutar por nada. Se acomodou com a mediocridade. Olha esse sofá bizarro, por exemplo." Apontou com o queixo o móvel onde Fernando estava.

"O que esse sofá tem a ver com a gente?"

"Comigo nada, com você, tudo. Eu estou crescendo, aprendendo, evoluindo e você... Você se contenta com um sofá de couro falso comprado na Marabraz". Lívia tinha aprendido com Fernando uma coisa ou duas sobre análise e síntese.

"Casas Bahia", corrigiu Fernando baixinho, pouco mais alto que um pensamento. Torceu para que tivesse sido mesmo tão baixo – já estava suficientemente humilhado sem Lívia ouvir essa emenda.

"Você sempre diz que eu sou impaciente, mas eu tive toda a paciência do mundo com você. Te esperei, te incentivei, até que teve uma hora..."

"...Que você descobriu que eu era um *loser* irremediável?"

Outra vez, olhos fechados e silêncio. Outra vez a lembrança de "Must I Paint You A Picture?". A reação de Lívia poderia acompanhar uma legenda com uma tradução livre do título da canção de Billy Bragg: "quer que eu desenhe?"

"E o amor, onde entra nisso tudo?"

"O amor, Fernando, é bacana em letra de música."

Não na música que tocava na cabeça de Fernando agora. Nela, o amor era natural e verdadeiro, mas não para mim e você, nem esta noite. Inevitavelmente, a jukebox interna de Fernando voltara a "I Know It's Over".

A última pá de terra. Lívia finalizava o enterro.

capítulo 8

Talvez mexericas tenham em comum com latas de cerveja apenas uma coisa: são igualmente fáceis de se consumir. Umas não requerem facas para serem descascadas, as outras dispensam abridores. E era exatamente isso que, agora, adicionava mais um à improvável lista de paralelos.

Preguiçoso demais para descascar qualquer fruta, Fernando só comia, além de mexericas, bananas. Quando iam ao supermercado, Lívia colocava no carrinho kiwis, mamões, laranjas e abacaxis – todos devidamente ignorados por ele. Priorizava a conveniência ao sabor. Mais rápidas de comer, Fernando dava preferência às bananas. Elas completavam, junto com o copo de Toddy, o seu arremedo de café da manhã. Já as mexericas duravam bem mais. Lívia não gostava delas e Fernando sempre as esquecia. Não fosse pela namorada, semanalmente o obrigando às compras, ele permitiria que as frutas fossem praticamente as únicas ocupantes da geladeira, tendo de dividi-la apenas com as latas de cerveja – essas, sim, ele nunca esquecia de comprar.

Era o que acontecia agora, que as compras da semana passada – e também Lívia – tinham-se ido. O condomínio Brastemp Frost Free oferecia todo conforto para as tangerinas e latas de Skol, suas únicas moradoras. Quem sabe, com tanto conforto, sobrasse algum para Fernando, exatamente em busca disso quando abriu a porta do refrigerador.

~~~~~~~~~

Acabadas a conversa, a relação e mesmo a esperança, Fernando permanecia grudado ao sofá. Desta vez, a culpa não era do couro sintético e suas propriedades aderentes, realçadas pelos dias quentes. Qualquer impulso havia abandonado seu corpo. Enquanto Lívia movia-se pela casa apanhando o que fosse ou o que julgasse seu, Fernando limitava-se a assistir seu futuro transmitido pela televisão desligada, sem se preocupar sequer com as eventuais interrupções da moça, que, indiferente à sua catatonia, punha-se à sua frente para alcançar livros, DVDs e CDs guardados na estante.

No pequeno apartamento, não havia espaço para mais nada. Tudo o que não era ocupado por móveis e eletrodomésticos estava cheio de um ar tão pesado que tornava a respiração impossível. A densidade do ar impediu as últimas palavras de Lívia de chegarem até os ouvidos de Fernando. Nem se virou ao ouvir o protocolar "se cuida" dito antes de ela deixar a casa que nos últimos três anos havia sido também sua.

O ar sólido envolvia e mantinha Fernando, não apenas preso ao sofá, totalmente imóvel. Demorou minutos a ficar suficientemente rarefeito para lhe permitir alcançar o controle remoto no braço do estofado, a poucos centímetros de sua mão. Sendo esse movimento o único possível, ligou a televisão. O Telecine Cult passava um documentário sobre o The Who. Tocavam "My Generation". "Espero morrer antes de ficar velho", gaguejava Roger Daltrey. Fernando queria o mesmo, mas por razões bem opostas às da canção. Longe do inconformismo juvenil da letra, ele receava que a vida não lhe reservasse nada melhor do que aquilo.

Por isso, não via sentido em se levantar. Para quê? O pouco que dava sentido à sua existência, a única exceção na sua trajetória de fracassos, não mais existia – tinha ido embora carregando duas sacolas, uma bolsa, uma mochila e sua vontade de viver. Fernando ficaria ali, sentado e entregue, esperando que sua vidinha olhasse o placar para o qual Lívia apontara e, reconhecendo a derrota, humildemente se retirasse de campo. Aí, o sofá branco de couro falso cumpriria seu destino: não poderia haver leito de morte mais adequado para um *loser* do que aquele móvel cafona.

Na TV, em preto e branco e bem antes das acusações, Pete Townshend e sua banda entoavam um refrão parecido com as declarações que o próprio viria a dar sobre seu envolvimento com pornografia infantil – "eu não consigo explicar". O pensamento divertiu Fernando, que, também sem conseguir explicar por que, saiu do torpor e levantou-se, vontade de viver redobrada. Mas isso não queria dizer muito. Seu estímulo vital não dava conta de projetos grandiosos ou de aproveitar cada dia como se fosse o último. Era suficiente apenas para ir à geladeira e, nela, numa cerveja, buscar um pouco de alívio. À primeira vista, a Brastemp estava como ele: vazia. O que Fernando procurava, porém, também estava como ele: por baixo. Na última prateleira, onze latinhas de cerveja. O curso da mão, já em direção delas, foi alterado quando Fernando percebeu outra coisa, não procurada – meia dúzia de mexericas, lá deixadas desde tempos imemoriais.

Curioso, pegou uma, sem sinais aparentes de bolor, e, trazendo-a para perto do nariz, notou que o cheiro também não indicava apodrecimento. Mas por que o interesse no estado de conservação dessas frutas? Quem chupa mexerica ou qualquer fruta quando está na fossa? Mais óbvia seria sua primeira opção, que a frase de Lívia, ainda ecoando em sua cabeça, o fizera reconsiderar. "Se você é um bêbado imaturo, eu não tenho nada a ver com isso." Mesmo sendo para esquecê-la que enchesse a cara, não poderia dar a ela esses créditos, e não queria ele mesmo ser o responsável por mais um momento deplorável da sua vida. Mais do que isso, se o fizesse, Fernando provaria que Lívia estava certa e, como se ela o monitorasse com câmeras escondidas pelo apartamento, queria mostrar-lhe que, sim, podia ser um derrotado, mas não um "bêbado imaturo".

Colocou as seis mexericas numa tigela e voltou até o sofá. Olhos fixos na televisão, nos movimentos alucinados do baterista Keith Moon, começou a descascar a primeira fruta. Fazia-o com calma incomum. Casca de lado, limpava minuciosamente cada gomo, tirando com cuidado a pelezinha que os envolvia. Quando restavam apenas os pequenos gomos que formavam os maiores, ele tirava as sementes e só aí comia, também sem pressa. Repetiu o procedimento seis vezes, em todas, com a mesma lentidão.

Se realmente Lívia o estivesse assistindo numa central de vídeo, a quilômetros dali, estaria bocejando. Estaria entediada, mas também surpresa com a inusitada reação ao seu pé na bunda. Estaria pensando que Fernando não sofria tanto assim e que, no fim das contas, não gostava dela como ela imaginava. Desligaria os monitores e, menos culpada, iria dormir o tal sono dos justos. Mas, se conseguisse decodificar o comportamento de Fernando, se não se importasse com a culpa que isso lhe acarretaria, entenderia que ele fazia o que fazia, do modo como fazia, vagaroso, arrastado, interminável, exatamente por não querer que aquilo acabasse. No momento, chupava as mexericas e assistia ao documentário do The Who – disso ele sabia e era nisso que ele se agarrava. Depois, não sabia o que a vida lhe traria, nem sabia se queria saber. Depois, talvez a ideia de esperar a morte sentado no sofá das Casas Bahia voltasse a lhe parecer razoável.

"Vem, Fernando, a comida tá na mesa." Chamou Dona Maria, acordando o filho que não estava necessariamente dormindo. Deitado no seu antigo quarto na casa dos pais, ele apenas tinha os olhos fechados, e só por estarem pesados demais para permanecer abertos.

Desde sexta-feira, o mais próximo que ele havia chegado do sono tinha sido em cochilos curtos, imediatamente interrompidos pelo som violento das batidas do seu coração e por outro, mais baixo mas igualmente agressivo: o da voz de Lívia. Na lembrança de Fernando, não lhe faltava fôlego para repetir verdades que melhor seria continuar desconhecidas. A sinceridade de Lívia, que tirara um peso das costas dela, fizera o mesmo com o sossego dele.

A drástica conversa com Lívia tinha sido o último contato humano que ele tivera até o domingo. O telefone fixo, o celular e o interfone chamaram insistentemente durante todo o sábado, mas, diante da recusa em atender, emudeceram.

No domingo de manhã, por volta das 11h, um apelo mais difícil de ignorar – as batidas na porta estremeciam todo o apartamento. Fernando livrou-se do lençol e das latas de cerveja vazia com que dividia a cama – com o fim das mexericas, resolveu assumir-se "bêbado e imaturo", mesmo que Lívia o estivesse monitorando – e foi abrir a porta, intrigado com quem poderia ser. Deu de cara com Roberto. "Porra, Fernando, quer matar a gente do coração?", perguntou o irmão mais velho, na entonação de irmão mais velho com que se dirigia a todos e, principalmente, a ele, seu irmão mais novo.

"Matar quem do coração? Por quê?". Tão amassadas quanto a cara de Fernando, eram as palavras que saíam da sua boca. Até a chegada do irmão, ele tinha se mantido em silêncio monástico, só abrindo a boca para beber e comer – uns miojos e hambúrgueres restantes da última ida ao supermercado.

"Eu e os nossos pais, claro! Tentamos te ligar ontem o dia inteiro, e você nada. Liguei pra Lívia, ela disse que não estava com você – aliás, achei bem estranha a Lívia. Depois, eu dei uma passada aqui. O porteiro ligou pro seu apartamento, mas, de novo, nada de você atender. Esperei até hoje de manhã e voltei. Mais uma vez, o porteiro ligou aqui e nada. Perguntei para ele se tinha visto você sair, e ele disse que não. Aí, meu amigo, fiquei preocupado de verdade e resolvi subir e ver o que estava acontecendo. Aliás, o que tá acontecendo?"

"Não tá acontecendo nada."

"Brigou com a Lívia?"

"Não aconteceu nada, já disse."

"Não quer falar, né? Tá, então vai tomar um banho, que eu te espero. Vamos na casa da mãe. Os velhos querem te ver, estão super preocupados." Roberto tirou do sofá a tralha que havia sobre ele – cascas de mexerica, livros, fotos, papeis e discos – e se sentou. Pegou um dos discos e o analisou. "*Viva Hate*? Opa, esse era da minha coleção, hein?", disse, mostrando desnecessariamente ao irmão a capa da estreia solo de Morrissey. "Era sim, ó: 'Roberto Fonseca, 15/10/1988'", apontou a inscrição na contracapa do vinil.

A opinião de Fernando sobre esse registro era dúbia. Ao mesmo tempo em que estragavam a capa, os garranchos situavam o disco historicamente. Olhava para a letra semi-infantil e via o irmão, catorze anos, bigodinho incipiente, comprando o LP na loja do bairro, numa época em que ele mesmo não ligava muito para música.

"Quer de volta?", perguntou Fernando, sem a menor nota de humor na voz.

"Não, não, brincadeira. Nem tenho toca-discos...". Dirigiu um olhar misto de pena e condescendência para o três em um Panasonic. "E, mesmo que tivesse, não ouço mais essas coisas."

~~~~~~~~~~~

Num certo natal, quando, ao invés do vídeo-game, ganhamos um carrinho, nossas suspeitas sobre a não-existência do Papai Noel se confirmam. Um pouco mais tarde, assistimos à certa fita na casa de um amigo e, não demora, estabelecemos uma relação entre os gemidos dos atores e os sons que vêm do quarto dos nossos pais. Mais ou menos por essa época, histórias em quadrinhos já não nos interessam mais, e desenhos animados passam a ser coisa de criança.

Assim, ano a ano, a inocência vai perdendo terreno, incapaz de rivalizar com as forças implacáveis da maturidade. Uma de suas últimas frentes de resistência é a música. Mas, mesmo ela, que já ocupou tanto espaço em nossos corações, mentes e nas paredes dos nossos quartos, acaba perdendo a batalha e sendo exilada para algum canto escuro, restringindo-se a uma caixa cheia de discos, fitas e revistas velhas na casa dos pais.

Quando nossas mães, usando de todo o cuidado, informam terem dado aquilo tudo para alguém, fingimos certo aborrecimento, mas não passa disso. Na vida de adulto, com tantos assuntos capitais a requerer nossa atenção, não cabem discussões a respeito de mensagens contidas em letras, sobre qual é a formação perfeita de tal banda, qual é o seu melhor disco. Música é somente algo que ouvimos quando dirigimos para o trabalho, quando corremos ou quando fazemos um jantar para um grupo de amigos – mas baixinho, para não atrapalhar o papo.

Acontece com a maioria. E aquele garoto de bigodinho ralo que um dia gastou toda a mesada com o *Viva Hate,* que pena, cresceu para unir-se à maioria. Calças jeans Diesel, sapatênis brancos sem meia, camisa pólo cor de rosa com um enorme número 4 azul marinho bordado no peito, cabelo com gel impecavelmente penteado para trás, cara azul de barba recém feita. Fernando olhou o bem-sucedido engenheiro em trajes de fim de semana e teve a certeza de que ele realmente não ouvia mais "aquelas coisas".

Virou-se a caminho do banheiro. Acompanhou-o o zunido dos carros da Fórmula 1, vindo da TV ligada pelo irmão, e um dos seus típicos comentários: "Como é que você consegue viver no meio dessa bagunça?"

~~~~~~~~~~

Roberto estacionou seu Corolla em frente ao velho sobrado no Ipiranga. Fernando só suportou o trajeto de vinte minutos do Paraíso até ali sem reclamar por nem ter se dado conta da programação da Alpha FM. Mal desceram do carro, muito mais baixa que Fernando, Dona Maria fez o filho curvar-se para sufocá-lo com um abraço – o mesmo abraço da mãe, Olívia, e da mãe da mãe, Maria como ela, imigrante italiana. Em vez de enfraquecê-los, os anos no Brasil e as gerações nascidas no país apenas reiteravam a dramaticidade e o sentimentalismo vindos da Bota.

"Filho, você quer matar a sua mãe do coração?", disse Dona Maria, repetindo sem saber o filho mais velho.

"É, Fernando, quer matar sua mãe do coração?", perguntou Seu Fonseca, só para reafirmar a falta de criatividade da família. Mas o fez a distância, contido. O velho alagoano amava os filhos, no entanto, pelo bem da sua educação, desde cedo assumiu o papel de *bad cop*, para fazer o contraponto à permissividade da esposa. Agora, com os dois há muito criados e saídos de casa, podia abandonar o personagem. Por via das dúvidas, destinava aos filhos a mesma carranca de sempre, que combinava com seu corpo atarracado, de braços ainda fortes e arredondada barriga saliente. Simpatia, apenas para os clientes que o careca senhor nordestino atendia há décadas em sua banca de jornais. "Cadê Lívia?", perguntou, mostrando que, além de criatividade, suas perguntas também careciam de sensibilidade.

"Adeílton!", repreendeu a mulher.

"Oxente, Maria, falei algum palavrão?"

"O almoço ainda não tá pronto, né, mãe? Vou descansar um pouco no meu quarto." Fernando subiu as escadas, procurando ser mais rápido do que as próximas perguntas.

~~~~~~~~~~

"Vamos comer, filho." Dona Maria estava sentada às costas do filho, virado para o outro lado. Repousou a mão sobre a cabeça dele, afagando seu cabelo.

"Daqui a pouquinho eu desço, mãe."

"Fernando, não gosto de te ver assim."

Fernando não respondeu.

"Quer conversar, filho?"

O filho se abriria, mas não com palavras. Virou-se e colocou a cabeça sobre o colo da mãe. Dona Maria continuou a acariciá-lo enquanto ele chorava. Um choro ruidoso, intenso, desavergonhado. Só possível na presença da mãe, que lembrava de ter visto o caçula chorar assim uma única vez, há muitos anos. Atraído pelos soluços, Seu Fonseca veio à porta entreaberta. Mas, ao olhar para dentro do quarto, limitou-se a fechá-la.

capítulo 9

Quando criança, Fernando acreditava que, sim, o sangue de Jesus tinha poder – e que era cor de rosa. Para ele, o cristianismo tinha a mesma cor das pipocas doces que comia ao sair da igreja, ao fim das missas dominicais. O milho estourado e caramelizado era um artifício bastante simples, mas também bastante eficiente, de que Dona Maria, misto de jesuíta e colonizador, lançava mão para catequizar os filhos. Singela, a promessa do saquinho de pipoca tinha o poder de fazer Fernando e Roberto acordarem cedo e dispostos, num dos únicos dias em que poderiam prolongar o sono. Mais que isso, era capaz de fazê-los suportar até o fim o sermão do padre. A expectativa pela pipoca só não dava conta de mantê-los sentados enquanto as incompreensíveis e intermináveis palavras ecoavam pelos autofalantes da catedral. Muito mais sedutoras que os salmos entoados na voz anasalada do pároco, as pinturas da Paixão de Cristo nos corredores atraíam para si a atenção e os corpinhos dos irmãos, observados de longe pela mãe orgulhosa. Que talvez não ficasse tanto se soubesse a real origem do interesse dos garotos: a sanguinolência similar à dos quadrinhos de horror, que liam escondidos dela e do marido.

Por anos, Fernando foi como um pombo, a seguir o rastro de pipocas que levava à igreja. Essa trilha o levou à primeira comunhão, depois à crisma. Mas, não sendo afinal um pombo, chegou o dia em que se enjoou de pipocas. Para desgosto de Dona Maria, concluiu que, sendo as pipocas só o que Deus tinha a lhe oferecer, nada que Ele pudesse lhe dar o conduziria de volta ao catolicismo. A religião que passou a interessá-lo então foi outra, também devotada a uma força invisível e onipresente, mas de hinos muito mais bacanas, de santos que não eram nada santos. Convertido, Fernando só não vendeu a alma ao rock porque, mesmo aos catorze anos, isso lhe pareceu clichê demais.

~~~~~~~~~~

O slogan "Deus é amor" está presente em camisetas, imãs de geladeira e adesivos colados nas traseiras de inúmeros carros. Fernando reescreveria a frase assim: "Deus é como o amor: não acredito em nenhum dos dois". Há tempos descrente na existência de um Todo-Poderoso, agora também perdera a fé no sentimento que dilata pupilas e acelera batimentos. Como os atribuídos a Deus, os ditos milagres do amor lhe pareciam duvidosos. Não podia acreditar num Deus que permitia que crianças passassem fome, tampouco num amor que o fazia sofrer tanto. Essas dores não eram novas – naquela mesma cama, na adolescência, ele tivera experiências parecidas, as primeiras do gênero, mas a intensidade delas não se comparava à atual. Os sofrimentos de antes, aproveitando-se da guarda baixa proveniente da inexperiência, o acertaram em cheio, mas não o fizeram beijar a lona em definitivo. Já o atual, peso dos mais pesados, ignorou suas tentativas de se esquivar e, veloz, o pôs a *knock out*. O juiz abrira a contagem, e ele, mesmo ouvindo ao longe a sua voz, não tinha condições de se levantar. "...Seis...cinco...quatro...três...dois..." De repente, a progressão rumo ao zero foi interrompida por um som. Batidinhas delicadas na porta, que anunciavam a entrada de Dona Maria.

"Já que você não desceu, eu trouxe uma comidinha pra você", disse a corpulenta senhora de cabelos curtos e voz doce, de sabor oposto ao do prato de espaguete que trazia na mão. O cheiro do molho, o característico aroma do manjericão, fez Fernando virar-se. Enxugou as lágrimas e, expressão perdida e infantil, olhou a mãe. Recebeu de volta um sorriso reconfortante. O prato, seu preferido, era uma versão atualizada das pipocas doces, outro recurso de Dona Maria para fazê-lo ter fé.

"Oh, mãe, não precisava." Quem fala isso sempre quer, invariavelmente, dizer o contrário. Fernando não era diferente. Precisava, sim, do macarrão, do seu molho encorpado, do abundante parmesão ralado que cobria tudo. Precisava lembrar que alguém lá em cima – não no céu, na árvore genealógica – gostava dele.

Garfada a garfada, a mãe observava o filho comer sem lhe perguntar nada. Não para manter a coerência de quem lhe dava bronca se falasse de boca cheia quando criança, mas por saber que Fernando se abriria quando estivesse pronto. Além do mais, Dona Maria não precisaria de perguntas ou mesmo do instinto materno para deduzir o que estava se passando com ele. A ferida era muito recente. Querer saber detalhes sobre a sua causa seria como encontrar alguém baleado, se esvaindo em sangue, e, antes de chamar a ambulância, perguntar se a pessoa conseguiria identificar o criminoso.

Novas batidas na porta, não tão suaves quanto as anteriores. Agora, quem entrava era Seu Fonseca. Na mão, nada de massa, apenas uma cerveja, uma lata de Brahma sem as pretensões redentoras do espaguete de Dona Maria. "Vai começar o jogo, filho, não quer ver?", perguntou o pai, com a simplicidade que atropela sutilezas, mas para e, pacientemente, espera o carinho atravessar a rua.

Fosse a final da Copa do Mundo, uma inédita envolvendo Brasil e Argentina, nem assim Fernando se animaria a descer à sala para assistir. Seria necessária, no mínimo, uma disputa de título mundial envolvendo o Santos com Robinho e Diego e o Barcelona de Ronaldinho Gaúcho para fazê-lo se abalar até a frente da televisão. Sabia que não seria o caso, mas, desligado de tudo como havia estado nos últimos dias, não custava confirmar. "Que jogo, pai?" Protocolar, a pergunta de Fernando veio como simples agradecimento pela tentativa do pai de animá-lo. "Santos x São Caetano, Fernando, primeiro jogo da final do Paulistão... Oxente, rapaz, tu deixou de acompanhar futebol, foi?"

O sorriso do velho alagoano transbordava generosidade. Aliado à importância da partida, fez o convite do pai irresistível para Fernando. O São Caetano não era nenhum Barcelona, o Campeonato Paulista não era nenhum Mundial, mas, opa, o Santos, mesmo sem Robinho e Diego, ainda era, sim, o Santos. "Poxa, pai, tinha esquecido! Vamos lá!".

Fernando beijou a mãe e se levantou para acompanhar o pai, àquela altura já na escada. Dona Maria observou feliz o ânimo parcialmente recobrado do filho. Ainda sentada na eterna cama dele, contemplou o prato com restos de macarrão, mais satisfeita do que quem o comera.

~~~~~~~~~

"Vai, porra, toca essa bola, Cléber Santana!" Com as palavras nervosas que saíam da boca de Roberto, alternavam-se goles de cerveja, igualmente nervosos, que entravam. Sem tirar os olhos da televisão, nem notou quando, ao seu lado, sentou o irmão.

"Quanto tá o jogo?" Numa coisa Lívia era uma mulher absolutamente igual à maioria: nunca gostara de futebol. Fernando imaginou que, interessando-se pela partida, afugentaria sua lembrança.

"Zero a zero. Mas só dá São Caetano", respondeu Roberto, sem virar um grau a cabeça para o lado.

"Toma, filho." Vindo da cozinha, Seu Fonseca entregou-lhe uma Brahma.

"Ah... brigado, pai." Não tinha certeza de que beber seria uma boa em seu estado. Ainda ecoavam em sua cabeça as acusações de Lívia, sobre ser um "bêbado imaturo". Mas, pensando bem, como ela também não gostava que ele bebesse, a cerveja ajudaria o futebol na tarefa de manter a recordação dela distante.

"Uh, quase!" Seu Fonseca passou a mão lentamente na careca, lamentando o gol perdido, e levou a latinha à boca para um gole prolongado. Fernando sentava entre o pai e o irmão. Sabia que ambos estavam, à sua maneira, tentando animá-lo. Tinham afinal entendido que o momento não era para perguntas sobre Lívia.

Seu Fonseca usava uma bela réplica da camisa dos anos 1970, que Fernando mesmo lhe dera no aniversário. O número 4 da camisa pólo de Roberto foi substituído pelo 10 de uma camisa amarelada do time de 1995, a de Giovanni, resgatada do fundo de um guarda-roupa por Dona Maria.

"Pega, filho." Da escada, a mãe jogava para o caçula outro "manto sagrado", ainda mais antigo que o do irmão. No fundo do mesmo armário, ela encontrara um uniforme com patrocínio da Coca-Cola, o mesmo que povoava as recordações de infância que Fernando tinha do pai. Nelas, Seu Fonseca invariavelmente vestia a camisa do Glorioso Alvinegro Praiano. Mas, antes dela, o (para Fernando) desde sempre fanático santista vestira outra.

A pesada mala, carregada da rodoviária com dificuldade pelo magricela Adeilton, guardava as cores de outra agremiação – em Alagoas, sua terra natal, era CSA. Fosse no estádio ou no rádio, em Maceió não perdia um jogo do time. Beirava a morte sempre que o confronto envolvia o arquirrival CRB. Mais do que Cidinha, o que o fez hesitar para mudar para São Paulo foi a sua outra e maior paixão. Torcer a distância, em tempos pré-internet e pré-televisão a cabo, equivalia a namorar a distância. No coração apertado, não havia espaço para o CSA. Como o amor adolescente, o primeiro amor de fato também teve que ficar para trás.

Companheiro da metalúrgica, Ernesto fez cara feia quando, num almoço dominical, Maria não tirou o olho do convidado. A cara de Ernesto, que já não era das mais favorecidas, ficava progressivamente mais feia à medida em que, escoradas nos mais esfarrapados pretextos, as visitas do "baiano" à sua casa tornavam-se mais e mais frequentes. Ah, mas se o amigo namoraria sua irmãzinha, ele pelo menos tinha o direito de apresentar-lhe o substituto de seu outro amor. Levou-o a seguidos jogos no Palestra Itália, onde Ademir da Guia e seu esquadrão se esforçaram para seduzi-lo. Encantaram, envolveram, fizeram e cumpriram promessas. Adeilton ficou balançado. Mas bastou uma única partida entre os dois times – os maiores daquele e, na opinião de alguns, de todos os tempos –, para Pelé, Coutinho, Mengálvio e Pepe darem o veredicto. Ernesto teria de se conformar: o único verde a que Adeilton se renderia seria o dos olhos de Maria.

Mas, feito a bruxa de "A Bela Adormecida", o cunhado não desistiria de sua maldição. Se não tinha conseguido coagir Adeilton, não pouparia esforços para fazê-lo com seus filhos. No lugar da roca e sua agulha envenenada, tio Ernesto usava toalhas, camisetas e bolas, todas com o escudo da equipe do Parque Antártica, presenteadas a cada aniversário ou ocasião comemorativa qualquer. Como o rei teria feito com a filha se soubesse da famigerada roca maldita, Seu Fonseca impediu que Roberto e Fernando sequer encostassem nas prendas. Sempre que o tio trazia os pacotes, já sabendo do seu conteúdo, dava um jeito dos meninos só os abrirem depois. O que eles encontravam nas caixas, então, eram artigos do Santos, pelos quais Seu Fonseca já tinha trocado os do Palmeiras. Os meninos cresceram crentes de que o tio, mesmo palmeirense, apoiava sua torcida pelo Santos. Só vieram saber da trapaça do pai anos depois, já adolescentes e irremediavelmente santistas. Num churrasco, ouviram a confissão do pai, patrocinado pela sinceridade alcoólica, e caíram na risada. Ernesto também ouviu e só aí entendeu porque nunca tinha visto os sobrinhos vestidos de verde, mas não achou graça nenhuma. Também por força das cervejas a mais, quis partir para cima do velho amigo, tendo de ser contido pelos outros presentes. Ficaram anos sem se falar e, quando por fim voltaram, a amizade já não era a mesma.

Pouco depois desse churrasco, Ernesto promoveria outro, para comemorar o fim do jejum de seu time, com a conquista do Campeonato Paulista de 1993. No fim do mesmo ano, mais um churrasco e mais um título, o Brasileiro. Depois de uma fila de 17 anos, então maior que a do seu Santos, os moleques viam o Palmeiras sagrar-se seguidamente campeão, ao levantar esses mesmos canecos no ano seguinte. Se o pai não tivesse barrado a influência do tio, agora não precisariam mais ouvir as gozações dos colegas corintianos e são-paulinos, também teriam saído da fila, também poderiam comemorar... Não, não. Mal o pensamento se formava, Fernando o bania. Por difícil que parecesse naqueles anos 1990, ele acreditava: o Santos ainda lhes daria muitas alegrias – ou, no mínimo, alguma. Em 1995, quase. O juiz Márcio Rezende de Freitas tornou-se o inimigo mór dos santistas ao tirar o título Brasileiro do time comandado pelo gênio Giovanni. A família Fonseca era uma das tantas que lotavam o Pacaembu naquela tarde de dezembro, três das quase 40 mil vozes que emudeceram. O grito de campeão ficaria guardado por sete anos, à espera de um milagre, e ele viria das categorias de base. Com o Campeonato Brasileiro de 2002 sobre o rival Corinthians – o segundo maior, só perdendo para o Márcio Rezende de Freitas – e as oito pedaladas, a equipe de Robinho e Diego faria Fernando e Roberto agradecerem ao pai. Se não tivesse barrado a influência do tio, agora eles não estariam comemorando.

Viriam depois o título Brasileiro de 2004 e o Paulista de 2006. Em cada um, os irmãos reiteravam as homenagens ao pai e à sua eficiente lavagem cerebral. Em nenhum deles, entretanto, Fernando ficou tão grato quanto naquele dia. Apesar da derrota por 2 x 0, ele tinha o que comemorar. Não fosse por Seu Fonseca, ele não estaria sofrendo pelo Santos. Não teria, por pelo menos 90 minutos, um sofrimento que substituísse o causado por Lívia – esse, por mais que quisessem, o pai e o irmão não conseguiriam dividir com ele. Acabada a partida, abriram mais algumas cervejas e conversaram, a analisar a atuação do Peixe e suas chances de reverter o placar adverso no segundo confronto.

Dona Maria assistia contente à confraternização de seus três meninos. De tão aliviada ao ver em Fernando um semblante mais alegre, até deixou de lado a costumeira censura aos excessos alcoólicos e, de certa fora, os incentivou. "Trouxe mais amendoim."

~~~~~~

Mais uma vez, Fernando estava ao lado de Edgar, com catorze anos, voltando do colégio. Mais uma vez, estavam em frente a uma construção, esperando para atravessar a rua. Mais uma vez, o comentário de Fernando, motivado pela poeira levantada com a passagem dos carros: "Tênis preto suja demais." Mais uma vez, ele dava cuidadosos tapas nos seus queridos adidas, enquanto a Edgar, mais uma vez, interessava mais o avanço desembestado de um Volkswagen. "Cacete, esse cara do fusca é louco!" Mais uma vez, Fernando não ouviu o amigo e pôs-se a atravessar a rua olhando para os pés, sem prestar atenção a qualquer coisa além dos tênis.

Foi quando um som o obrigou a levantar a cabeça, para mostrar que a velocidade era capaz de prejuízos muito maiores que os causados pela poeira. O fusca tinha se descontrolado e se esborrachado num poste.

"Caralho, como isso aconteceu?" Fernando estava estarrecido.

Tendo presenciado o acidente, Edgar estava mais chocado ainda, incapaz de responder. Não era o caso de um dos pedreiros da obra, que, mesmo sem ser chamado, deu sua opinião. "Rapaz, esse aí devia era tá bêbado. Só pode ser." Em seguida, o pedreiro correu para se juntar aos curiosos. E Fernando acordou.

~~~~~

Estava numa cama de solteiro, que não reconheceu de imediato. Uma rápida olhada ao redor lhe contou o que não se lembrava. Na noite anterior, tinha exagerado nas cervejas e a mãe o convencera a dormir na casa dela.

"Não, tenho que ir pra minha casa"

"Deixa de bobagem, moleque. E essa aqui também não é a sua casa?"

Vencido pelos argumentos da mãe, reforçados pelo cansaço e pela embriaguez, Fernando concordara em ficar por lá. A segunda-feira, entretanto, nada tinha a ver com Dona Maria. Ríspido, o primeiro dia útil o expulsava, queria que ele fosse embora o quanto antes. Dizia que aquela já não era sua casa e que as coisas tinham mudado um bocado desde o tempo em que era. Agora, não poderia fingir-se doente e faltar à aula, para não ter que aturar as piadas após uma derrota do Santos.

Agora, a derrota do Santos era o menor dos seus problemas.

capítulo 10

De tão importantes, as eleições municipais de São Paulo sempre contam com o envolvimento direto do presidente da república, empenhando-se pessoalmente na campanha do seu candidato. As de 1985, no entanto, foram ainda mais especiais: após 20 anos, a cidade teria sua primeira votação direta. Um pleito tão singular, que foi marcado pelos esforços de não um, mas dois chefes de Estado brasileiros. E não apenas como cabos eleitorais. Entre os candidatos, o ex-presidente Jânio Quadros e Fernando Henrique Cardoso, que no futuro viria sentar-se na mesma cadeira. Esse mesmo ato, aliás, rendeu um dos momentos mais marcantes daquelas eleições paulistanas e tornou-as ainda mais históricas.

Fernando Henrique era um sociólogo, um intelectual de ideias modernas. Jânio era um político ultrapassado, lembrado pela proibição dos biquínis nas praias. Fernando Henrique, apoiado por artistas, tinha um jingle cantado por Chico Buarque. Jânio ressuscitava a milenar vassourinha como ícone da sua campanha. Fernando Henrique vestia ternos bem cortados, era um quase galã. Jânio era o desalinho em pessoa, e sua cara de louco não ajudava. Como a lógica, todos os institutos de pesquisa apontavam para a vitória certa de Fernando Henrique. Seguindo essas setas, o próprio candidato considerou-se eleito e, sendo assim, não viu problemas em posar para fotos sentado na cadeira do prefeito – afinal, esse já era ele.

Para fazer a recontagem das intenções de votos e das favas, um debate na televisão. A Fernando Henrique, o mediador perguntou se acreditava em Deus. O intelectual titubeou na resposta: "A gente tinha combinado que você não perguntaria isso, Boris..." Em 1994, o eleitorado carregaria Fernando Henrique nos braços rumo ao Planalto, mas, em 1985, a imensa maioria cristã e conservadora arrepiou-se com a possibilidade de ser regida por um homem sem Deus no coração. Jânio podia ser um maluco de pedra e de bigode, mas esse problema ele não tinha. Assim, entre o anticristo e o lunático, os paulistanos optaram pelo que julgaram menos nocivo.

Encerrada a apuração dos votos, Jânio tomou sua primeira medida como novo prefeito eleito da maior cidade da América do Sul: mandou desinfetar a poltrona que ocuparia. "Desinfeto porque nádegas indevidas se sentaram nela", disse frente às mesmas câmeras que, dias antes, naquele próprio gabinete, fotografaram seu opositor.

~~~~~~~~~~

 Milagrosamente, a equipe já estava completa e a postos quando Fernando chegou à redação. E, como ele teria notado se sua cabeça não estivesse baixa e em outro lugar, um sorrisinho sarcástico era comum a todos – exceção feita a Munhoz. Caminhando em direção à sua sala, deparou-se com a porta, sempre aberta àquela hora, fechada. Ao abri-la, deu de cara com algo bem mais incomum.
 "Bom dia, Fernando", disse Ângelo, olhando por sobre o New Musical Express daquele mês, aberto diante de si. Sentado na cadeira do editor, seu ex-estagiário e atual desafeto tinha os pés na mesa e a petulância na atitude. "Você perguntou se eu podia recomeçar hoje e, bom, aqui estou."
 "Ah, legal. Seja bem-vindo." Fernando não precisou dissimular. Apesar de realmente inesperada, a presença de Ângelo na sua sala, ocupando sua cadeira, sua revista e sua mesa, não surtiu nele o efeito esperado. Se tivesse olhado para trás, Fernando veria as expressões decepcionadas de todos os colegas, cujas atenções estavam voltadas para ali. Se olhasse com a mínima atenção para seu interlocutor, veria essa mesma expressão no rosto dele.
 "Eu pensei em te fazer uma surpresa... Uma brincadeira, sabe? Pra começar... pra começar a semana bem...", desculpou-se Ângelo, notadamente desconcertado.
 "Que bacana. Agora, falando em começar, você me dá licença?"
 "Opa! Claro!" O garoto levantou-se atabalhoado, dando tapinhas na mesa para remover possíveis resíduos deixados pelos seus tênis. "Olha, acabou de chegar..." Entregou a revista a Fernando. "Espero que você não ligue por eu ter aberto..."
 Sim, Fernando ligava. Odiava que alguém antes dele abrisse as revistas e jornais que assinava. Era assim desde pequeno, quando rolava

no tapete da sala esmurrando o irmão e sendo esmurrado por ele, que ousara ler primeiro os gibis que o pai lhe trouxera da banca. Nessa época, levava desvantagem por ser mais novo e, na troca de socos, sempre sobravam alguns a mais para ele. Agora, naquela sala, em caso de nova pancadaria, a vantagem mudaria de lado. Mas não seria o caso. "Não, sem problema", disse Fernando como se não fosse ele.

"Que bom... He, He, He..." Ângelo ia se dirigindo de costas à porta. Deteve-se. "Escuta, só mais uma coisa: eu vou me sentar onde? Na minha antiga mesa mesmo ou..?"

Fernando olhou para a cadeira, onde há pouco o ex-estagiário estava sentado. Lembrou-se das eleições de 1985 e imaginou-se um Jânio Quadros reeditado, a jogar álcool sobre a cadeira e a esfregá-la nervosamente. A ideia, porém, ficou num plano subterrâneo da sua consciência e, para fazê-la imergir de lá, seria necessária uma raiva que Ângelo não conseguiria provocar. Fernando bem que gostaria de ser tomado por uma cólera insana, que o levasse a esfregar na cadeira não apenas um pano umedecido com álcool, mas a própria cara do moleque. Torcia por uma reação irracional, intempestiva, que lhe custasse o emprego, que o mandasse para a cadeia, que lhe desse outros motivos para se preocupar além do único. Mas essa reação não veio, como também não lhe vieram as palavras.

"Bom, vou te deixar em paz...", disse Ângelo e, em seguida, fechou a porta.

Ângelo não tinha os meios para perturbá-lo, tampouco para deixá-lo em paz. Devolver-lhe a calma era um poder exclusivo de Lívia, e ela não parecia estar disposta a usá-lo.

Depois do episódio da cadeira, Fernando Henrique não promoveu nenhum almoço para comemorar sua não-eleição. Ângelo, porém, fizera algumas modificações no roteiro – ao contrário do futuro criador do Plano Real, ele sim tinha razões para celebrar. O rodízio de pizza a dois quarteirões da editora, meio vagabundo mas dentro do orçamento geral, recebia a presença maciça da equipe da Impermeabilizar. Maciça não, absoluta. Até Fernando estava presente, como dificilmente estaria Jânio, cujo papel lhe cabia, se o oponente de 1985 tivesse organizado evento semelhante.

O comparecimento de Fernando espantou a todos. Aos colegas, que sabiam que a recontratação de Ângelo não havia sido ideia sua. A Munhoz, que conhecia os repulsivos bastidores daquele retorno. A Ângelo, que, tendo desistido de humilhá-lo, teve o bom senso de não o convidar. Até ao próprio Fernando sua presença surpreenderia, se ele sequer cogitasse o que estava fazendo. Mas Fernando estava naquele restaurante mequetrefe, impregnado pelo cheiro de orégano e azeite barato, da maneira que a maioria das pessoas está no mundo: sem saber porque e sem fazer muita questão de se informar a respeito. E foi como essa maioria que Fernando agiu: seguindo a maioria. Viu os funcionários saírem juntos e os seguiu, sem saber para onde.

"Fernando, eles vão no almoço do Ângelo... Pra comemorar... hum... a volta dele, sabe?", tentou advertir Munhoz, evitar que o amigo se expusesse, mas ele não parecia estar muito preocupado.

"Ah, é? Que ótimo", respondeu a imagem da indiferença.

Como as fatias de pizza, o constrangimento era comum a todos na mesa, menos ao editor-chefe – com eles, só comungava das calabresas e quatro queijos. Antes mal humorado e taciturno, Fernando apresentava-se em nova versão, semi-catatônica. Andava, falava, respondia a estímulos, mas não fazia nada daquilo como se de fato quisesse; era mais como se não tivesse alternativa. A pizza em seu prato era desprovida de sabor, mas ele não recusava nenhum pedaço. "Portuguesa?" Os oferecimentos do garçom e os "obrigados", de sim e de não, foram as únicas falas daquela refeição. Por fim, passados intermináveis quarenta e três minutos, alguém falou em pedir a conta e, aliviados, todos concordaram, apressando-se para recusar o cafezinho. Como recentemente tinha começado a fazer, Fernando acompanhou a maioria.

Com aquele almoço, Fernando conseguiu uma trégua, de Ângelo e dos outros, compadecidos de seu estado lamentável. Com aquele almoço, Fernando conseguiu também uma azia. Os seguidos pedaços de pizza tiveram sucesso onde o filho do anunciante falhara. Deram-lhe um novo incômodo para dividir um pouco sua atenção.

~~~~~~~~~~

A promessa de distração trazida com a azia não se cumpriu. Possessiva, Lívia ocupava Fernando da cabeça aos pés, e logo ocupou também o estômago: se doesse, que fosse por ela. Não que Fernando tivesse parado de sentir o ardor provocado pelo excesso de alho, queijo e calabresa, mas, ao senti-lo, não se lembrava da verdadeira causa. A nova queimação interna havia se misturado à anterior, e as duas tornaram-se indistinguíveis, formando uma ainda maior. No inconsciente de Fernando, toda dor que o afligisse seria uma decorrência de Lívia. Dor de cabeça, de ouvido, de dente, de garganta. Até uma eventual topada que desse com o pé seria atribuída a Lívia. No seu dicionário pessoal, ao lado do vocábulo "dor", estaria escrito "ver 'Lívia'".

Acompanhado apenas da dor, Fernando passou a tarde toda isolado. Não saiu da sala nem para buscar um remédio. Sabia que o mais potente Milanta não daria conta do que sentia. De olhos baixos, num gemido inaudível, num conformismo muito mais doído que a azia, desistira de esperar contatos de Lívia. Se houvesse algum, seria de uma falsa pena – sob o pretexto da preocupação, lhe intensificaria ainda mais a dor.

No silencioso, o celular vibrava sobre a mesa. O olhar já baixo desviou-se um pouco para conferir o nome mostrado pelo visor. Era o tal chamado, que tinha deixado de esperar e esforçava-se para não querer. O zumbido do aparelho era baixo, fácil de ignorar não fosse aquela ligação a sua causa. Fernando concentrou-se na dor, em sentir o estômago queixar-se do mal que Lívia lhe fazia, implorar a ele que não a deixasse machucá-lo mais. Atendeu às súplicas do estômago e, por fim, o celular deixou de tocar. O aviso de "nova mensagem de voz", no entanto, desfez todo o progresso alcançado pelo estômago.

"Oi, Fernando. Seu irmão me ligou ontem. Ele estava preocupado com você, e eu também fiquei. Como é que você tá? Bom... quero que você saiba que, independentemente de qualquer coisa, você continua sendo uma pessoa muito importante pra mim. Me liga quando puder. Beijo."

Antes tivesse ouvido o estômago àquela mensagem. Ela era exatamente o previsto Cavalo de Tróia, mas nem por aguardá-lo seus estragos foram menores. A clemência mostrada por Lívia no recado nada tinha a ver com a dor que agora o dilacerava. Minutos depois, mais uma vez, o celular zumbiu. Dessa vez, quem ligava estava realmente interessado em aplacar as suas dores.

"Oi, mãe", disse procurando não expressar a agonia na voz. "Tudo bem?"

"Tudo... Quer dizer, só se estiver tudo bem com você. Você não me ligou, fiquei preocupada... Tá melhor, filho?"

"Tô, sim, mãe. Não se preocupa..."

"Fernando, sua voz tá estranha... O que você tem?"

"Nada, mãe, só um pouco de azia. Já passa..."

"Ah, menino, fica comendo porcaria, dá nisso... Toma Milanta."

"Pode deixar, mãe, vou tomar." Ah, se dona Maria soubesse. "Mãe, preciso entrar numa reunião. Ligo pra você mais tarde. Beijo." Fernando tinha pressa de desligar. Já tinha compartilhado com a mãe mais dor do que gostaria.

~~~~~~~~~~

A ligação de Lívia tinha sido simplesmente uma formalidade, algo que ela, com certa culpa, se sentira na obrigação de fazer. Aquela preocupação não existia de fato. Se ela se importasse tanto, estaria lá, com ele. Racionalmente, Fernando sabia que não deveria ligar de volta, dar a Lívia nova oportunidade de atacá-lo. Mas isso não era o suficiente para impedi-lo de considerar essa possibilidade, de ser torturado por ela. Saindo da editora, passou batido pelos colegas e até pelo atento Munhoz, que tentou abordá-lo para saber como ele estava.

Chegou em casa e, sentado no sofá com o celular nas mãos, olhou-o por muito tempo, considerando o que fazer. Antes de se decidir, ouviu mais uma vez o recado. "Me liga quando puder." É claro que ele tinha que ligar, foi ela mesma que pediu para fazer isso. Morrissey era da mesma opinião e tentava convencê-lo, na sua jukebox mental. O contínuo "phone me, phone me" de "A Rush and A Push and The Land Is Ours", estava na cara, era um recado de Lívia dado por meio dos Smiths.

Resolvido, Fernando começou a digitar o número. Mal colocou o dedo sobre a primeira tecla, porém, o celular começou a vibrar. "Roberto", mostrava o visor. Era o irmão dizendo, antes mesmo de ser atendido, para ele parar com essa bobagem e desencanar. "Mulher, meu amigo, é o que não falta. Pra que ficar se humilhando por causa de uma? A fila anda, cara." Se Fernando mencionasse o desejo de retornar o telefonema, seria isso o que ouviria do irmão, pragmático como só os engenheiros sabem ser.

"Fala, Fernando. E aí, recuperado?"

"Da ressaca ou da derrota do Santos?", desconversou, fingindo bom humor.

"Assim que se fala... Escuta, falando no Santos, tenho uma boa notícia..."

"Pode falar..."

"Hoje, falando com um cliente, ele prometeu que vai colocar a gente num camarote do Morumbi, pra ver o segundo jogo... Uisquinho, cervejinha, petiscos... Interessa?"

"Opa, claro!", respondeu Fernando numa empolgação que, normalmente, não seria forçada.

"A gente se vê domingo, então?"

"Claro, vamos combinar. Obrigado, valeu mesmo."

"De nada, cara. Abração!"

Roberto nem desconfiava, mas não era exatamente pelo convite para assistir ao jogo que o irmão agradecia. Acabada a ligação, Fernando desligou o celular para não cometer a besteira evitada. Também não quis saber de escutar música, fosse da vitrola, do iPod ou, se possível, mesmo de sua jukebox interna. Tudo para não correr o risco de receber outro conselho duvidoso de Morrissey.

capítulo 11

Naquela tarde de domingo, Fernando comprovou a eficácia da terapia do grito. Era uma sessão coletiva, onde ele foi beneficiado pelos seus próprios brados e, principalmente, pelos dos quase sessenta mil que lotavam o Morumbi. No meio desses tantos, nada se ouvia além do estrondoso coro, que empurrava o time e todas as preocupações alheias ao jogo para longe dali.

Só importava o Santos e se o time conseguiria fazer a diferença de dois gols que lhe daria o campeonato. O grito da torcida, para a sorte de Fernando, o impedia de ouvir os próprios pensamentos, aqueles chatos que, por mais que ele tivesse passado a semana tentando evitar, ainda insistiam em lhe falar unicamente de Lívia. Ele também não podia escutar a música tocada pela sua jukebox mental, mas, se pudesse, a *playlist* o agradaria. De temática leve, bem diferente dos pensamentos, era composta por canções como a óbvia "Uma Partida de Futebol", do Skank, e "Sweet And Tender Hooligan" – mesmo os Smiths só vinham à cabeça de Fernando em seu curto paralelo com o esporte.

Essa catarse proporcionada pela arquibancada compensava com folgas a ausência do Red Label, das cervejas e das coxinhas a que ele, o pai e o irmão teriam direito se estivessem no camarote. Embora o cliente de Roberto tivesse lhe prometido aqueles lugares privilegiados, o que acabou conseguindo foram os três ingressos no setor vermelho do anel superior do estádio. Quando soube onde assistiriam ao jogo, Roberto ficou constrangido – havia passado a semana contando vantagem por proporcionar à família tal mordomia. No entanto, bastou ver como a Fernando e Seu Fonseca isso pouco importava para também ele não se preocupar e aproveitar as maravilhas da terapia do grito. Com a empresa em situação preocupante e, como o irmão mais novo, recentemente separado, Roberto também tinha seus demônios a expurgar.

"Vamos, Cléber Santana! Marca essa porra!", gritava Seu Fonseca, na esperança do inerte meio-campista ouvi-lo e, aí sim, saber o que fazer. Afastado dos estádios desde a malfadada decisão de 1995, o patriarca era mais um a usar esse retorno de forma terapêutica, mas com objetivos bem opostos aos dos filhos. Num casamento de quase quarenta anos e com sessenta e poucos de idade, Seu Fonseca havia atingido um amortecimento sentimental muito comum às pessoas da sua faixa etária. Estava numa fase da vida em que as preocupações deslocam-se do plano afetivo para o plano de saúde, quando as dores do coração se referem menos a problemas amorosos do que ao excesso de colesterol. Embora muitas pessoas mais jovens desejassem tal indiferença (principalmente em meio a crises e após pés-na-bunda), Seu Fonseca sentia falta daquela inquietação – não de forma declarada, talvez nem de forma consciente, mas sentia. A volta à multidão das arquibancadas era a volta à angústia, à incerteza, a volta ao desespero, ao aperto no peito. Era a volta de tudo o que um dia Dona Maria já lhe causara, e de que agora só o seu time era capaz.

"Cacete, Tabata, toca essa bola!", esbravejava Fernando.

"Rodrigo Souto, maldito... Isso, Rodrigo Souto!", dividia-se Roberto.

"Aprende a chutar, moleque!", Seu Fonseca criticava.

"Só o Zé Roberto mesmo...", os três concordavam.

O sofrimento dos Fonseca foi aliviado aos 25 minutos do primeiro tempo. Pedrinho cobrou escanteio pela direita e o zagueiro Adaílton subiu para, de cabeça, fazer o que seria o seu primeiro gol pelo Santos – agora, só precisaria de mais um. Mas e esse outro, viria mesmo? Veio o segundo tempo e, na medida em que a partida se aproximava do fim, os minutos corriam, ao contrário do time, bem mais lento do que na etapa inicial. O Santos ainda dominava a partida, entretanto, sem o segundo gol, esse domínio de nada valeria.

"Campeão moral a gente já foi em 1995", falou Fernando, temendo o tal bicampeonato moral.

"Vira essa boca pra lá, zica!", repreendeu arisco um torcedor ao lado.

"Falou comigo, meu?" Fernando quis tirar satisfações, mas o outro não lhe deu atenção. Estava mais interessado no que acontecia no campo, como Fernando também logo ficou. Aproveitando o cruzamento de Kléber, o desconhecido Moraes tratou de deixar de sê-lo. Tinha entrado no lugar de Jonas e, agora, para a história do Santos. O segundo gol, o segundo de cabeça, o gol do título. O gol do título?

Após a breve comemoração – abraçou o pai, o irmão e até aquele a quem minutos antes queria socar –, Fernando voltou a se preocupar. Não conseguia engrossar o coro de "é campeão" vindo de todas as partes do estádio. O Santos conquistara três títulos desde 1995, mas a lembrança do resultado final daquela partida, em que todos davam o Alvinegro como vencedor certo, ainda lhe trazia calafrios. Olhou para o lado e viu o pai como ele, calado e apreensivo. Leu na cabeça careca do velho os mesmos pensamentos que povoavam a sua. Do outro lado, seu irmão, igualmente amuado, compartilhava com eles as preocupações, era mais um incapaz de comemorar. Aquilo, então, mais do que o sangue, era o que fazia deles uma família.

A expulsão de um jogador do São Caetano tranquilizou-os um pouco, porém não trouxe a certeza de que 1995 não se repetiria. Ela só viria intermináveis nove minutos depois do cabeceio de Moraes. O apito do juiz determinou o fim do jogo, não da sessão de terapia do grito. No trajeto até suas casas, na quase uma hora que levaram para o percorrerem, por várias vezes os Fonseca soltaram o antes reprimido "é campeão". Acompanhados pelas buzinas, do carro deles e dos outros com que dividiam o trânsito, os gritos encobriam suas tristezas e frustrações.

Quando o pai e o irmão o deixaram em casa e em silêncio, Fernando lembrou que os gritos faziam apenas aquilo com suas mágoas – as encobriam. Elas ainda estavam lá. Lívia ainda estava lá e exigia atenção. Fernando recusava. Ligou a televisão, numa das tantas mesas redondas de domingo à noite e esperou que, apesar de não tão alto, o bate-boca dos comentaristas esportivos tivesse o mesmo efeito dos gritos.

~~~~~~~~~~

"Bom gosto pra cerveja, hein? Valeu", disse Fernando, pegando a Heineken trazida por Munhoz. As paredes do apartamento do amigo, que visitava pela primeira vez, indicavam outras preferências em comum além da marca holandesa. Pôsteres do Sonic Youth e do Pavement dividiam espaço com reproduções de ilustrações de Charles

Burns, Daniel Clowes e outros nomes dos quadrinhos underground – alguns tão underground, que até Fernando, razoável conhecedor da matéria, não conhecia.

"Saúde." As garrafas verdes se chocaram no brinde. Munhoz estava feliz por Fernando ter aceitado o convite. Havia pouco mais de duas semanas, vinha notando o avanço da depressão do editor-chefe, cada vez mais calado e apático. Por diversas vezes, ofereceu-se caso ele quisesse desabafar, sempre tendo a proposta recusada.

Desde o almoço de boas-vindas de Ângelo, aquele episódio bizarro, tirando poucas palavras estritamente necessárias, Fernando não conversava nem com ele nem com ninguém da editora – o que, dado o histórico recente de suas relações profissionais, não chegava a espantar. Depois daquilo, passara a fazer todas as suas refeições sozinho, dispensava até a companhia de Munhoz – que, embora fosse isso o mais lógico, não desistia. No fim do expediente daquele dia, mais uma vez fez o costumeiro convite para uma cerveja, mas o fez por fazer, sem muita esperança. Sabe-se lá por que, então a negativa não se repetiu.

Fernando também não tinha certeza do que o levara a topar a cerveja com Munhoz, mas sentia-se bem por tê-lo feito. Munhoz era gente boa, muito mais do que supunha o juízo que até pouco fazia dele – medroso, tímido e frágil, pouco mais que uma caricatura. Era seu costume olhar a maioria das pessoas assim, como se estivessem na rua e ele, na janela de um andar muito alto. Só via nelas as características mais evidentes e não estava interessado em se aprofundar. Adotara essa postura, sem dúvida arrogante, como um mecanismo de proteção. Compartilhava com Morrissey a crença cantada em "The World Is Full of Crashing Bores": tinha certeza que os chatos eram a maioria e, dessa forma, mantinha-os a uma distância segura. Mas alguém que gostasse de Charles Burns, Pavement e Heineken, definitivamente não podia ser um "crashing bore". Não, senhor.

"Legal essa ilustra aqui, hein? Quem fez?" Em pé, Fernando apontava para um original enquadrado pendurado na parede. Antes de ouvir a resposta, viu a assinatura. "'Munhoz'? É alguém da sua família?"

"Mais ou menos... He, he, he... Sou eu."

"Muito legal, cara. Não sabia que você tinha esse talento." Olhando-o pela janela do arranha-céu, não podia mesmo saber. "Você nunca pensou em fazer isso profissionalmente?"

"Na verdade, eu faço... De vez em quando, contribuo com umas revistas... Coisa pequena. Não dá pra ganhar a vida só com isso, mas ajuda. Sem contar que, mais que dinheiro, me dá prazer."

Normalmente, Fernando criticaria a cafonice do comentário final, desnecessário. Mas isso ficou em segundo plano. Não pôde evitar a associação dos desenhos do editor de arte e suas pretensões de crítico musical. Parecia que o "covarde" Munhoz tinha bem mais coragem que ele. "Me mostra mais algumas coisas suas, cara. Ah, e tem mais breja?"

Munhoz trouxe seu portfólio de ilustrações e mais uma cerveja para cada um. Foram elas, ilustrações e cervejas, que conduziram a conversa. Fernando não queria falar sobre Lívia e Munhoz teve a sensibilidade de perceber isso.

"Munhoz, onde fica o banheiro?", perguntou Fernando, após a quarta.

"Corredor, segunda porta."

Leitor de banheiro compulsivo, Fernando sempre passava nessas instalações muito mais tempo que o necessário. Até para urinar, mesmo que por poucos segundos, ele gostava de ler. No cesto de revistas do banheiro de Munhoz, viu a Folha de S. Paulo daquele dia e não teve dúvida. Pegou a Ilustrada e, passando os olhos nela, uma nota o surpreendeu.

"Munhoz", chamou Fernando, chegando à sala com o jornal na mão, "já ouviu falar numa balada chamada Clash?"

"Clash? É um lugar novo, abriu na Barra Funda faz uns meses... Por quê?"

"O Andy Rourke... O ex-baixista dos Smiths, sabe?"

"Sei, claro. O que tem?"

"Parece que virou DJ e vai tocar lá. Fiquei a fim de ir."

Pela segunda vez no dia, Fernando surpreendeu Munhoz. Pela segunda vez, uma surpresa positiva. Mais improvável do que ele ter aceitado seu convite para a cerveja, essa disposição para sair foi bem recebida por Munhoz, que não esperava vê-lo animado tão cedo. Só mesmo os Smiths, que ele sabia serem a banda preferida do amigo, para promover tal milagre. E foi necessário um dos integrantes vir pessoalmente ao Brasil para tanto. "Vamos nessa. Quando é?"

~~~~~~~~~~~~

Nos anos 1930, a região da Barra Funda era repleta de indústrias. Uma delas ocupava o galpão que, hoje reformado, abrigava a Clash. Com decoração moderna e bem cuidada, a estudada atmosfera underground repetida em todos os clubes da região, o espaço não guardava nada de industrial, exceção feita talvez aos pais de alguns frequentadores bem-nascidos, em busca das atrações da música eletrônica que ali alternavam-se às roqueiras.

Naquela noite, embora reservada ao rock, a origem abastada parecia comum a todos os presentes. Nos olhares *blasés*, por vezes encobertos por óculos de design caprichosamente ultrapassado, o mesmo desprezo característico da burguesia diante de um mundo indigno de si. Paranoico, Fernando interpretava a recriminação sem motivo como dirigida a ele. Há um tempo longe da vida noturna, parecia ter-se desacostumado àquela pose, comum aos habitués das baladas alternativas. Todos os cantos de olho tinham em Fernando o efeito das flechas em São Sebastião, e suas pontas conheciam seu infortúnio recente em detalhes. "Bem fez a Lívia em ter dado um pé nesse babaca. Figurinha patética", diziam os olhares ao lhe perfurar a carne.

Mas, quando o Andy Rourke começasse a discotecar, Fernando se sentiria mais à vontade. Se não pela música, pela quantidade de cervejas bebidas até então. Se quem fuma muito acende um cigarro no outro, no caso de Fernando, poderia se dizer que abria uma cerveja na outra – o que de fato ele tentaria, caso a atendente no bar já não lhe entregasse as garrafas abertas. Bebia de forma nervosa e contínua, só interrompida pela chegada de Munhoz, acompanhado de duas garotas de vinte e poucos anos. Sorridente, ele disse: "Fernando, olha quem eu achei..."

"Oi, tudo bem?", disse a menina, um pouco sem graça.

Não foi de imediato, mas Fernando a reconheceu: era Regiane, sua funcionária, a repórter baixinha e bunduda. Maquiada, vestida com uma roupa descolada, estava bem mais interessante do que no dia a dia, quando seus encantos se resumiam ao traseiro avantajado. Se bem que essa percepção cotidiana, pensou Fernando, podia muito bem se dever à observação superficial que fazia de todos. Talvez fosse um pouco cedo para isso – talvez cedo demais –, mas passou a considerar dar uma chance para a menina, que muito provavelmente era uma pessoa tão bacana quanto Munhoz. O mundo tinha menos chatos do que ele julgava, afinal. Não, definitivamente, era cedo demais para uma afirmação dessas. Regiane só estava mais gatinha do que de costume. E ele, começava a perceber, já sentia os efeitos das cervejas.

"Tudo, e você?", trocaram beijinhos.

"Essa é a Gabriela, minha amiga. Esse é o Fernando... meu chefe." Regiane apresentou a amiga, moderninha e aparentemente simpática como ela. Nova troca de beijinhos.

"Para com isso, Regiane. Aqui ninguém é chefe de ninguém. Aqui, aliás, ninguém é de ninguém..." Fernando desandou a rir, acompanhado apenas dos sorrisos constrangidos dos outros. O humor duvidoso e o excesso de intimidade com as garotas não deixavam dúvida: as Heineken já haviam entregado a descontração encomendada por ele.

Apesar das meninas não terem achado muita graça no gracejo, ele não foi o suficiente para espantá-las. Como tinham vindo sozinhas, permaneceram ao lado dos dois, mas conversavam principalmente com o atencioso Munhoz, que, de tão atencioso, tentava incluir Fernando o tempo todo. Fernando, por outro lado, progressivamente bêbado, não fazia muita questão de ser incluído. Indiferente e autossuficiente, dançava de olhos fechados a *playlist* de Andy Rourke, já em cena.

Às vezes, os olhos se abriam e iam à procura do DJ, e mesmo quando o encontravam pareciam não ter tido sucesso. O tiozinho de óculos e pronunciada papada não correspondia à imagem que Fernando tinha em seus arquivos mentais, retirada das contracapas dos álbuns dos Smiths. Aquele senhor nada tinha a ver com o jovem de cabelo loiro espetado e eterno sorriso irônico. Andy não era como Morrissey, cujo envelhecimento Fernando tinha acompanhado ao longo dos anos e com o qual se acostumara. Parecia uma dessas pessoas que passamos um tempão sem ver e de quem, quando encontramos, não conseguimos disfarçar a surpresa. Também ao contrário do líder de sua ex-banda, o baixista parecia não ter sabido envelhecer, insistindo num visual "jovem", como denunciavam as roupas e o inadequado corte de cabelo estilo *britpop*.

Sem ter porque permanecer abertos, os olhos de Fernando novamente se fecharam, e o transe prosseguiu. Ele não sabia se gostava mesmo da seleção de músicas ou se "gostava" em respeito ao que o DJ e, mais que ele, sua ex-banda representavam. Sóbrio, talvez não apreciasse tanto a coletânea, cujos raros pontos altos se restringiam a algumas coisas do New Order, do Charlatans e do Stone Roses, grupos da mesma Manchester dos Smiths. Na dúvida, Fernando apenas gostava.

A próxima música mudou tudo. "How Soon Is Now?", tida como uma das mais perfeitas canções pop, só permitia questionamentos se fossem do tipo "vale a pena viver?", "será que um dia vou encontrar alguém?", feitos à exaustão por milhões de adolescentes ao longo de mais de vinte anos sempre que a escutavam. Há tempos, Fernando já não era adolescente, mas, convidadas pelas depressão, essas dúvidas voltavam à sua cabeça, acompanhadas da certeza de "sair do clube sozinho, ir para casa, chorar e querer morrer". Prendeu e repreendeu o choro: as lágrimas tinham de obedecer o roteiro e esperar até chegar em casa.

Por um segundo, abriu os olhos, e abriu-se uma possibilidade de mudar o script. A poucos metros, Fernando viu Lívia. Dançava também sozinha e absorta, linda. Traduziu nos movimentos dela uma mensagem que falava da oportunidade perfeita de entendimento, ao som da trilha sonora de suas vidas. Podiam ser um para o outro a tal pessoa que você encontra no tal clube e que ama você de verdade. Pelo menos ali, a falsa promessa da letra de Morrissey poderia se cumprir.

Fernando estava a dois "dá licença" de Lívia. Só faltava isso para tudo o que nas últimas semanas estivera apenas na sua cabeça estar novamente nos seus braços. Mas outros braços estavam mais próximos dela e foram eles que, vindos de trás, a envolveram. Atônito, Fernando notou um mauricinho gordinho, mais baixo do que ele, de petulância contrastante com a aparência inofensiva, indigna de ciúme. Para a sua surpresa, aquele sujeitinho, com quem Fernando não se importaria se Lívia passasse a noite inteira conversando numa festa, estava beijando o pescoço da *sua* mulher e dançando com ela a música da *sua* banda. Não se conteve: deixou a educação e os dois "dá licença" de lado e avançou descontrolado na direção deles.

"Posso saber que porra é essa?", gritou, sem conseguir chamar a atenção dos dois. "How Soon Is Now?" falava mais alto. Mão no pescoço do sujeito, talvez assim fosse ouvido. "Tira a mão da minha mulher, filho da puta!"

"Fernando! Larga ele, pelo amor de Deus!" Segurando o braço de Fernando, desesperada, Lívia tentava fazê-lo soltar o acompanhante. Logo surgiram músculos extras para ajudá-la na difícil tarefa, dois desconhecidos, que conseguiram controlar o ex-namorado.

"Lívia, você conhece esse maluco?", disse a vítima, passando a mão na garganta. "Ah, claro... você chamou ele pelo nome..."

"Me solta! Vou quebrar esse gordinho babaca!" Os dois da turma do deixa disso, obviamente, não lhe deram ouvidos. Estavam guardando Fernando para o segurança. Grande e truculento, ele não teve dificuldades para abrir caminho entre os clientes. Mal chegou, o leão de chácara pegou o braço de Fernando e o torceu por trás das costas, indo com ele em direção à saída. Nesse instante, surgiu Munhoz. "Solta o cara! Ele é meu amigo, eu me responsabilizo por ele!", disse, preocupado. Olhou para Lívia, a quem já tinha visto uma vez, e rapidamente supôs os fatos que não presenciara.

"Negativo, parceiro. Se é seu amigo, sai com ele", respondeu o segurança, mantendo seu rumo, sem se comover com o apelo. Condoído com o camarada, Munhoz não hesitou mesmo em acompanhá-lo. Antes disso, no entanto, dirigiu um olhar de recriminação à Lívia e, no dela, enxergou um certo arrependimento.

~~~~~~~~~

Ainda estavam em frente ao clube, na calçada. Com um dos braços, Munhoz segurava Fernando, receoso de que ele quisesse entrar de novo. Com o outro estendido, tentava conseguir um táxi. Antes que chegasse um, chegou Lívia – sozinha.

"Oi... Posso ter uma conversinha com o Fernando?", pediu a Munhoz, como se isso dependesse mais da vontade dele do que do amigo.

"Olha, ele tá meio bêbado... Não sei se é uma boa..."

"Meio bêbado o caralho...", Fernando negava, com razão. Estava mais do que meio bêbado.

"Bom, vocês se conhecem, são adultos... Ah, vocês que sabem", absteve-se Munhoz. "Se precisarem, tô ali." E se dirigiu a um carrinho de cachorro quente a alguns metros. Fernando sentou-se no meio-fio e Lívia, mal sentou ao seu lado, começou. "Porra, Fernando! Você tá louco?", disse, sem rodeios.

"Louco tá aquele gordinho filho da puta de te abraçar daquele jeito... Quem é?"

"É... é... só um amigo!" Agora sim, Lívia não conseguiu evitar os rodeios.

"Não sabia que seus amigos te abraçavam por trás e beijavam seu pescoço." Os olhos de Fernando, negros de ódio, atacavam os de Lívia, que, encurralados, não tinham para onde ir.

"O Luís Paulo... a gente... ele... ele trabalha comigo..." Lívia não sabia o que dizer. Fernando não tinha esse problema.

"Cacete, Lívia, me substituiu rápido, hein? E ainda por cima, por um cretino de nome composto..."

No passado, em suas brincadeiras, no olhar sarcástico que compartilhavam, Fernando e Lívia convencionaram que todos os idiotas tinham nome composto. Aparentemente, Lívia mudara de opinião. "Pelo menos, Fernando, ele luta pelo que quer..."

"Não diga... Se ele luta pelo que quer, fala pra ele vir aqui fora se quiser ficar com você. Aliás, eu...", antes que ele começasse a se levantar, o olhar do segurança e a embriaguez o fizeram desistir.

"Não duvido que, se falasse, ele viria aqui. Sim, ele lutou por mim, como você desistiu de lutar faz tempo. Como, aliás, você desistiu de toda a sua vida. Há quanto tempo você tá naquela merda de editora, desperdiçando seu talento? O Luís Paulo não tem nem a sua idade, já foi correspondente internacional e hoje é repórter especial, sabia?"

"Puxa, parabéns pra ele...", Fernando fez pouco. Invejava o dito cujo, mas não pelo currículo. De repente, se deu conta. "Ah, então é isso... Você queria um cara bem sucedido... Como não conseguiu um cara legal bem sucedido, apelou para um cretino de nome composto... Um gordinho! Que desespero, hein?"

"Chega. Falta de respeito também não, Fernando." Lívia começou a se levantar. Fernando pegou-a pelo braço e, com mais força, pelos olhos.

"Falta de respeito? E o que fez comigo hoje?"

"Eu não queria que você..."

"Pensa bem, Lívia... O cara era baixista da minha banda preferida, e você achou mesmo que eu não estaria aqui?"

"Eu... não pensei nisso... Smiths também é *minha* banda preferida..."

"...Que quem te apresentou fui *eu*."

"Nada disso, eu já conhecia..."

"...As que tocavam no rádio. Conhecer de verdade, só depois de *me* conhecer. Smiths e Morrissey eram coisas minhas, que eu dividi com você. Tipo a minha cama."

"Sua cama? Do que você tá falando?"

"Depois que a gente se separou, você vir a um show do Andy Rourke com outro cara é o mesmo que trepar com ele na minha cama. E, comigo presente nesse show, é fazer isso enquanto eu estou lá, tentando dormir." Se estivesse sóbrio, talvez Fernando não tivesse coragem ou palavras mais exatas para expor seu improvável raciocínio, de lógica ainda mais improvável. Um absurdo, que passou despercebido pelo seu superego, mas não passaria por Lívia.

"Você tá bêbado, Fernando. Aliás, você é um bêbado." Ela ameaçou levantar de novo, mas, de novo, Fernando a impediu. Segurando firme no seu braço, quase machucando-a, ele concluiu: "Escuta: quero que você pare de usar a minha cama. Não quero saber de você com outro homem nela. Antes, a cama era nossa, agora é *minha*."

"Ah, meu filho, pode deixar que, da próxima vez que esse chato vier tocar por aqui, eu não passo nem perto." Lívia respondeu sem sensibilidade, sem paciência. E emendou. "E o Morrissey, bem, meio difícil ele fazer show no Brasil, hein?" Dessa vez, Lívia conseguiu soltar o braço do aperto de Fernando e se levantou. Já tinha dado alguns passos quando, depois do terceiro "Lívia", resolveu voltar. "Fala, mas fala logo."

"Não quero que você escute nada deles, nem do Morrissey, nem dos Smiths. Nunca mais." O absurdo não parava de ficar ainda mais absurdo.

"Ha, ha, ha, ha!", gargalhou do modo mais ofensivo possível. "Ridículo."

"Ridículo seria eu ouvindo 'Well I Wonder', na maior fossa, e você com esse gordinho filho da puta, ao mesmo tempo, ouvindo a mesma música e tomando um vinho. É trepar com outro na minha cama do mesmo jeito."

"Ah, tá, entendi... Pode deixar. Vou jogar fora os CDs e apagar os MP3s, tá bom assim?", ironizou.

"E também, quando tocar no rádio, muda de estação."

"Fernando", Lívia adotou um tom sério, "eu realmente talvez nunca mais ouça nada do Morrissey ou dos Smiths, mas não porque você está pedindo. Sabe por quê?"

"Por quê?"

"Porque eu nunca mais quero lembrar de você."

Antes que Fernando pudesse falar qualquer coisa, Lívia voltou apressada para dentro do clube, acompanhada pelo olhar do segurança, que lhe devolveu o documento de identidade. O mesmo segurança que expulsou Fernando, mas que, mesmo tendo sido profissionalmente impiedoso ao fazê-lo, não pôde evitar sentir alguma pena dele agora, sentado na calçada com a cabeça baixa entre as mãos.

Munhoz observara tudo do carrinho de cachorro quente, de onde veio ao perceber que a conversa tinha acabado. Acabado também estava Fernando. Ficou evidente quando, ao notar o amigo do lado, levantou a cabeça e lhe dirigiu os olhos. Neles, no lugar das previstas lágrimas, apenas descaminho, desesperança. Munhoz procurou disfarçar a inevitável pena. Simplesmente ajudou-o a se erguer e entrar no táxi recém parado. Poupou-o de qualquer pergunta além de "onde você mora mesmo?". Percorreram o trajeto até a resposta em absoluto silêncio. Fernando desceu e, mudo, sem olhar para trás, apressou-se. Já em casa, no sofá de corino branco, as lágrimas tiveram, enfim, a deixa que há tanto esperavam.

~~~~~~~~~~

Fernando tinha catorze anos e um grosso maço de notas no bolso. Mas, para ele, o volume que o agasalho amarrado na cintura tentava disfarçar era o de um par de adidas pretos. Quando o pai lhe deu o dinheiro, ele converteu-se automaticamente nos tênis – nem que se esforçasse, Fernando conseguiria imaginar outro uso para a quantia. Acordou cedo no sábado, antes dos pais, do irmão e, possivelmente, dos donos da loja de calçados. Não queria correr o risco de alguém comprar os seus adidas número 39 antes dele – e se fossem os únicos? Impaciente, tomou banho, tomou café da manhã e saiu de casa quinze minutos antes da abertura da loja. Ainda fechada quando chegou, ele esperou. Quando abriu, correu para um funcionário da loja, afoito.

"Moço, eu quero aqueles adidas pretos ali da vitrine", disse, batendo no ombro do vendedor, de costas para ele.

"Vai ficar querendo", respondeu o vendedor, sem se virar.

"Hã?"

"Eu não vou vender esses tênis pra você", disse o vendedor, ainda sem se virar.

"Mas... mas... eu tenho dinheiro...", inutilmente, Fernando tentou mostrar o maço de dinheiro para o vendedor, ainda de costas.

"Já disse: não vou vender pra você."

"Eu quero falar com o dono da loja." Fernando não desistiria fácil.

"*Eu* sou o dono."

"Ah... é? Então, eu... eu... vou comprar em outra loja."

"As outras lojas não têm esse modelo."

"Como é que você sabe?", perguntou Fernando, quase chorando.

"Pode procurar. Você não vai achar."

"Por que você tá fazendo isso comigo?", perguntou de novo, agora chorando.

O vendedor, por fim, se virou, e o menino pôde ver sua cara. Era ele mesmo, Fernando, como seria aos trinta anos. Olheiras, barba por fazer, fisionomia cansada, triste. "Acredite, eu estou te fazendo um favor."

~~~~~~~~~~

Na manhã de domingo, o frio do outono entrou pela fresta da porta-balcão da varanda e, junto com o final do pesadelo, fez Fernando acordar. Sentia dores na cabeça e nas costas, numa pela ressaca, nas outras, pela noite mal dormida no pequeno sofá. Mais uma vez, sonhara com seus catorze anos e com os tênis, mas agora não tinha sido atropelado, nem passara perto de ser. Esse sonho o fez entender todos os outros. Se pudesse interferir uma única vez no seu passado, aquele desastre e todos os outros desencadeados por ele não teriam acontecido.

PARTE 2

THERE IS A LIGHT THAT NEVER GOES OUT

capítulo 12

Ptolomeu era categórico: o universo gira em torno da Terra. A afirmação, hoje motivo de gargalhadas até entre crianças do primário, rendeu ao astrônomo aplausos de toda a comunidade intelectual da Grécia antiga. Esses aplausos ecoariam por séculos, até que o também astrônomo Nicolau Copérnico e seu heliocentrismo colocassem a Terra em seu devido lugar – girando em torno do sol, que não era o centro do universo, mas de um sistema planetário batizado por isso como solar. Outros tantos séculos depois, o centro do universo permanece até hoje desconhecido. Mas, em 1991, o estudante da oitava série Fernando Fonseca tinha seu palpite.

Não prestava atenção nas explicações da professora de geografia, Dona Dutra, nem nos livros em que passava os olhos para as suas provas – o que não o impedia, talvez o ajudasse, de teorizar a respeito de qual seria o verdadeiro centro do universo. Para ele, eram os seus pés, ou melhor, algo localizado sobre eles. Tudo girava em torno dos seus novíssimos adidas, estrelas de primeiríssima grandeza, pretas, mas não menos radiantes que qualquer sol. Embora a astronomia acadêmica provavelmente não concordasse com tal constatação, até mesmo um astrônomo que passasse certo tempo ao lado do menino veria que, em se tratando dele, fazia sentido.

Durante as aulas, enquanto o olhar dos outros garotos se dirigia ao desabrochar das coleguinhas, a alguma revistinha de sacanagem lida de modo clandestino, à quadra de futebol à espera do recreio, ou até mesmo ao quadro negro, a ele só interessavam os tênis dessa mesma cor. Andava pelos corredores da escola e do mundo sempre assim, de cabeça baixa, o que dava aos outros a impressão de que ele estava triste ou que tinha problemas de autoestima. Nunca os outros estiveram tão errados: o olhar de Fernando estava para baixo, mas só o olhar. O menino não cabia em si de orgulho, de felicidade. Se com os adidas andava nas nuvens, isso não se devia ao suposto sistema de amortecimento. Era um modelo simples, de solado baixo, que, apesar de já ter sido usado por fundistas, não se adequava à prática de qualquer esporte, a não ser aquele a que Fernando dedicava seus dias: era recordista mundial de exibicionismo.

Os adidas tinham sido a primeira coisa que Fernando quis de verdade. Quisera os brinquedos ganhos em aniversários e natais, quisera os gibis comprados nas bancas, quisera a vida toda que o Santos fosse campeão e pusesse fim à gozação dos torcedores de outros times a que sempre fora submetido. Os adidas pretos, porém, inauguraram uma nova modalidade de querer. Desde que os vira, repousando na vitrine da sapataria, de cara tinha passado a desejá-los. Se os tivesse visto antes, fosse em anúncios publicitários ou nos pés de alguém, seria fácil localizar a raiz do desejo, mas não. Nunca vira tênis como aqueles, em fotos ou ao vivo, em nylon e borracha.

Despertaram nele um desejo inexplicável, primitivo, doído. A paixão à primeira vista perto da qual nenhum sentimento platônico alimentado a cada ano por uma menina diferente se aproximava. Em comum com esses amores irrealizados, tinha o aspecto impossível: sua minguada mesada só daria conta de uma aquisição como aquela se juntada por meses, e Fernando não estava disposto a esperar tanto, simplesmente porque não conseguiria. Tinha a urgência dos apaixonados, e a felicidade da compra, após duas semanas de paquera, foi a mesma da conquista amorosa – sensações que só compararia no futuro, quando enfim experimentasse essa última. Andava com seus adidas como quem anda no shopping com a menina mais bonita da escola, de mãos dadas, fazendo de tudo para todos os verem juntos.

A analogia com a menina mais bonita, aliás, seria contestada por qualquer garoto, da escola de Fernando ou de qualquer outra. Na opinião unânime deles, o objeto de desejo a quem essa metáfora caberia era outro: as mochilas Company. Em azul, roxo, cinza e vermelho, habitavam todas as costas adolescentes, menos as de Fernando. Abrira mão de ter uma em função dos adorados tênis – sem pais abonados, ele teve de escolher. E, apesar disso o separar dos demais – numa época da vida em que não pertencer é o mais doloroso dos sentimentos –, nem por um segundo ele se arrependeu da escolha.

Fernando considerava a beleza das Company muito óbvia – os olhos azuis e o cabelo loiro da menina que acabou de se transferir de outra escola, por quem todos babam. Mas, ao contrário da novata, com quem ninguém teria chance, as Company ficavam com quem quisesse. E isso, o fato de todos poderem tê-la, enfraqueceu o interesse que Fernando de início teve por aquela belezura. Se mesmo quando insistiu para que os pais a comprassem, ele não estava tão certo de que a queria, foi ver os maravilhosos tênis para o interesse se desfazer por completo. Manter a velha mochila jeans coberta por manchas de tinta de caneta e desenhos toscos feitos à base de Liquid Paper era um preço pequeno a pagar pelos adidas pretos. O outro preço, maior, seria pago pelo pai, mas não sem alguma resistência.

Os adidas não foram a primeira coisa que Fernando quisera de verdade. Foram a primeira coisa que *ele* quisera, isto é, a primeira que desejara por si próprio, sem seguir uma tendência ou ter sido influenciado por alguém. Não que na época Fernando se desse conta, mas a insistência para que todos notassem os adidas representava um esforço pelo reconhecimento de sua recém-adquirida personalidade. Os adidas eram uma espécie de impressão digital de Fernando, mas com um design muito mais bacana.

"Vamos, Fernando, eu quero chegar em casa logo pra ver o Globo Esporte", apressou o flamenguista Edgar, ávido pelos tentos do seu time narrados por Léo Batista. Herdado do pai, o gosto pelo rubro-negro carioca fazia dele o único torcedor desse time na oitava B, talvez na escola.

Fernando achava um despropósito Edgar, sendo paulista, torcer por uma equipe do "estado rival". Nem a explicação de que a paixão do amigo fora herdada do pai o fazia pensar diferente – afinal, Edgar era filho de mineiro. Eram amigos desde bem pequenos, mas Fernando o provocava com a frequência de quem acabara de descobrir a "bizarrice".

"Pra ver os gols do carioca? Se pelo menos fosse um campeonato de verdade..." Fernando havia parado para amarrar os cadarços dos adidas e o fazia sem pressa, aproveitando a oportunidade para contemplar mais uma vez os detalhes daquela obra-prima alemã.

"Se liga, meu. A gente tem o Júnior, jogando um bolão... E vocês, têm quem, o Paulinho McLaren? Pelo amor de Deus! Isso é nome de jogador?", respondeu Edgar e voltou a apressá-lo. "Para de alisar essa bosta de tênis e vamos."

O modo desrespeitoso como Edgar se referiu aos seus amados adidas fez Fernando tirar os olhos deles e cravá-los nos olhos do amigo, numa promessa muda de arrancá-los a sangue frio. Parecendo ter entendido o recado, Edgar tratou de desconversar. "Já amarrou? Vamos nessa, vai."

Os times eram das poucas coisas que os faziam divergir. Melhores amigos, eram vizinhos – de carteira na classe e de casa no Ipiranga – e compartilhavam muitas histórias, tantas quanto pessoas de catorze anos que mal saíam do bairro poderiam ter vivido. Em poucos minutos, não sabiam, os dois dividiriam mais uma aventura, a mais importante de suas jovens vidas. E que quase poria fim à de Fernando.

A duas ruas daquela onde moravam, Fernando e Edgar esperavam para atravessar. Estavam em frente a uma obra que, como tantas em São Paulo, não respeitava as exigências da prefeitura, avançando sobre a calçada e enchendo-a de entulho e material de construção. Sem muita opção, os garotos ficavam em meio ao cimento, à areia e às pedras, que roubavam o espaço dos pedestres. A cada carro que passava em velocidade, pó de cimento, areia e poeira eram levantados, sujando-os todos, da cabeça aos pés. E eram justamente os pés que preocupavam Fernando. Sobre eles estava o que importava de fato.

"Tênis preto suja demais", resmungava enquanto dava cuidadosos tapinhas nos adidas, com o objetivo de remover deles a poeira.

"Cacete, esse cara do fusca é louco!", espantou-se Edgar com o avanço desembestado do carro, bem acima dos 50 quilômetros permitidos para aquela rua.

Fernando, mais interessado na limpeza de seu maior tesouro, não o escutou. Estava de cabeça baixa, de olho nos tênis, e foi assim que se pôs a atravessar a rua. Deu apenas um passo, mas esse único passo o fez percorrer cerca de cinco metros. Projetado pelo impacto, o voo de Fernando encerrou-se de modo brusco, com o rapaz se estatelando no asfalto, e atraiu a atenção de todos que estavam na rua – até alguns que não estavam, mas que, ao ouvir o barulho do impacto, apressaram-se em sair de suas casas e trabalhos. Mais pela curiosidade mórbida do que pela solidariedade, a multidão juntou-se ao redor do menino, e Edgar precisou abrir caminho em meio a ela para verificar as condições do amigo.

"Fernando! Fala comigo, Fernando!", gritava Edgar agachado ao lado dele, imóvel. A resposta não veio da boca, mas da perna esquerda. Ela parecia ter ganhado mais um joelho, logo abaixo do joelho original, que dobrava-se na direção oposta desse. Era tudo o que Edgar precisava saber para, aos berros, correr para avisar a mãe do amigo. Dona Maria recebeu a notícia com a imaginada preocupação, agravada ainda mais pela falta de tato do mensageiro.

"Quê? O Fernando... o Fernando... o Fernando foi..."

"Foi, tia! Foi e tá mal! Vamos lá comigo!"

Atrás do coleguinha do filho, Dona Maria correu mais que o permitido pelo seu sobrepeso, mas não o suficiente. Quando chegaram lá, não encontraram sinal de Fernando. "Meu Deus do céu! Cadê o meu filho, por Nossa Senhora?" Dona Maria era a imagem e o som do desespero.

Ao abrir os olhos, Fernando logo os dirigiu aos pés. Só não se desesperou ao não ver seus adidas porque, ainda anestesiado, as dores e emoções estavam arrefecidas. Logo afastado, o lençol revelou um pé descalço e o outro coberto por uma bota branca, que se estendia por toda a perna esquerda. Sem uma listra sequer, o design nada tinha a ver com a elegância da marca alemã. O material, gesso grosseiro, também nem se aproximava da lona acetinada que revestia os queridos tênis. Em resumo, não precisou de dois segundos para entender que perdera os adidas, e que o que ganhara em troca o deixara em grande desvantagem. Novamente, se não fosse pelos sedativos, Fernando não conseguiria conter um ruidoso choro.

Depois de procurar sem sucesso pelos seus tênis, olhou para os lados e encontrou algo quase tão importante quanto eles. Os pais, o irmão e o melhor amigo estavam lá, esperando que ele acordasse.

"Graças a Deus, meu filho." Segurando a mão do caçula com uma das suas mãos, Dona Maria fez o sinal da cruz com a outra.

"Quantas vezes eu já te disse pra olhar pros dois lados antes de atravessar, hein? Quantas vezes?" Seu Fonseca não perdeu a oportunidade da bronca. "Mas o importante é que você tá vivo, moleque", completou com um sorriso.

"Eu já estava pensando que ia ficar com o quarto só pra mim… Ai, pai!" Nem bem completou a gracinha, Roberto levou do pai um tapa na nuca.

"Sabia que você ia me fazer perder o Globo Esporte… He, He, He!", disse Edgar, num comentário também engraçadinho, mas infinitamente mais leve que o de Roberto.

"O que aconteceu?", balbuciou Fernando. Perguntaria também onde estava, mas o inconfundível ambiente hospitalar lhe poupou a saliva, já escassa na boca seca, como ficam as de todos que voltam de uma anestesia geral.

Quem começou a falar foi Edgar. Contou sobre a desatenção de Fernando ao atravessar a rua, sobre como seu cuidado excessivo com os tênis o fizera ter pouco com a própria vida. Depois, a mãe disse que, avisada por Edgar, correu para acudi-lo, mas ele já não estava mais lá. Ficou sabendo, por meio dos curiosos presentes, que o motorista apressou-se em colocá-lo no carro e levá-lo ao hospital, ignorando a gravidade de se transportar um acidentado de maneira inadequada. Disse também que, ao chegarem ao Hospital Ipiranga, o maldito motorista já não estava mais lá. O pai falou que, por sorte, isso não tinha prejudicado seu estado, e que Fernando ficara dois dias na UTI, sendo submetido a todo tipo de exames para avaliar os danos causados. Também por sorte, esses danos não passaram de alguns arranhões pelo corpo e uma fratura na tíbia e no perônio, os ossos que os médicos disseram ter se quebrado na perna esquerda do menino. O irmão mais velho, talvez ainda por lembrar-se do tapa do pai, não falou nada.

"E quanto tempo eu vou ficar com a perna engessada?"

Mãe e pai se entreolharam, decidindo quem daria a notícia que, pela demora, não parecia ser das melhores. Por fim, alguém resolveu falar, mas não foi nenhum dos dois.

"De seis a sete meses", disse Roberto, dando a previsão do médico com o tom casual de quem comenta o tempo.

Fernando arregalou os olhos, que logo se encheram de lágrimas. Seu Fonseca segurou o ímpeto de um outro tapa. Afinal, não podia bater no primogênito por falar a verdade.

~~~~~~~~

Na cama colocada no quarto dos pais, ideia da mãe para poder estar ao lado dele caso precisasse de algo no meio da noite, Fernando e sua perna branca tornaram-se atrações quase turísticas. Caravanas formadas por parentes, colegas da escola e pessoas que ele não imaginava quem fossem alternavam-se em visitas tão frequentes quanto indesejadas pelo menino.

"Coitadinho... Mas já, já você tá bom por aí, viu?", garantia tia Alzira.

"Doeu muito?", quis saber Cláudia, a bonitinha do outro lado da rua.

"Eu aceito mais um café, Dona Maria", abusava um dos tantos que Fernando nunca tinha visto mais magros.

"Se deu bem, hein, velho? Vai passar um tempão sem ter que ir pra escola...", invejava Otávio, um chato da sua classe com quem ele nunca falava.

No começo, Fernando pensava igualzinho a ele. Afinal, apesar do gesso e das visitas inoportunas, podia passar os dias do seu jeito preferido: lendo gibis, comendo porcaria e assistindo à televisão. Não precisou de mais de uma semana, no entanto, para se entediar e começar a sentir falta de andar e de qualquer atividade que envolvesse o uso das pernas. Lamentava não poder correr, jogar bola, andar de bicicleta, de skate. Até o polichinelo das aulas de educação física dava saudade. Como antes do acidente, a cabeça de Fernando vivia baixa, com a diferença de que, agora, acertaria quem pensasse que era devido à tristeza. Nesses dias, foi atacado por sua primeira depressão, um monstro do qual nem os mais poderosos super-heróis dos quadrinhos podiam salvá-lo. Tristes também ficavam os pais, sem saber ou ter o que fazer.

Dona Maria e Seu Fonseca ficariam mais tranquilos se previssem que, mesmo sem seu envolvimento, o fim da melancolia do filho estava próximo. E se soubessem quem teria sucesso onde falharam seus poderes mutantes capazes de salvar o mundo, os X-Men ficariam humilhados.

Filha de Joselma, a empregada, Jéssica tinha quatro anos. Seus talentos naturais não atrairiam a atenção de Cerebro, computador usado pelo Professor X para rastrear possíveis alunos para sua Escola para Jovens Superdotados. É, talvez seu sorriso, seus cachinhos e suas bochechas fofinhas não impedissem que Magneto, em seu ódio pela raça humana, acabasse com todos os homo sapiens, inclusive ela. Mas, mesmo sem imaginar, a garotinha seria a única capaz de tirar Fernando daquele buraco.

Já a mãe dela, essa sim calculava que a visita da pequena, há muito ausente da casa dos Fonseca, traria algum ânimo para Fernando – só não tinha feito cálculos tão otimistas. Naquela terça-feira, ao pegar o ônibus da Vila das Mercês, veio acompanhada da menininha, recebida com a alegria de sempre por Dona Maria. Deu a ela bolo, acompanhado de uma caneca de Nescau. Nem terminou o lanche, Jéssica perguntou de Fernando, a quem não via desde antes do acidente, cujo acidente, aliás, ela nem sabia ter acontecido.

"A tia já te leva pra ver ele, tá?", responderam Dona Maria e seu sorriso.

~~~~~~~~~~

Abriu-se a porta do quarto e, antes de tudo, entrou a cabeça da mãe de Fernando, anunciando "visita", ritual repetido toda vez que colegas de escola, familiares ou ilustres desconhecidos aparecem para posar de solidários. Fernando, também cumprindo a praxe, fez a usual cara de bosta, mantida mesmo diante da visão da graciosa garotinha. Em roupas de domingo – vestidinho cor-de-rosa e sapatinhos brancos, que reforçavam sua semelhança com aquelas bonecas antigas –, Jéssica não disfarçou o espanto ao ver o branco que envolvia a perna do rapaz. Nunca antes tinha visto alguém engessado. Olhou nos olhos de cenho franzido de Fernando e não hesitou: "Feinando, pui qui sua peina tá cororida?"

Por dois segundos, Fernando ficou sem dizer nada. Depois do tempo necessário para decodificar a dicção infantil – "Fernando, por que sua perna tá colorida?" –, caiu na gargalhada. Riso controlado, fôlego recuperado, disse, os dentes à mostra:

"Sabe o que é, Jéssica, um carro bateu em mim e..."

"E pintaram a sua perna por isso?" (A partir daqui, todas as falas de Jéssica serão convertidas para um português compreensível, certo?)

Novas gargalhadas, de Fernando e das mães presentes.

"Isso, Jéssica... Ha, ha, ha...", concordou o garoto.

"Jéssica, agora vamos que o Fernando tem que descansar", disse Joselma, já puxando a filha pela mão.

"Descansar? Mas ele já tá deitado..."

Fernando gargalhou de novo, quase se engasgando dessa vez. A menininha saiu, sem tirar o olhar curioso da perna do garoto, que lhe agradeceu a visita com uma piscadela. Tinha sido a única, até então, que de fato lhe trouxera algum conforto.

~~~~~~~~

O best-seller da autoajuda Roberto Shinyashiki daria um braço para saber o segredo das palavrinhas da menina. Mas, como Jéssica dificilmente se interessaria pelo braço amputado do escritor, o psiquiatra precisaria oferecer à garotinha uma contrapartida mais atraente. E mesmo que batesse na porta da modesta casa da Vila das Mercês com uma Barbie – ou cinco – em punho, suas chances de êxito pouco aumentariam.

Como o braço amputado, mas por razões bem diferentes, as bonecas fariam Jéssica gritar. A empolgação, porém, não seria o bastante para fazê-la revelar ao Dr. Shinyashiki a receita da recuperação de Fernando – que, transcrita por ele, talvez resultasse no seu maior sucesso editorial. Dr. Shinyashiki poderia insistir, levar também o carro conversível e a mansão da Barbie, e os brinquedos adicionais pouco fariam além de deixar muito feliz uma menininha, que de outra forma jamais os teria.

Ainda que o pai de Jéssica não suspeitasse de outras intenções menos nobres e não pusesse o escritor para correr, se ele tivesse a oportunidade de pedir que, em sua sabedoria de provável reencarnação do

Lama, ela o iluminasse, o Dr. Shinyashiki ficaria bem frustrado. Jéssica seria incapaz de falar a respeito do milagre que operara em Fernando, simplesmente por não imaginar ter feito coisa do gênero. Calma, doutor: nós tentaremos explicar o que a pequena seria incapaz.

Para começar, cabe dizer que a visita da menina e suas graciosas palavrinhas não representaram o fim da depressão propriamente dito, apenas seu começo. A partir delas, Fernando passou a encarar a situação toda com mais leveza, e o período que passaria de molho, como apenas isso: um período. Sabemos que aqui resvalaremos no seu gênero e repetiremos coisas possivelmente já escritas pelo senhor, mas bastou ao menino interpretar os fatos de modo mais positivo, para as coisas boas começarem a lhe acontecer.

Na verdade, doutor, Fernando percebeu que, embora então ele não as entendesse assim, as coisas boas já tinham começado a acontecer antes disso. Lembrou-se que, entre as legiões de chatos e curiosos mórbidos a visitá-lo, havia amigos sinceros e colegas que, companheiros nesse momento, também passaram a figurar entre os amigos. Lembrou-se dos chocolates e iogurtes dados pela mãe – o objetivo era soltar seu intestino, mas o gosto continuava bom. Lembrou-se das aulas de matemática e educação moral & cívica, que não era obrigado a assistir. Lembrou-se, enfim, de todos os aspectos bacanas da enfermidade e entendeu: enquanto sua perna estivesse engessada, as coisas boas seriam entregues a ele em domicílio.

Fernando afofava o travesseiro e abria o sorriso, à espera do que a Sessão da Tarde traria de bom. O futuro, antes negro, recebeu uma demão de dourado e, apesar de meio cafona, ficou bem mais simpático.

Decepcionado, Dr. Shinyashiki? É, o tal milagre de Jéssica não é nada que o senhor já não soubesse ou tivesse presenciado.

capítulo 13

A língua dela entrou forçando passagem pelos lábios dele. Sem aviso prévio, fez sentir sua textura de língua, que, até então desconhecida, podia ser qualquer uma. Despertou tantas outras coisas, que, mesmo até então também desconhecidas, só podiam ser o que eram. Até sua ereção, longe de ser a primeira, era única. Não foi de cara nem literalmente, mas o atropelamento acabou mandando Fernando para o céu.

～～～～～

Antes da entrada da língua e ao contrário dela, outra foi anunciada com a devida cerimônia que antecede as visitas aos enfermos. As batidas de Dona Maria na porta do quarto eram leves, mas suficientes para avisar Fernando de que chegara a hora de fingir.

Desde o acidente, o garoto havia se tornado o depositário de toda a pena existente no mundo. Dia após dia, legiões de compadecidos vinham lamentar o ocorrido e saber como Fernando estava. Supostamente. Como se a desgraça dele já não fosse atrativo suficiente, a mãe recebia os visitantes com café e bolo de fubá cremoso, uma receita de cuja exclusividade ela se orgulhava. Fernando imaginava, inclusive, que a fama do bolo devia ter se espalhado de tal forma que muitos dos que vinham nem imaginavam o que tinha acontecido a ele. Só isso explicaria a quantidade de gente de quem ele nunca tinha ouvido falar.

Cansado de ter a leitura de gibis, os filmes da Sessão da Tarde ou as partidas de Master System interrompidas a todo instante por esses chatos, depois de um tempo, Fernando desenvolveu uma tática para ser deixado em paz. Ao ouvir os passos a caminho do seu quarto, fechava os olhos e punha-se a dormir. A farsa não o deixava com a consciência pesada, ao contrário. Achava que, assim, fazia um favor às visitas, que podiam ir logo ao que interessava, o magnífico bolo de fubá cremoso. "Bom para ambas as partes", pensava, lembrando o bordão do apresentador de um programa sensacionalista.

～～～～～

Naquele dia, como nos outros, mal ouviu os passos, Fernando começou a roncar. A sequência seria a de sempre, com a visita "deixando o coitadinho descansar" e indo logo filar o bolo de Dona Maria. Seria, se a voz da visita não fosse familiar. Familiar, feminina e macia. "Ah, deixa, Dona Maria, ele tá dormindo... Outra hora eu..."

"Hã...? Jaqueline?" Antes que a menina terminasse a frase, Fernando acordou, numa interpretação digna da Framboesa de Ouro.

"Senta, minha filha. Eu vou buscar bolo para vocês", disse Dona Maria, apontando a cadeira ao lado da cama do filho. Percebendo seu ar malandro, a mãe relevou o fingimento e deixou-o a sós com a garota.

"Tá doendo muito, Fê?", perguntou Jaqueline, depois de olhar a perna engessada do garoto.

"Sim... Quer dizer... Não...", respondeu Fernando, olhando ele também pouco discretamente para as pernas dela, que usava um shortinho jeans.

"Tá doendo ou não tá?", sorriu Jaqueline, os dentes bem mais brancos que o gesso de Fernando, coberto de assinaturas e já começando a ficar encardido. Olhava-o nos olhos, que olhavam para o lado.

Aos dezesseis anos, Jaqueline já era um mulherão. Mais de 1,70m, seios avantajados e pernas bem torneadas, num corpo moreno e atlético, resultado do vôlei praticado há anos. Era mais do que bonita. Os cabelos negros cacheados davam-lhe a aparência de personagem de Jorge Amado, uma Gabriela ou Tieta. Em comum com elas, além da aparência, o ar sedutor que deixava Fernando sem ar. Simpática e popular, podia namorar o garoto que quisesse, mas tinha cismado com aquele fedelho. Era muita areia para o caminhãozinho dele, que, quando se conheceram, era ainda menor.

Repetente, Jaqueline parou na mesma sala que Fernando na sexta série. Decidida, sentou-se ao lado dele no primeiro dia de aula. Atrevida, lançou-lhe olhares durante toda a manhã. Insistente, jogou charme para ele em todos os dias seguintes do ano letivo, sem sucesso. Como a maioria dos garotos de doze anos, Fernando não suspeitava que as meninas podiam ser outra coisa além de chatas.

A insistência de Jaqueline, no entanto, chegou ao fim junto com o ano. Fernando passou a sétima série sem ouvir notícias da admiradora. Soube apenas que tinha pedido transferência para outra escola, uma com um time de vôlei dos bons, pelo que ele tinha ouvido falar. Jaqueline sumiu da vida de Fernando e, até o dia em que cruzou a porta do quarto de seus pais, não dava sinais de que reapareceria. Foi necessário um milagre para que seus caminhos voltassem a se cruzar, o mesmo que fez o garoto escapar com vida do atropelamento. Agora, Fernando já não achava Jaqueline chata. E foram os dois anos a mais, e não um milagre, o que o fizera mudar de opinião.

"O que você tá assistindo?", perguntou Jaqueline, depois dos minutos silenciosos em que o seu olhar procurava o dele, covarde, que se escondia.

"Ah, Sessão da Tarde... *Namorada de Aluguel*...", respondeu Fernando, tentando parecer o mais natural possível.

"Que demais! Esse filme é bárbaro! Já aluguei a fita umas três vezes..."

"Nunca tinha visto..."

"Posso sentar aí pra ver melhor?"

"Aqui? Onde eu tô deitado?"

"É, dá pra ver a televisão melhor daí..."

Antes que Fernando pudesse se opor, Jaqueline estava sentada na cabeceira da cama, com a cabeça dele no colo. O coração de Fernando ameaçava pular pela boca, e coube ao filme fazê-lo desistir. Com as risadas provocadas pela cena da dança do ritual de acasalamento do tamanduá africano, Fernando relaxou. Nem se deu conta dos dedos de Jaqueline dando voltas por entre seus cabelos, num cafuné nada fraternal. Mas, quando ela abaixou a cabeça para se aproximar dele, foi impossível não notar. Quando ela o encarou de tão perto, o coração dele voltou ao parapeito da boca, e nada o impediria de cumprir suas ameaças.

"Fernando...", um sussurro, limiar entre a voz e o pensamento. "Sabe que eu sempre tive vontade de fazer uma coisa com você?"

Foi quando, em vez de uma resposta, o que saiu da boca de Fernando foi seu coração, finalmente cumprindo as promessas. Antes que fosse muito longe, porém, algo interrompeu sua trajetória e o projetou de volta. O papel de cama elástica de desenho animado coube a outra boca, a de Jaqueline.

"Roberto...", chamou Fernando, após dar uma pausa no jogo que ele e o irmão disputavam no Master System.

A versão do fliperama preferido dos dois, *Double Dragon*, era bem tosca, mas, passado o desapontamento inicial, os dois jogavam numa boa.

"Ô, moleque do cacete... Deu pausa por quê?", resmungou o mais velho. Sem olhar para o lado, imediatamente retomou a partida.

Ao perceber que seria inútil tentar tirar a atenção de Roberto do vídeo game, Fernando utilizou outra tática. Joystick ainda na mão, parou de apertar os botões. Aceitava placidamente as porradas dos vilões, que, com um combatente a menos, iam se acumulando. Liquidado o vigilante de azul, partiram para cima do herói de vermelho, comandado por Roberto.

"Tá esperando o quê? Aperta o start, porra! Volta pro jogo!", desesperava-se Roberto, incapaz de dar conta do recado sozinho.

Agora, quem tinha os apelos ignorados era ele. Como esperado por Fernando, na última fase do jogo, não levou mais de um minuto para o personagem do irmão ir fazer companhia ao seu no pós-vida dos 8 bits. Game over.

"Tá bom, imbecil, fala. O que você quer?" Roberto olhou o irmão com tédio, sensação que, tinha certeza, seria agravada pela conversa a seguir.

"Você... você... já se apaixonou?", perguntou Fernando, envergonhado.

"Que papo é esse, moleque? Vai dizer que..."

"Não, lógico que não..." Negaria até a morte. Ou quase. "...eu não sei."

"Ah, claro! É aquela morena que vive te visitando... Muito bem, moleque! Gostosinha ela, hein? Jaqueline, é isso?" Nem de longe, Roberto compartilhava do cuidado com que o irmão tratava o assunto.

"Fala baixo, caramba! A mãe vai ouvir..."

"Ha, ha, ha, ha... E você acha que ela não sabe, esperto?"

"Tá, mas fala baixo...", insistiu. "E então, você sabe como é se apaixonar?"

"Ai, meu saco...", disse Roberto, de novo entediado após a breve empolgação com Jaqueline. "Deixa ver... Você já levou um chute no cu?"

"Hein? Chute no cu? O que isso tem a ver?" Fernando não acompanhou.

"Já levou um chute no cu ou não?", seguiu Roberto, inabalável como seu tédio.

"Você mesmo já me deu um monte...", lembrou o vermelho Fernando.
"Quando eu chutei o seu cu, você pensou que fosse outra coisa? Pensou que fosse um cascudo? Pensou que fosse um tapa na cabeça?"
"Óbvio que não. Não tem como confundir um chute no cu..."
"Pois é, Fernandinho. Com paixão é a mesmíssima coisa."
Mas Fernando não entendeu, não de cara. "Estar apaixonado é como levar um chute no cu, é isso?"
"Não, é bem pior", disse Roberto, momentaneamente triste.
"Por quê?"
"Ai, ai, ai...Vamos parar com esse papinho e vamos jogar?" Pronto: em segundos, Roberto reconstruiu a fachada mal humorada e impaciente de sempre. Já Fernando levaria um pouco mais de tempo para compreender a comparação do irmão. Seria necessário outro chute na bunda, e esse, infelizmente, não seria dado por Roberto.

~~~~~~~~~

A cena não faria feio em *Namorada de Aluguel* ou *Admiradora Secreta*. De um lado, Jaqueline, a garota dos sonhos de Patrick Dempsey ou Eric Stoltz. Do outro, escalado ao acaso para o papel que normalmente seria de um dos dois, Fernando. Pelos últimos acontecimentos na vida do garoto, ela parecia ter mudado de roteirista. Tudo indicava que uma versão genérica de John Hughes assumira o posto que até então fora de Deus.

Esperto, mal começou no emprego, o novo escritor imediatamente criou uma fórmula para mantê-lo por um bom tempo. Como muitos filmes da época, a primeira visita de Jaqueline daria início a uma série: dois ou três capítulos semanais, começando por volta das 16h00. Fosse mesmo uma série de televisão, Fernando não a acompanharia. De roteiro repetitivo e meloso, repleto de beijos e carinhos, interessaria mais a meninas e, mesmo assim, só às mais bobinhas. Mas era a vida de Fernando, e o sub John Hughes encarregado do *script* sabia que não precisaria se esforçar muito para garantir a audiência.

Com o tempo, passada a novidade, o interesse pela perna engessada de Fernando diminuiu. Para a sua sorte, nem o bolo de fubá de

Dona Maria foi capaz de manter a média de visitas recebidas nas primeiras semanas após o acidente. Agora, alternando-se à presença de Jaqueline, apenas a dos amigos mais próximos – Edgar, testemunha ocular do atropelamento, e Rodrigo, que, menos por companheirismo do que por morbidez, daria tudo para estar no lugar de Edgar.

A líbero Jaqueline juntava-se ao time de vôlei da escola para treinamentos às terças e quintas-feiras, dias em que Fernando ligava para os camaradas. Sim, eles tinham a noção de que eram a segunda opção, mas, lembrando-se bem das formas da primeira, Edgar e Rodrigo não pareciam se importar. Numa disputa com ela, a segunda colocação já era bastante honrosa.

Nesses encontros, os três passavam as tardes às voltas com o vídeo game e o vídeo cassete. Entre um e outro, conversavam sobre a vida, o que faziam com a profundidade e o conhecimento de causa esperados de moleques de catorze anos.

"Finalmente resolveu virar homem, hein, Fernando? Se a Jaqueline me desse a bola que ela te dava, já tinha comido faz tempo. Ê, lá em casa...", provocava Rodrigo, a boca cheia com o bolo que a "tia" Maria continuava a fazer.

"Mas olha que filho da puta", respondeu Fernando, rindo. "Vem na minha casa, joga o meu vídeo game, come o bolo da minha mãe e, ainda por cima, fica faltando com respeito com a minha...", interrompeu no meio, a resposta e o bom humor.

"A sua o quê, Fernando? Namorada?" Rodrigo sabia que o amigo estava sem graça, e achava que poderia deixá-lo ainda mais desconsertado. Só não esperava aquela reação.

"É, Rodrigo, minha namorada." Respondeu Fernando, sem o menor senso de humor. "Vai continuar falando merda?"

Rodrigo deu mais uma garfada no bolo de fubá cremoso e, dessa vez, comeu de boca fechada. Olhos arregalados, Edgar também abocanhou mais um pedaço. A um tempo arrependido pelo tom áspero e orgulhoso por ter conseguido a deferência dos camaradas, Fernando também mastigou mais um pouco do bolo, procurando disfarçar o sorriso.

~~~~~~~~~~

Embora Rodrigo e Edgar tivessem muitas coisas em comum com Fernando, a perna quebrada não era uma delas. Com o amigo agora de molho, eles continuavam recebendo chamados da vida lá fora – do futebol, do skate ou mesmo de vagabundear por aí – mas, ao contrário dele, podiam atender a essas convocações. No meio da diversão, os amigos lembravam de Fernando e sentiam-se tristes e até mesmo um pouco culpados pela sua ausência, mas não podiam deixar de aproveitar os raros dias ensolarados do inverno paulistano.

Dizia que entendia e que, no lugar deles, faria o mesmo. Mas a verdade era que Fernando lamentava a falta dos amigos. Só não quando Jaqueline vinha e o fazia esquecer, não apenas os amigos, de todo o resto. O problema é que, ultimamente, as ausências dela e as deles coincidiam cada vez mais. Nesses dias, só restavam a Fernando os quadrinhos, os filmes e os vídeo games. E restava pouco. O menino lia com rapidez maior do que as novas edições dos gibis chegavam às bancas. E, em menos tempo do que os dois meses que passaria deitado ele já tinha visto todos os filmes e finalizado todos os jogos disponíveis na locadora do bairro. Depois de ter sido posta para correr por Jéssica, ainda que timidamente, a depressão voltava a rondar a cama de Fernando.

Os pais – principalmente Dona Maria, com a conhecida sensibilidade materna – começavam a notar o retrocesso no ânimo do caçula. Que devia ser bastante evidente, afinal, porque até Roberto, mesmo sem teoricamente prestar muita atenção ao irmão, já tinha notado. A conversa não era o forte da relação dos dois, cheia de atritos como a de quaisquer irmãos adolescentes. Por isso, nunca se imaginaria que de Roberto viesse a solução. O exemplo de Jéssica, porém, lembrava: o antídoto para a melancolia de Fernando era retirado sempre dos lugares mais improváveis.

"Toma, moleque. Presente", disse Roberto, entregando ao irmão um walkman Sony. *Seu* walkman Sony.

"Seu walkman? Por que?"

O presente do irmão gerou mais estranheza do que gratidão. Primeiro, Fernando nunca quis especificamente um walkman – não reclamaria se ganhasse um, mas estava longe de ser algo como os adidas pretos ou, em escala menor, o Master System. Depois, como já foi dito, o walkman era de Roberto e ele sabia o quanto o irmão gostava dele. Dentre as poucas coisas que Roberto já havia lhe dado, não conseguia lembrar de nenhuma que ele já não quisesse mais. Não parecia o caso.

"Sabe o que significa walkman? 'Homem que anda'. Não é engraçado eu te dar um e você não poder andar?", gargalhou Roberto, sarcástico.

"Então, por que..."

"Por que você não fica quietinho e ouve? Toma." Roberto entregou ao irmão uma caixa de tênis repleta de fitas cassete. "Aqui tem uma porrada de fitas que eu gravei, uma melhor que a outra."

"Pô... brigado..." Sem tirar os olhos da caixa, Fernando agradeceu, ainda sem muita ênfase.

"Não há de quê." Roberto saiu do quarto, deixando para trás o irmão e um universo inteiramente novo para ele explorar, que se estendia bem além dos limites da caixa de sapatos.

Não demoraria para Fernando entender. O presente de Roberto o distrairia por algum tempo, mas não acabaria com sua depressão. Apenas a elevaria para um outro nível. Ao se dar conta disso, Fernando perguntaria a si mesmo: teria sido mais uma ironia de Roberto dizer que ele não tinha por que agradecer?

capítulo 14

"Já vai, já vai..." Limpando as mãos no avental, Dona Maria abandonaria a contragosto os preparativos um tanto atrasados do almoço e se apressaria para atender a campainha. Ao abrir a porta, se depararia com dois homens e uma caixa do tamanho deles.

"Bom dia, senhora. Aqui é a casa do... Fernando Fonseca?", perguntaria um dos entregadores olhando um papel.

"Sim, ele mora aqui, é meu filho. Mas pode falar comigo mesmo. O que é?" Impaciente, da porta entreaberta, Dona Maria só pensaria no tempo perdido. Em pouco tempo, o filho mais velho e o marido chegariam para almoçar.

"Temos uma entrega para ele."

"Não, não, deve ser engano. Garanto que não é aqui."

"Mas o endereço está certo... E a senhora disse que ele mora aqui...", diria o outro entregador, confuso.

"O Fernando está com a perna quebrada. E, mesmo que pudesse sair de casa, ele é um menino e não tem dinheiro para comprar nada, ainda mais um negócio desse tamanho. Se tivesse, duvido que ele gastaria comprando uma geladeira. Geladeira, aliás, a gente já tem..."

"Madame...", o primeiro entregador interromperia o falatório de Dona Maria. "Isso aqui não é geladeira, não. É uma jukebox. E a senhora tem razão, o seu filho não comprou. Só mandaram entregar para ele."

"Juca o quê?"

"Juquebóquis, madame", corrigiria o outro entregador. "É uma vitrola grandona, daquelas que a pessoa coloca uma moeda e escolhe uma música. Vai dizer que não conhece?"

"Claro que sei. Sei também que a gente não precisa dum troço desses. Não tem nem espaço aqui em casa para isso. Além do mais, só me faltava essa. Não bastasse o dinheiro que os moleques já gastam no fliperama, agora vão gastar com isso..."

"Mas, minha senhora", insistiria o entregador, "essa jukebox não precisa de dinheiro... Ela é especial."

"Ah, é? Já que é tão especial, pode levar pra sua casa. Passar bem", finalizaria Dona Maria já fechando a porta.

E, assim, a vida de Fernando teria tomado um rumo inteiramente diferente.

~~~~~~~~~~

Na verdade, a jukebox foi, sim, entregue a Fernando, e a mãe do garoto nem se opôs, até por nunca ter tomado conhecimento da chegada do aparelho. Veio disfarçado de "toca fita", acobertado pelo belo gesto de amor fraternal de Roberto. Emocionada como ficou ao saber do presente do primogênito ao caçula, Dona Maria talvez não se incomodasse nem se ele fosse um trambolho como uma jukebox real.

Embora tenha se apresentado na forma de walkman, a jukebox de Fernando não se limitaria àquele tamanho. Iria muito além mesmo das dimensões avantajadas que teriam feito Dona Maria barrar a instalação da máquina. Começava modesta, com a caixa de sapatos e as fitas contidas nela. Mas, no futuro, à medida em que a relação de Fernando com a música se aprofundasse, o acervo dessa jukebox, instalada no córtex cerebral do garoto, seria enriquecido substancialmente. E seria acionado a qualquer momento, não por moedas, mas por associações, confirmando o que um dos hipotéticos integradores teria garantido à Dona Maria.

Basf, TDK ou Sony. Os fabricantes variavam, mas a qualidade dos cassetes mantinha-se – eram sempre Chroma ou o equivalente, evidência do cuidado de Roberto com o armazenamento das coletâneas. Para Fernando, esse carinho se justificava a cada audição. Afinal, bandas como Legião Urbana, Paralamas do Sucesso, New Order, REM e The Cure não mereciam menos.

Monstruosos fones no ouvido, Roberto sentava por horas a fio no chão em frente ao três em um, onde, compenetrado, controlava a gravação de infinitas fitas. Se então Fernando olhava para aquilo e achava um saco, agora entendia a felicidade no sorriso do irmão. E lamentava a perna quebrada que o impedia de fazer o mesmo.

Antes, Fernando já tinha se interessado por música, é verdade, mas só à distância, timidamente, sem pretensões além de ouvir as mais pedidas da Transamérica. Permaneceria assim, não fosse o atropelamento, que, como fizera antes com Jaqueline, o tornara presa fácil para o rock. Amarrado na cama, não tinha alternativa a não ser render-se à ironia do Ultraje a Rigor, aos protestos do U2 e, principalmente, à desesperança de Morrissey.

~~~~~~~~

A campainha tocaria mais uma vez, novamente enquanto Dona Maria estivesse cuidando do almoço. Como sempre que isso acontece nesse horário, ela se impacientaria, preocupada com o atraso que atender à porta acarretaria para seus afazeres.

Em pleno meio-dia, ao ver um homem de terno e cabelo bem penteado, Dona Maria nem sequer o deixaria começar: "Olha, moço, para você não perder seu tempo nem eu o meu, vou logo falando: aqui em casa, nós somos católicos e estamos satisfeitos com a nossa religião."

"Que bom, minha senhora", responderia o sujeito de sorriso inabalável. "O que eu vim oferecer é outra coisa..."

"Você não é testemunha de Jeová, batista ou coisa do gênero?"

"Negativo, madame. Não represento nenhuma religião. Minha única crença é no autoconhecimento... Poderia entrar para lhe mostrar o meu produto?"

"Ah, você é vendedor de enciclopédia...", diria Dona Maria, quase simpática. Há tempos pensava em reforçar a biblioteca da casa e achava que aquela podia ser uma boa oportunidade. Pelo bem do desempenho escolar dos meninos, valeria a pena atrasar um pouco o almoço. "Vamos entrando." Após acomodar o vendedor num sofá, Dona Maria correria até a cozinha para desligar o fogo das panelas e, de lá, traria um copo de suco para a visita.

"Muito obrigado, Dona...?"

"Maria", responderia a mãe de Fernando, sentando-se no sofá ao lado. "Moço, me desculpe o mau jeito, mas o senhor poderia mostrar logo essa sua enciclopédia? Estou meio enrolada agora, mas eu e meu marido temos interesse em comprar uma para os meninos. Se o preço da sua estiver bom..."

"Bem, Dona Maria, o que eu tenho a lhe oferecer não é bem uma enciclopédia", diria o vendedor, abrindo sua mala preta quadrada e dela retirando fascículos e fitas cassete.

"É um desses cursos de inglês com fitas, certo? Bom, também interessa..."

"Quase, Dona Maria. Na verdade, trata-se do Áudio Curso de Apreciação do Desgosto", o vendedor entregaria a ela uma parte do material. Na capa de um dos fascículos, Morrissey, na capa do outro, Robert Smith. Obviamente, Dona Maria não faria ideia de quem fosse qualquer um dos dois.

"Como é que é?", perguntaria a mulher, num misto de incompreensão e indignação. "Desgosto???"

"Pois é, Dona Maria. A gente sabe que o mundo está cheio de tristeza e amargura. Mas isso só é ruim para quem não souber aproveitar. Com o Áudio Curso de Apreciação do Desgosto, por meio das mais lindas canções, seus filhos vão conhecer bem a depressão, a rejeição e o sentimento de inadequação. E, assim, vão saber se deliciar com todas as frustrações que a vida tem a oferecer. Ao invés de querer se matar sempre que as coisas derem errado, os meninos vão curtir muito cada fossa..."

"É um curso para ensinar meus filhos a gostar de ficar deprimidos... É isso mesmo?", perguntaria Dona Maria, ainda mais incrédula.

"Vejo que a senhora é uma mulher inteligente. O nosso método é bastante simples: se baseia em música, que a molecada adora", o vendedor daria um gole no suco. "E, como o material didático é composto quase exclusivamente por artistas internacionais, como Joy Division, The Cure e The Smiths, é ótimo também para aperfeiçoar o inglês deles – ou seja, não deixa de ser o curso que a senhora procurava..."

"Entendi... O senhor me dá licença um instante?" Dona Maria se levantaria novamente em direção à cozinha. Mais do que rapidamente, voltaria de lá com uma vassoura em punho. Ameaçadora, ordenaria: "Sai da minha casa! Agora!"

"Dona Maria, por favor...", o vendedor ainda insistiria em sorrir.

"Anda! Quer ensinar meus meninos a ficar tristes? Tá louco? Chispa!"

"Mas, minha senhora, calma... Ai!!"

Depois da primeira vassourada, Dona Maria mostraria ao vendedor que as coisas poderiam ficar bem piores: "Fora daqui, antes que meu marido chegue! Ele é nordestino, tem sangue quente e uma peixeira... Deixa ele saber o que você queria vender!"

Sem a venda e sem o sorriso, agora se apressando, o vendedor sairia. Cruzaria no portão com Seu Fonseca e sua cara de poucos amigos. E se consideraria no lucro.

~~~~~~

O Áudio Curso de Apreciação do Desgosto, mais uma coisa que Dona Maria não sabia, já fazia parte das atividades extracurriculares de Fernando. Na falta dos beijos de Jaqueline ou dos amigos para jogar vídeo game, o menino se dedicava com afinco ao estudo da depressão. A tristeza de Dona Maria aumentaria se soubesse que, em vez de algum vendedor ambulante engomado, quem fornecia o material didático para o pequeno eram o marido e o filho mais velho. Complementavam os cassetes da caixa de sapatos as revistas de letras traduzidas, que, ao lado dos quadrinhos de sempre, Seu Fonseca passara a trazer de sua banca para Fernando.

Com a ajuda das edições especiais da Bizz e embalado pelas melodias de Johnny Marr, o garoto foi apresentado a uma nova dimensão de sentimentos. As canções dos Smiths tratavam de exclusão e de solidão com uma intensidade que ele, mesmo já tendo experimentado tais sensações antes, não conhecia. Como também não parecia conhecer a maioria dos letristas: comparadas às de Morrissey, suas poesias tinham a profundidade de "Batatinha Quando Nasce".

E não era só isso. Fernando nunca tinha ouvido alguém cantar daquele jeito e nunca ouviria, apesar de ocasionais imitadores que surgiriam de vez em quando. A voz e a interpretação de Morrissey eram diferentes de tudo o que o rádio tocava – ou quase tudo, já que o próprio podia ser ouvido com certa frequência na 89FM. Em tudo o que cantava, uma única mensagem: ficar na pior podia ser lindo. Ou, como diria o Fernando, "podia ser muito louco".

O problema era que Fernando não tinha esse problema. Se o céu sabia que Morrissey era miserável, o mesmo não podia ser dito dele. Sim, por ora, estava fora de combate, mas, como aprendera com a filósofa Jéssica, era coisa de momento. Sentia falta das atividades ao ar livre e dos amigos e de Jaqueline quando não vinham, mas, consciente de que essas faltas também eram coisas de momento, não se abalava mais com elas.

Ironicamente, se o atual estado de coisas não deixava Fernando deprimido, era justamente graças às músicas que o ensinaram que ficar assim podia ser sensacional. A audição das fitas era acompanhada da leitura e análise das letras e biografias dos compositores, o que ocupava seu tempo sozinho e o divertia.

Funcionava como os filmes de terror de que ele tanto gostava. Graças a George Romero, Fernando não precisava viver num mundo dominado por mortos-vivos para saber como isso seria atemorizante. Ouvindo "Please, Please, Please, Let Me Get What I Want", ele tinha a ideia de como seria terrível gostar de alguém sem ser correspondido, mesmo que, graças a Deus, esse não fosse o seu caso. É, porque, a despeito das ausências cada vez mais frequentes de Jaqueline, podia dizer que o namoro ia muito bem.

Por mais que maravilhas do sofrimento como "Never Had No One Ever" lhe mostrassem quão amarga podia ser a vida, o feliz Fernando se resignava na condição de teórico da depressão. Sem uma grande fossa, sabia, nunca passaria de aluno ouvinte do Áudio Curso de Apreciação do Desgosto. Seria como um enólogo que nunca tivesse provado um vinho. Mas, por ele, estava tudo bem.

~~~~~~~~~~

Edgar e Rodrigo dividiam os fones de ouvido do walkman de Fernando, que pedia a eles atenção ao final de "Well I Wonder": "Olha isso, se liga no barulhinho da chuva..."

"Tá, é um barulho de chuva. E o que tem?", disse Edgar, longe da sensibilidade do amigo.

"Se liga na linha de baixo que acompanha", Fernando não se dava por vencido. "Não é demais?"

"Ih, Fernando... Acho que, com ou sem Jaqueline, você tá virando bicha, hein?" Rodrigo mostrava que, perto dele, Edgar era um *gentleman*.

"E vocês são dois idiotas", Fernando, enfim, desistira.

Foi a deixa para Jaqueline surgir na porta do quarto. "Fernando? Posso entrar?"

"Claro, linda..."

"Oi, Jaqueline... Tchau, Jaqueline...", disse Edgar, simpático.

"Vê se dá um jeito nesse seu namorado...", provocou Rodrigo, ao sair.

Mantendo-se em pé ao lado da porta recém fechada, Jaqueline começou. "É sobre isso mesmo que eu queria falar..."

"Sobre dar um jeito em mim?", Fernando sorriu.

"Não, sobre você ser meu namorado", a menina baixou os olhos.

"E o que tem para falar sobre isso? Sou seu namorado e pronto... Não?"

"Não."

Surpreso, o menino engoliu seco. E começou a engolir também o choro que já lhe subia à garganta. "E o que a gente andou fazendo durante as últimas semanas? Você vinha aqui em casa, a gente via filmes, a gente se beijava e..."

"É, Fernando, a gente namorava, sim... Mas agora não namora mais."

"Não? Essa eu não sabia." Fernando tentava ser irônico, como se a ironia pudesse evitar o que estava por vir.

"Foi isso que eu vim te falar. Não dá mais para a gente se ver, Fernando."

"Mas a gente mal andava se vendo mesmo..." O tom irônico de Fernando começava a dar lugar ao outro, choroso.

"Foi por isso que eu achei que estava na hora de falar", disse Jaqueline, com a frieza dos que já tomaram a decisão faz tempo.

Fernando perdeu o controle. Lágrimas começaram a lhe brotar dos olhos e logo foram acompanhadas de ruidosos soluços. Levar um fora não era uma situação infantil, mas ele só sabia chorar assim, como uma criança.

"É por que eu não posso sair de casa? Daqui a pouco, o médico vai diminuir o meu gesso e a gente vai poder passear, ir no cinema...", esforçava-se para falar, entre os soluços.

"Não, Fê, não é culpa sua... Não é você, sou eu..."

Mesmo sem nunca ter tido um relacionamento e sem, portanto, ter passado antes pelo fim de nenhum, Fernando já tinha assistido a filmes suficientes para saber que estava diante de um clichê. Se ele tivesse forças para recriminar alguma coisa, porém, seria a atitude de Jaqueline, não as palavras que ela escolhera para comunicá-la.

"A gente é muito novo para se prender", sem pudores, a garota continuava com os lugares-comuns. "E eu tenho o vôlei, a escola... Não posso dar pra você a atenção que você merece..."

Engasgando com o choro e envergonhado dele, o menino tapava o rosto com as mãos, numa tentativa patética de esconder as lágrimas.

"Mas a gente ainda pode ser amigos... Não pode?"

Após mais um chavão, Jaqueline sorriu, caridosa e sem graça. Fernando, com os olhos ainda encobertos, teve a sorte de não ver. Na verdade, seus olhos estavam tão cheios de lágrimas que, mesmo sem mãos a tapá-los, seriam incapazes de ver qualquer coisa.

Aliviada por não ter que se despedir, Jaqueline saiu, esforçando-se para não ser notada. Menos pelo pouco barulho que fez do que pelo pressentimento da falta que faria, Fernando percebeu. Foi então que seu choro escancarou-se. Barulhento, rouco, como o da letra de "Well I Wonder". Alarmante o suficiente para que Dona Maria viesse ao socorro do filho. Cabeça no seu colo, abraçado a ela, Fernando provou que era possível chorar ainda mais.

Agora, finalmente graduado, ele só precisava escolher em que parede colocaria o diploma do Áudio Curso de Apreciação do Desgosto.

capítulo 15

"Durante o ano inteiro, o povo passa mal, chega fevereiro, que beleza, é carnaval, o governo tenta esconder do mundo inteiro, o que acontece com o povo brasileiro..." Fernando berrava ao microfone, revoltado como a letra que cantava. Ele tinha nascido em 1977, junto com o punk. E, quando começou a tocar com os amigos, descobriu: não havia coincidência nisso. "O ódio me domina e se apodera do meu ser, vendo esses escrotos no comando do poder, qualquer pesadelo perto disso não é nada, isso meus amigos é a nossa pátria amada!"

Encerrando a música, os poucos e suficientes acordes da guitarra de Edgar mostravam que ele, também nascido na mesma época, era mais um herdeiro da alma do movimento. A bateria de Rodrigo, seu único acompanhamento, comungava daquela fúria genuína, mas meio deslocada. O som que praticavam se encaixaria melhor nos anos 1980, auge do punk rock paulistano. Por outro lado, os amigos haviam encontrado no slogan "faça você mesmo" do gênero a guarida perfeita para suas limitações técnicas.

"Já deu, né?", pedia o suado Rodrigo.

"Por mim, deu", concordou Edgar, mais suado ainda. Culpa dos vários quilos adquiridos nos últimos anos, atribuídos por ele a um "distúrbio hormonal".

"Tá bom, tá bom... Por mim também", conformou-se Fernando. O único sem instrumento, se quisesse continuar, teria de fazê-lo à capela.

Tocavam no depósito do pai de Edgar, o único palco que já tinha recebido seus "shows", com plateia formada apenas pelas baratas que habitavam o lugar. O último concerto tinha sido há um bom tempo, pouco antes da constatação de que gostavam demais de música para fazer aquilo com ela. O reencontro apenas servira para reafirmar o compromisso de deixar o rock – e os vizinhos – em paz.

"Como era mesmo o nome da nossa banda, hein?", perguntou Edgar.

"Masturbation, mas fala baixo... Puta vergonha", riu Rodrigo.

"É, mas na época todo mundo gostou, lembra?", recordou Fernando, o autor do nome. "E tem outra: tinha tudo a ver com o momento que a gente vivia..."

"Isso é verdade. A gente era um bando de punheteiro", gargalhou Edgar.

"Era? E essa mão aí, cheia de pelo?", disse Rodrigo, juntando-se a Edgar nas gargalhadas e convidando Fernando a fazer o mesmo.

"Masturbation...", disse Fernando, entre as risadas. "Isso lá era nome de banda punk?"

~~~~~~~~~~

A carreira de Fernando na poesia começou assim que Jaqueline partiu e, na saída, deixou um pacote cheio de inspiração. Os poemas ocupavam o lugar deixado vago pela menina e, filhos da puta, traziam a sua lembrança. Não demorou para cadernos e mais cadernos serem preenchidos por versos mais quebrados que a perna do autor. Se os outros poetas não chegavam aos pés de Morrissey, Fernando não podia ser comparado ao pior deles. Mas, então graduado no Áudio Curso de Apreciação do Desgosto, ele tinha muito o que expurgar e se achava nesse direito. Mais que isso: como muitos dos letristas que tanto desprezava, o garoto não tinha a noção do quanto era ruim. Ou devia ter, já que levou mais de dois anos até mostrar algo que escreveu a alguém.

"Rapaz, isso é bom", disse Edgar.

"Sério?", perguntou Fernando, ele mesmo sem tanta certeza. "Achou mesmo?"

Edgar não era exatamente um entendido em poesia, mas Fernando queria acreditar no seu critério, afinal, o parecer tinha sido positivo. "Isso é punk rock, meu", afirmou.

O que Edgar tinha em mãos era uma composição recente de Fernando. Não seria louco de mostrar ao amigo – nem a ninguém – a porcaria sentimental que escrevera sob o signo do primeiro pé na bunda. Agora, sua caneta tratava de temas mais relevantes, os sociais, para os quais despertara durante as manifestações pelo *impeachment* de Collor. No ano anterior, Fernando tinha feito parte da massa de estudantes vestidos de preto e de cara pintada que saíram às ruas para pedir a queda do ex-caçador de marajás – e, de quebra, para matar aula.

"Punk rock? É só uma poesia", Fernando não entendeu.

"Mas é punk, cara. Podia muito bem ser letra de um punk rock", explicou Edgar. "Vou te mostrar."

Estavam na casa de Edgar, que foi ao quarto em busca do violão que havia ganhado há poucos meses, no aniversário. De volta ao sofá, instrumento no colo, ele começou a tocar. Sobre a base de duas notas, cantarolou o poema do amigo. Assim, automaticamente, "Pátria Amada" virou punk rock. "Durante o ano inteiro, o povo passa mal..."

Quando Edgar terminou, Fernando se limitou a dizer, impressionado: "Caralho, eu compus uma letra e nem sabia..."

"E das boas", atestou Edgar. Se não era expert em poesia, conhecia muito de Cólera, Inocentes e Ratos de Porão.

Daí, foi natural terem a ideia de formar uma banda punk. Natural também foi chamarem para fazer parte dela Rodrigo, ainda mais pelo comparsa ser um aspirante a baterista. Como muitas, a banda deles seria um trio. Como nenhuma que conhecessem, não teria baixo – embora Fernando, a quem caberia o instrumento, dissesse que isso seria provisório, só até ele aprender a tocar. O lugar dos ensaios seria o depósito do mercadinho do pai de Edgar, onde dariam um jeito de se acomodar entre as caixas de sabão em pó e engradados de refrigerante.

Tudo decidido, só faltava o nome. Precisavam de um forte, que expressasse a atitude raivosa e contestadora do punk. Fernando sugeriu Nosebleeds – "sangramentos nasais". Seria uma singela homenagem à banda do mesmo gênero que Morrissey tivera também na adolescência, mas com um *timing* bem diferente do deles, antes mesmo do surgimento oficial do punk. Ainda sem compartilhar com Fernando do gosto por "aquela viadagem", os amigos vetaram.

No depósito do pai de Edgar, entre as primeiras cervejas e cigarros consumidos às escondidas, passaram uma tarde de domingo discutindo qual seria o melhor nome. Não faltaram sugestões e, para cada uma, não faltaram oposições. Horas sem que a discussão avançasse, uma verdadeira punheta.

"Já sei", *eurecou* Fernando. "Masturbation".

"Gostei", aprovou Rodrigo.

"É... não é muito punk, mas também curti", consentiu Edgar.

E, assim, uma das piores bandas da história ganhou um nome à sua altura.

~~~~~~~~~~

Três anos depois, agora universitários, os amigos se divertiam ao relembrar a tentativa de banda. E riam, com melancolia disfarçada, de terem chegado a cogitar tirar o sustento daquilo. "Só se alguém pagasse para a gente parar de tocar", disparou o irônico Rodrigo. Fazia direito, estagiava na Eletropaulo e, pragmaticamente, visava um futuro como funcionário público concursado.

"Mas a gente manteve a forma. A gente continua tão ruim quanto era", ria Edgar. Estudante de contabilidade, dera a sorte de conseguir estágio numa empresa multinacional de auditoria, onde sonhava fazer carreira.

"Só eu acho que a gente até levava jeito?", perguntou Fernando, meio sério, emendando um gole de cerveja. Mesmo nunca tendo aprendido a tocar, baixo ou coisa alguma, ele não havia desistido de ganhar dinheiro com música. Crítico musical não remunerado da Gazeta do Ipiranga, não ganhava nenhum no momento, mas, acreditava, isso mudaria em breve.

Com o fim do Nosebleeds, as atenções de Morrissey se voltaram à máquina de escrever. Dela, saíam seguidas cartas endereçadas a publicações musicais britânicas. O Melody Maker e o New Musical Express passaram a receber as contundentes opiniões do jovem Steven, ora sobre o Aerosmith – "plagiadores dos riffs do Led Zeppelin" – , ora sobre o melhor álbum de 1974 – obviamente, *Kimono My House*, do Sparks. Foi nesse trecho da biografia do ídolo que Fernando descobriu uma chance de realização profissional.

Se a poesia lhe dizia que não tinha o menor talento para a escrita, a prosa tinha outra opinião. Desde pequeno, suas redações eram elogiadas pelas professoras – embora estranhassem a presença constante de lobisomens e zumbis sob temas como "dia das mães" ou "minhas férias" –, e, no colegial, as avaliações sobre seus textos continuaram positivas. Talvez não fosse o caso de escrever música, mas *sobre* música.

Vislumbrou os discos e ingressos que receberia gratuitamente, o livre acesso aos bastidores de shows, a oportunidade de conviver com músicos e, às vezes, até entrevistar alguns dos seus favoritos. Por tudo isso, aos dezessete anos, Fernando se decidiu pelo jornalismo, contrariando o irmão. Roberto lhe dizia para, como ele, fazer engenharia, "uma faculdade de verdade". Mas Fernando não deu ouvidos. Não se entregaria à chatice assim, tão facilmente.

Aprovado no vestibular da Metodista, desde o primeiro período procurou unicamente estágios em publicações especializadas em música ou com seções voltadas para o assunto. Meses de negativas depois, por meio do quadro de avisos da faculdade, soube de uma oportunidade no jornal do seu bairro, que lhe daria um pequeno espaço e unicamente isso. Na Gazeta do Ipiranga, tinha de escrever sobre aberrações como o novo disco do Padre Marcelo e, ao fazê-lo, tinha de conter sua abjeção. Mas isso não era o suficiente para desanimá-lo. Os ensinamentos de Jéssica sobre a transitoriedade das coisas ainda ecoavam na sua cabeça.

"Bom, vamos nessa que, amanhã cedo, a gente tem que trabalhar", disse Edgar ao olhar para o pulso e ver o relógio marcar as 20h30 do domingo.

"A gente eu e você, certo, Edgar?", corrigiu Rodrigo. "O Fernando vai passar o dia fazendo o que ele mais gosta: ouvir música. Isso lá é trabalho?"

"Falou o office boy de terno e gravata...", Fernando cutucou de volta.

"É, meu, mas garanto que vou ser bem sucedido. E você, vai ser o quê?", retrucou Rodrigo, subindo o tom.

"Sei o que eu não vou ser: um babaca, como você." Fernando abandonou a garrafa de cerveja pela metade. Abandonou também a amizade com Rodrigo, com quem não voltaria a falar tão cedo.

～～～～～～

No térreo do edifício Delta, a sede dos cursos de comunicação na Universidade Metodista, havia um quadro de avisos. Nele, Fernando já tinha visto o anúncio da Gazeta do Ipiranga e, agora, esperava encontrar coisa melhor. Ainda queria apenas estágios relacionados à música, mas, com os protestos do pai por ele não ajudar a pagar a faculdade, tinha decidido baixar o nível de exigência.

Se não precisasse trabalhar na Chora Meu Cavaco – tinha certeza de que existia uma revista com esse nome –, já se daria por feliz. Mas ele não precisaria ser posto à prova: nem a Chora Meu Cavaco parecia precisar de pessoal. A cada dia de busca frustrada, as esperanças de Fernando minguavam. Já estava se acostumando à ideia de terminar seus dias na coluna musical da Gazeta do Ipiranga – atividade que, mantendo-se o valor que pagava, teria de ser complementada com a mendicância.

Quando começava a considerar os melhores pontos e horários para esmolar, eis que o céu mandou a salvação – ainda que, à primeira vista, parecesse ter vindo do inferno. Atrás do vidro, presa à cortiça por um alfinete, uma folha de papel dizia, em letras maiúsculas e itálicas, saídas de uma impressora matricial: "A REVISTA TOP METAL QUER SANGUE. SANGUE NOVO COMO O SEU."

Em letras mais tímidas, um texto logo abaixo explicava: "O estágio é remunerado, mas o grande pagamento mesmo vai ser a oportunidade de trabalhar com os deuses do metal. Interessado? Mande o seu currículo para..."

A possibilidade de ganhos o fez pegar a caneta e anotar o endereço para onde mandar o currículo. A mendicância podia esperar mais um pouco.

~~~~~~~~~~~

Heavy, thrash, speed, death, black. De todos tipos de metal, o único que agradava Fernando era o vil. Foi isso que o fez comemorar a escolha do seu currículo pela revista Top Metal. Ciente da escassez de oportunidades para escrever sobre música, estava disposto a manter a que lhe fora dada. No monitor preto e branco do seu velho PC 286, ele via se formarem as sucessivas mentiras que escrevia sobre o novo trabalho do Cannibal Corpse ou do Dream Theater. Entre os fãs de metal, é comum suprimir o "h" ao se referir ao *thrash*. Se eles fazem isso por ignorância, o motivo de Fernando para agir assim era outro – para ele, qualquer metal era realmente um lixo.

Mesmo assim, já amaciado pelo período na Gazeta do Ipiranga, um curso intensivo de jornalismo "chapa branca", ele não hesitava em inventar um pouco ao avaliar os lançamentos. Eram sempre "clássicos instantâneos do metal", "obras-primas do rock pesado" ou tinham "elevado o gênero a um novo patamar". E, se todos os CDs que lhe chegavam à mesa eram invariavelmente excelentes, Fernando não demorou a perceber que era desnecessário ouvi-los para dar sua opinião.

As críticas positivas faziam a alegria das bandas, de suas gravadoras e de muitos leitores – lendo as resenhas, centenas de gordos cabeludos ouviam o eco das suas opiniões. A estrutura da pequena editora era um tanto mambembe, e o trabalho do estagiário Fernando não tinha lá uma supervisão muito rigorosa. Bastava seus textos cumprirem o número de toques exigidos para a diagramação que o editor os publicava sem problemas. Luis, ele próprio um gordo cabeludo, dava uma passada de olhos e dizia para "mandar bala". Até porque, que mal poderia fazer falar bem?

Dividido entre o trabalho e a faculdade, sem se dedicar a nenhum dos dois, Fernando seguia em sua bolha de felicidade, mantida à base das cervejas tomadas nos bares ao redor da Metodista durante as aulas. Enganava, então, não só o editor e os leitores – quando "avaliava" os álbuns de metal sem sequer tê-los escutado, garantia de forma precária sua manutenção na Top Metal, mas nada além disso. Que editor sério de veículo idem o contrataria ao ler aquelas ridículas resenhas fantasiosas?

Mas, num universo como o do metal, tão cheio de pontiagudos chifres e tridentes satânicos, não tardaria para a bolha de Fernando estourar. Vestido com uma camisa preta do Korzus e com a longa cabeleira presa para trás, o editor Luis abriu a porta de sua sala. Após ajeitar os óculos, chamou o estagiário. "Fernando, faz o favor...", disse, fazendo sinal para dentro. O rapaz entrou e, atendendo a um pedido do chefe, fechou a porta atrás de si. Então, sentou numa velha cadeira de couro marrom e braços de ferro carcomidos pela ferrugem.

"Sabe o que é isso?", perguntou calmo Luis, com um envelope na mão.

"Uma carta?", respondeu Fernando, com um sorrisinho besta.

"Isso, a sua carta de demissão."

"Mas eu não escrevi...", disse Fernando, surpreso.

"Um leitor fez isso por você."

"Hã?"

"Já que você não ouve os discos antes de fazer as críticas, também não precisa escrever a carta de demissão para se demitir, certo?"

"Mas... mas..."

"Ouve isso: 'Como vocês podem elogiar o vocal do Bruce Dickinson no *Virtual XI*, dizer que é o melhor dele até agora?'", leu Luis.

"É a minha opinião, ué...", disse Fernando, uma cara de pau invejável.

"Então, continua ouvindo." Luis deu sequência. "'Até minha mãe sabe que o Bruce saiu do Iron Maiden depois do *Fear of The Dark*. Pelo amor de Deus! Quem canta nesse disco é o Blaze Bayley!' Preciso dizer mais alguma coisa? Porra, nem pra ler o encarte, Fernando?", completou ainda mais calmo.

"Mas eu... Eu... Você aprovou e liberou o texto! Eu te mostrei, lembra?", disse Fernando, com certa razão, mas nenhuma noção.

"Ah, a culpa é minha, então? Puxa, vou pedir para um leitor escrever uma carta de demissão para mim também... Ou você escreve?", disse Luis, num sorriso sarcástico que realçava suas volumosas bochechas.

capítulo 16

Encostado à porta fechada do seu quarto, Fernando tomava ostensivos goles de vodka, direto do gargalo. A mais barata que conseguiu encontrar, a única permitida pela dureza, a Prochaska vinha numa garrafa plástica, material bem apropriado à sua qualidade. Segurando a embalagem, mesmo sem empregar muita força, Fernando sentia o material ceder, como as embalagens de álcool para limpeza. A graduação também era próxima à dos Zulus da vida, o que fazia crer que o sabor devia ser, se não o mesmo, quase.

Ao pensar nisso, Fernando aborreceu-se: "Isso, Fernando. Boa! Tá nadando em dinheiro mesmo... Mas tudo bem: quando acabar essa porcaria, pego direto da despensa", chegou a cogitar seriamente, tanto quanto um bêbado é capaz.

De consistência macia parecida com a da garrafa da vodka e tão oposta à da cena que musicava, a voz de Chet Baker fazia-se ouvir por toda a casa. Encarregava-se disso o já velho três em um Panasonic, o mesmo que um dia pertencera a Roberto. Mostrava ainda ter potência para tirar o sossego dos vizinhos e, principalmente, da família.

"Fernando, baixa essa merda!", ordenavam as porradas de Roberto na porta, que, estando o irmão encostado nela, faziam o corpo dele estremecer. Nada que fosse capaz de fazê-lo baixar o som ou mesmo sentar em outro lugar.

"Fernando, escute aqui: ou o senhor baixa esse volume ou eu arrombo essa porta e lhe dou uma pisa, está me ouvindo?", vociferou Seu Fonseca, numa tentativa bem mais ameaçadora, mas ainda insuficiente.

"Fernando, pelo amor de Deus, os vizinhos vão chamar a polícia. Baixa essa música", disse Dona Maria aproximando-se da porta. Falava baixo, docemente. Bem por isso, deve ter sido escutada pelo rapaz, alheio a tudo o que não fosse a voz suave do trompetista. Numa frequência parecida, as palavras da mãe conseguiram se infiltrar na melancolia das letras do jazz e, sem se dar conta, Fernando as obedeceu.

"Procurar emprego que é bom...", recriminou o acalmado Seu Fonseca, ainda em frente à porta do quarto de Fernando.

"Moleque, Fernando. É isso o que você é, um moleque", disse Roberto, aproximando a boca da porta para ter certeza de ser ouvido.

"Vocês dois, deixem o menino em paz...", pediu a mãe. Se desconfiasse da vodka em poder do caçula e dos planos de ataques futuros à sua despensa, ela apoiaria o arrombamento proposto pelo marido.

~~~~~~~

Mil novecentos e noventa e nove começara como o ano anterior acabara: todos em branco, a conta bancária de Fernando inclusive. Fora demitido da Top Metal no último outubro. Desde então, fiel à sua intransigência e sem dar bola para os protestos do pai, não conseguira emprego nenhum. O mundo editorial não parecia querer formar novos críticos musicais.

Diariamente, acordava de ressaca e passava o dia trancado no quarto. De lá, só saía à noite para a faculdade. Passava rapidamente pela classe para pedir a algum colega confirmar sua presença e logo apressava-se para bater o ponto nos bares vizinhos. Sem dinheiro, valia-se do crédito que tinha no Camelão e na pastelaria do Yuri – e das cervejas oferecidas por amigos em condições financeiras mínimas.

As raras alterações na rotina de Fernando eram devidas às súplicas de Dona Maria. Em nome delas, vez ou outra, abria o jornal à procura de estágio. Em nome delas, num dia perdido, batia à porta do CIEE (Centro de Integração Escola Empresa) para saber se mesmo a Chora Meu Cavaco não precisaria de alguém. Não precisava.

Passados quatro meses, Fernando já nem se abalava com as recusas. No primeiro ano da faculdade, levara mais que isso para conseguir o estágio na Gazeta do Ipiranga, é verdade. Naquele tempo, não desanimou. Mas, então, tudo era diferente – a empolgação, a esperança e, principalmente, a necessidade. Na época, uma mesa e um espaço para escrever sobre música – *qualquer* música – já lhe bastavam. Agora, mesmo novamente aceitando escrever sobre qualquer gênero, precisava ganhar algum dinheiro com isso.

Perguntavam-lhe por que não tentava uma vaga em outra editoria. Arrogante, ele respondia: "Só fiz jornalismo para trabalhar com música.

Se não for para trabalhar com música, vou fazer qualquer outra coisa, não necessariamente jornalismo." Mas o quê? O que Fernando sabia fazer além de escrever? Isso em mente, em segredo, começava a considerar até assessorias de imprensa, sempre mal vistas pelos estudantes. Estava no último ano da faculdade e, se não conseguisse um estágio agora, quando seria? Sua pouca experiência, sabia, tornaria impossível uma contratação com carteira assinada pós-formatura.

~~~~~~~~~~~

"Ih, cara, relaxa... Vai pintar uma vaga para você trabalhar com música, tenho certeza", disse a garota, em seguida tomando um gole da sua Miller Light. "A gente só não pode se prostituir. Tem que ter princípios."

Se não estivesse completamente embasbacado com a moça, se ousasse ir de encontro a qualquer coisa que ela dissesse, Fernando falaria algo do gênero: "Pra você, sustentada pelo papai, é fácil falar". (Ele mesmo ainda vivia às custas do seu, mas sabia que não seria assim para sempre.) Limitava-se a concordar, com murmúrios, meneios e sorrisos.

"Ah, a gente falando faz um tempão e eu nem me apresentei. Prazer, Raquel", aproximou-se, oferecendo o rosto para o beijo e dando outro.

Desde que chegara sozinho ao Borracharia, Fernando só tinha olhos para a moça. Ela tinha a cara da balada underground, frequentada por moderninhos de diversos tipos – aliás, tinha a cara, o cabelo e as roupas. A franja do cabelo curto se interrompia antes dos olhos, pintados com sombra azul, e contrastava na sua pretidão com a palidez da pele. Usava camisa amarela de mangas curtas, mini saia preta de vinil e bolsa-carteira azul, do mesmo material. Linda não era, mas, com tanto estilo, nem precisava ser.

A primeira vez que pôs os olhos nela, estava dançando, sozinha e lindamente, "I Wanna Be Your Dog", dos Stooges. Uma imagem tão linda exigia ação de Fernando. Uma imagem tão linda também, infelizmente, sempre vinha acompanhada de um boçal. Depois de se certificar de que não era o caso – afinal, basta ver alguém mexer com a sua mulher para um sujeito moderno deixar de sê-lo –, Fernando ficou pensando na melhor abordagem e no momento mais apropriado para colocá-la em prática. Esse momento, diga-se, tinha que ser em breve. Era só questão de tempo até a menina ceder ao xaveco de um entre as dezenas dos que vinham puxar papo, como se ela fosse a única garota da balada. Não era verdade: tinha mais umas três.

Pressionado pela concorrência, ao ver Raquel no balcão, Fernando pensou que aquela podia ser sua única chance. Chegou ao lado da menina, colocou o cotovelo no balcão e falou a primeira coisa que lhe veio à mente: "Caramba, perto de você, o Michael Jackson ainda é negro."

Sua reação limitou-se a olhar para Fernando. Passado um segundo, sorriu com um canto da boca e disse: "Eu vou tomar..."

"...Isso como um elogio?"

"Não. Um pouco de sol mesmo."

Os dois riram da bobagem escancaradamente. Após o gole do brinde proposto por ela, continuaram a gargalhar. Se antes Fernando estava apenas interessado na garota, tinha acabado de se apaixonar.

Diante dos olhares raivosos da maioria do público masculino presente – exceto os três que pegavam as três – Fernando e Raquel engataram um papo animado. Falavam sobre as suas vidas e outras mais interessantes, sentados nos pneus convertidos em pufe, que, com as calotas e os escapamentos pendurados nas paredes, compunham a decoração temática do Borracharia.

Dois anos mais velha, ela contou que estudava artes plásticas na USP e não pensava ser outra coisa se não artista. Até porque, como Fernando com a escrita, não imaginava o que pudesse fazer além disso – não que Fernando conseguisse imaginar o que, no caso dela, seria exatamente "isso".

Se para ele estava difícil se colocar – "como diz o pessoal do RH" – tentou imaginar a situação da garota. Não lembrava de já ter visto qualquer anúncio recrutando artistas plásticos. Teria registro em carteira para escultor? Plano de carreira para pintor? Por sorte, Fernando não chegou a expressar nenhuma dessas dúvidas, mesmo que não passassem de gracejos. Mais dois minutos de conversa bastariam para perceber que, comparado a Raquel, ele era tão pé no chão quanto o advogado Rodrigo, o contador Edgar e o engenheiro Roberto.

Ficaram juntos naquela noite, como ficariam em muitas das próximas que vieram. Raquel entrou na vida de Fernando e, ao fazer isso, na base do "ou ela ou eu", expulsou dela a mediocridade – ou o que definia como tal. Gostou de Fernando e não queria vê-lo desperdiçado por essa bobagem que é o senso prático.

"Dinheiro pinta, bonito", não cansava de dizer. Um lema perfeito para quem sempre o tinha, mesmo sem trabalhar ou sequer ter uma carreira ortodoxa em vista. Sempre que saíam, era Raquel quem pagava a conta, e sem se incomodar. Em todas essas vezes, também não via problema em vir de Pinheiros, onde morava, até o Ipiranga para buscá-lo. Para isso servia o Escort amarelo, que o pai, empresário – a fonte do dinheiro que sempre pintava –, lhe dera ao entrar na faculdade.

Em tardes de dias de semana, úteis para muito além do trabalho, o carro conduzia os jovens desempregados ao MASP, ao MAM, à Oca ou aonde houvesse uma nova mostra. Nesses museus, como fazem os fones aos que pagam a mais por eles, Raquel soprava ao ouvido do namorado a história de cada obra. Contava-lhe, além das circunstâncias de sua criação, seu valor de mercado. Era quando Fernando começava a perceber como a moça poderia ter na arte o seu ganha-pão. Não que ela estivesse preocupada com isso, claro. E mesmo para ele, gradualmente enxergando o mundo pelos redondos olhos negros da garota, essas coisas ficavam cada vez menos importantes. Apaixonava-se pelas paixões dela e, cada vez mais, pela dona dessas paixões.

~~~~~~~~

Subiam os créditos de O Eclipse quando o casal deixou a Cinemateca de Pinheiros em direção ao Teta Jazz, uma distância caminhável. Enquanto discutiam a obra de Michelangelo Antonioni numa mesa do recém-inaugurado bar, apreciavam o som ao vivo e um vinho apenas bom, mas muito melhor do que Fernando julgava ser possível.

Num canto da minúscula casa de paredes vermelhas e iluminação convidativamente precária, baixista e trompetista executavam "My Funny Valentine". Noutro canto, com uma das mãos, Fernando segurava uma taça de vinho e, com a outra, a mão de Raquel. Mão que ela, sem aviso, soltou bruscamente, para buscar a bolsa.

"Ah, ia esquecendo", exclamou antes de retirar um quadrado da bolsa.

"O que é isso?", perguntou Fernando.

"A pergunta não é 'o que', mas 'de quem'. Quadradinho, deste tamanho, só pode ser CD, né?", ironizou Raquel, antes de entregar o disco para Fernando. "Abre".

Fernando abriu e leu a capa em voz alta: "Chet Baker... *It Could Happen To You*... É pra mim?"

"Não, comprei pro meu outro namorado e estou te mostrando só para ver se você acha legal, se eu devo mesmo dar para ele...", ironizou novamente, para depois aliviar. "Pô, lindo, é claro que é pra você."

Por sobre a vela e a garrafa de vinho, Fernando fez menção de alcançar a boca da menina, mas, diante do desastre iminente, limitou-se a agradecer:

"Obrigado, linda... Mas meu aniversário..."

Raquel nem o deixou completar a frase: "Ai, Fernando, que coisa mais pobre dar presente só no aniversário. É o meu disco preferido, é difícil encontrar, eu achei pra comprar e quis te dar. Pronto."

"Nem sei o que dizer..."

"Faz assim: ouve e depois você me diz." Raquel deu um gole no vinho e depois sorriu amarelo, com os dentes roxos manchados pela bebida.

Minha formação musical é de rock. Mais que isso, o meu gosto musical praticamente se resume ao rock. Então, por que o disco It Could Happen To You, *do Chet Baker, mexeu tanto comigo? Talvez porque o primeiro álbum do músico preferido da minha namorada tenha me lembrado o meu próprio músico preferido: Morrissey. E as semelhanças não se resumem ao topete.*

Enquanto o poeta de Manchester é tido como o maior da música pop, as letras que Chet canta são simples, inocentes, e nem sequer compostas por ele. Ainda assim, expressam a desilusão com a mesma propriedade de Morrissey – a de quem perdeu tudo o que mais importava. Méritos para a interpretação de Chet. A voz macia, quase infantil em alguns momentos, é ardilosa. Conta as más notícias com jeito, mas se certifica de que nenhuma farpa deixe de nos atingir. Cantadas por ele, mesmo canções supostamente felizes –, caso de 'You Make Me Feel So Young' – soltam essas farpas.

It Could Happen To You me introduziu ao cool jazz, mas a sensação foi a de que já nos conhecíamos. Foi o reencontro com um tipo diferente de tristeza, a mesma que Morrissey um dia me apresentou. Uma tristeza que nos dá sentido quando nada parece ter. Uma tristeza que se basta, que é princípio, meio e fim. Que só se encontra em alguns livros, filmes e álbuns como esse.

Ao acabar de ler, Raquel colocou o papel sobre a mesa do bar. Encarou Fernando e, boquiaberta, declarou: "Caralho..."

"Você disse para eu ouvir o disco e depois te dizer o que achei... Bom, isso é o que achei", disse Fernando, um tanto sem jeito, outro tanto orgulhoso pelo impacto causado em Raquel.

"Meu... O que você pretende fazer com isso?"

"Como assim 'o que eu pretendo fazer com isso'? Como se fosse algum documento bombástico, que poderia detonar a terceira guerra", respondeu Fernando, sendo ele o irônico da vez. "Escrevi pra você, só isso."

"Tá bom que escreveu... E esse 'minha namorada'? Quem é que se refere a alguém na terceira pessoa quando está falando com ela?"

"Ato falho. É o hábito de escrever críticas..."

"Pois é, Fernando, foi isso o que você escreveu: uma crítica. E acho que tinha de mandar para alguma revista ou jornal", disse Raquel. Emendou com um gole no vinho e, seguindo seu costume, sorriu mostrando os dentes tingidos.

Fernando também deu um gole na sua taça. Preferiu isso a uma resposta, que nem chegou a considerar. Outras palavras lhe ocorreram, porém, todas perguntas. Será que ela também sabia desse detalhe da biografia de Morrissey, do seu hábito de mandar críticas aos jornais na adolescência? Será que tinha lhe contado que essa tinha sido sua inspiração ao jornalismo? Será que ela ficaria bem de branco?

Mas Fernando não perguntou nada. Apenas tomou mais um gole do vinho e uma decisão: segunda-feira, colocaria a crítica no correio.

Prochaska era um sobrenome russo. Parecia russo, pelo menos. Podia ser o nome da família proprietária da destilaria fabricante da vodka, talvez a mesma de Cristina, a atriz. Ou, mais provável, uma homenagem prestada a ela pelo dono, galhofeiro. Em cobertura carnavalesca datada de um tempo primórdio, a eterna coadjuvante protagonizou um episódio antológico, a que muitos afirmam ter assistido, mas do qual não existe registro disponível.

Em meio à tradicional festa do Ilha Porchat, em Santos, Cristina fazia as vezes de repórter para a TV Bandeirantes. Atrás dela, fazia jus ao clima descontraído da comemoração uma desinibida que, subindo à mesa, começou a tirar a roupa. Como até no carnaval há limites, o preocupado diretor solicitou ao câmera: "Fecha na Prochaska!" Sem saber ser esse o nome da colega, o cinegrafista seguiu o que lhe pareceu ter sido a ordem: focalizou as partes pudendas da exibicionista.

Fernando olhou para o nome impresso na garrafa plástica e lembrou-se da história. Em vez de fazê-lo rir, a recordação o deixou ainda mais deprimido. O nome, principalmente se fosse de gozação, confirmava a baixa qualidade da bebida, era o contraponto aos bons vinhos e a todo o mundo inteligente e sofisticado a que Raquel o apresentara.

Dos habitantes desse mundo, o único ainda ao seu lado era Chet Baker. Com sua voz, o cantor matava-o suavemente, causando inveja ao personagem da música de Roberta Flack. Dilacerado, lembrou-se do que escrevera sobre o disco e discordou de si mesmo: não, aquela infelicidade não era o suficiente. E esse sentimento, o de não ser suficiente, agora ele conhecia bem.

Horas antes, Fernando fora ao cinema. Sozinho. Raquel lhe falou sobre um trabalho que teria de fazer na faculdade e, por isso, "bom filme, lindo, beijo". A exibição da cópia restaurada de *O Sétimo Selo*, no Cinesesc, era uma ótima oportunidade para reparar essa lacuna no seu currículo de cinéfilo convertido – "Como assim você não viu?", Raquel chocou-se ao saber.

Depois de arrastar-se pelas duas horas do filme, a metafísica partida de xadrez entre o Cavaleiro e a Morte prolongava-se na cabeça de Fernando. O Cavaleiro já estava morto? Se estivesse, qual seria o sentido do jogo? Perdido na análise do que tinha acabado de assistir, Fernando levou alguns segundos para perceber a passagem de uma sósia de Raquel, de mãos dadas com o namorado, sujeitinho de cabelos encaracolados e cachecol desnecessário para uma temperatura tão agradável. A garota já estava a uns dez metros quando Fernando se deu conta. Ela não apenas era parecida com Raquel, era a própria.

Quando olhou para trás, viu que Raquel fazia o mesmo. Desconcertada, largou a mão do bicho-grilo e, parada na calçada da Rua Augusta, esperou a chegada de Fernando, em desabalada carreira. Expressão *blasé*, disse: "Oi, Fernando."

"'Oi'? É só isso que você tem pra me dizer?", gritou Fernando.

"O que você quer que eu diga?", manteve-se *blasé*. "Ah, sim, que cabeça a minha: Fernando, este aqui é o Caio..."

"E você sai andando com o 'Caio' de mãos dadas por aí?"

"Qual o problema, Fernando?"

"Qual o problema? Nenhum, se você não fosse minha namorada!"

"Calma aí, amiguinho", aconselhou Caio, a mão sobre o ombro de Fernando. "Isso mata, sabia?" Era tão nojento e "desencanado" quanto os cachos e o cachecol faziam supor.

"Tira a mão de mim, babaca", Fernando agarrou e afastou a mão do rival, que não reagiu.

"Raquel, vou ali na esquina tomar um café. Te espero lá", disse Caio para a moça, ignorando a agressividade de Fernando e mantendo o tom superior que tanto asco lhe inspirara. Enquanto Caio descia a calçada, Fernando descia ainda mais.

"Porra, Raquel, o que é isso? Quem é esse bicho-grilo do cacete?"

"Você já sabe, eu te apresentei. É o Caio. Ele faz artes cênicas lá na USP..."

"E o que você estava fazendo andando com ele de mãos dadas?"

"Ai, meu Deus... O que você quer que eu diga? A gente tem um lance..."

"Um lance???"

"É, nada sério... A gente se curte, só isso."

"E você me diz isso assim, com essa naturalidade?"

"Você queria que eu dissesse como, gritando como você?"

"Raquel, a gente namora. Eu não fico com mais ninguém, esperava que você também não ficasse."

"Ai, Fernando, larga a mão de ser careta, pequeno-burguês", disse Raquel, e, no auge da indiferença, acendeu um cigarro enquanto falava.

Fernando fez um esforço sobre-humano para conter o turbilhão de palavrões que lhe vieram à ponta da língua. Passou abrindo passagem entre os impropérios e saiu de sua boca outra frase, inexplicavelmente calma: "Eu sou que nem o David Bowie: não acredito em amor moderno."

Sem esperar a resposta (certamente *blasé*) de Raquel, Fernando virou-se e pôs-se a subir a Augusta, em direção à Paulista. Na cabeça, a jukebox tocava repetidamente "Modern Love", de onde extraíra a citação. A animação do hit oitentista antagonizava com a sua própria, simbolizada pela cabeça baixa. Foi assim em todo o trajeto até o Ipiranga, que, envergonhado pelas lágrimas, decidiu fazer a pé – como se fosse, nas ruas, deparar-se com menos pessoas do que no transporte público. O dinheiro economizado com o metrô e o ônibus serviu para, antes de chegar em casa, passar num mercadinho e comprar a Prochaska. No quarto, porta trancada, as lágrimas até então silenciosas por fim ganharam som – o de Chet Baker.

~~~~~~~~~

"Fernando... telefone pra você." Acompanharam a cuidadosa voz de Dona Maria três batidas na porta do quarto, de tom igualmente cauteloso, mas suficientes para acordar Fernando. Tinha dormido no chão, abraçado à garrafa de Prochaska e ao encarte de *It Could Happen To You*. Limpou a baba acumulada numa poça no chão ao lado da boca e perguntou, embriaguez mista de alcoólica e soporífera:

"Hã? Quem é?"

"José Eduardo... Disse que é duma tal de Revista Bizz."

Instantaneamente refeito, num salto, Fernando escancarou a porta e, quase atropelando a mãe, atravessou o corredor a caminho da escada, degraus devidamente ignorados. Na sala, mais um salto para alcançar o telefone na mesinha ao lado do sofá. Caído de bruços sobre as almofadas do móvel, em pose de adolescente falando com o namorado, atendeu, esbaforido: "Alô? Fernando falando!"

capítulo 17

Em outubro de 1991, a primeira Bizz comprada por Fernando trazia na capa Morrissey, dando destaque à entrevista dada por ele em seu "duplex", como abaixo do nome do cantor destacava o subtítulo cafona. De igual mau gosto era a capa propriamente dita, a foto perfilada do cantor sobre um medonho fundo amarelo-rubro.

Só pelo inconfundível apelo modernoso da linguagem gráfica e escrita, um observador mais atento não precisaria saber que a entrevista se referia ao lançamento do *The Queen Is Dead* nem que o seminal álbum chegou às lojas em 1986 para concluir que a publicação datava daquela década. Datar, aliás, era um bom verbo para definir o que os anos 1990 tinham feito ao número 15 da Bizz. Ao contrário do tal observador mais atento, porém, o que interessava a Fernando era o que Morrissey tinha a dizer sobre a obra que, já de cara, passou a ser considerada a definitiva do seu grupo. Foi essa, e não qualquer busca por registros históricos oitentistas, a razão pela qual ele adquiriu a antiga revista num sebo do centro da cidade.

Os meses de gesso, embora já passados, recusavam-se a fazer parte do passado. Negavam-se a abandonar a perna esquerda de Fernando, ainda manca, mas ele não lhes dava atenção. Ávido, aproveitava a recém recuperada – mas ainda restrita – liberdade de movimento como podia. Tinha muitos passos economizados a gastar e, ironicamente, o que lhes dava sentido era um norte adquirido quando foram reprimidos. As andanças do garoto pelo centro de São Paulo eram movidas a música.

Nessas andanças, se as limitações físicas forçavam Fernando a capengar, o pouco dinheiro o dirigia para os sebos, onde, sabia, seria melhor aproveitado. Bendita restrição orçamentária: fez com a música o que o atraso cronológico da editora Abril em relação às americanas fazia com seus quadrinhos favoritos. Se não fosse por isso, Fernando não teria lido as melhores sagas dos X-Men, criadas pela dupla Claramont/Byrne e publicadas originalmente bem antes dele se tornar leitor da Superaventuras Marvel – ou mesmo de se tornar simplesmente um leitor. De outra forma, também, ele dificilmente teria comprado *The Head On The Door*, do The Cure, longe das prateleiras de lançamentos desde 1985 – seu gosto musical naquele tempo (como o de todo menino de oito anos da época) limitava-se ao *Thriller*, de Michael Jackson.

Perdidas entre os ácaros e o pó, as preciosidades do mundo musical a serem garimpadas nos sebos não se limitavam aos discos de vinil e a alguns CDs – que, mesmo relativamente novos, já começavam a ser comercializados como produtos de segunda mão. Os olhos de Fernando empreendiam uma busca atenta. Embora a rapidez com que os dedos do moleque afastavam os LPs subentendesse descuido, nada escapava ao seu escrutínio. Por culpa da visão periférica privilegiada, isso incluía coisas para as quais ele nem sequer olhava. Assim, notou o olhar do jovem Morrissey vindo do topo da pilha de revistas no chão e, imediatamente, parou de vasculhar os álbuns.

"Quanto é essa revista aqui, moço?", perguntou, a Bizz número 15 na mão.

"Fã de Smiths? Bom gosto", o balconista trintão abriu um sorriso. "Faz assim: leva o *Hatful of Hollow* que eu te dou a revista." Pela promoção proposta, o sujeito demonstrava ser mais que um simples balconista.

"Você tem aqui?", os olhos de Fernando brilharam.

"Tenho. Um cara trouxe um vinil importado ontem... Ainda não coloquei na prateleira." Pegou o disco debaixo do balcão e o mostrou para Fernando. "Interessa?"

Ainda brilhando, os olhos de Fernando assumiram a aparência tristonha, pidona, comum aos cocker spaniel. "Importado? Não tenho esse dinheiro todo, não."

O balconista/dono achou graça. Sorrindo, provavelmente a lembrar da dureza adolescente que um dia também o devia ter afligido, propôs: "Vamos fazer assim: eu divido. Você me paga em três vezes, beleza?"

"Sério?" O menino não acreditava na sua sorte.

"Opa. É só trazer o dinheiro certinho, que não tem erro."

"Claro, moço, pode deixar!"

Revista e álbum debaixo do braço, Fernando mancou o mais rápido que pôde a caminho de casa. No ônibus, sua felicidade só não era maior que a vontade de ler a entrevista já lá, no coletivo, mas o seu autocontrole conseguiu ser. Deixaria para fazê-lo em casa, tendo o *Hatful of Hollow* como trilha sonora. Numa tentativa de controlar a ansiedade, concedia-se ao menos apreciar o encarte do "disco azul" – fotos, informações técnicas e letras, lidas e relidas quantas vezes o trajeto entre o Centro e o Ipiranga permitiu.

Os fones no ouvido – depois dos seguidos "baixa esse volume, Fernando", achou melhor usá-los –, a revista sobre as pernas cruzadas em X, o menino sentia-se conversando com seu ídolo, às voltas com sua voz e ideias, uma captada em sessões ao vivo de programas da rádio BBC, as outras registradas pelo gravador do repórter. Alguns dos assuntos da entrevista, inclusive, coincidiam com os temas das letras e ajudavam Fernando a entendê-las. Quando Morrissey, por exemplo, cantava que "os morros estavam vivos com os choros celibatários", em "These Things Take Time", fazia referência ao que o texto de introdução à entrevista, numa outra inequívoca demonstração de oitentismo, explicou como "não transar nunca". Na verdade, Fernando entendia as motivações de Morrissey só até certo ponto. Com o julgamento afetado pela ebulição hormonal da puberdade, o garoto não conseguia compreender como alguém podia não querer fazer sexo, ainda mais um astro do rock, com fãs atirando-se aos seus pés o tempo todo.

As últimas cordas e o fim de "Please, Please, Please, Let Me Get What I Want", última faixa do lado B. A leitura de Fernando, porém, ainda estava longe de acabar. Consumia as palavras de Morrissey como os iogurtes que, na infância, tomava junto com o irmão – bem devagarzinho, para que, quando Roberto tivesse terminado o dele, ainda lhe restasse mais da metade do seu. Mas a razão da lentidão com que lia a entrevista de Morrissey era bem mais nobre. Nunca tendo tido um contato tão íntimo com o ídolo, queria aproveitar ao máximo cada instante "no seu duplex". Era uma tarde como as que, ao lado dos choros celibatários, habitavam a letra de "These Things Take Time". Mesmo sem o álcool descrito na música, aquelas horas vespertinas, para ele, tinham mais valor do que qualquer coisa viva na Terra.

Virou o disco e, finalmente, a primeira página da revista.

~~~~~~~~~~~~

As impressões daquele dia se refletiriam nos anos por vir. Depois daquilo, Fernando jamais viria a concordar com a unanimidade da crítica e dos fãs. Para ele, o melhor disco dos Smiths sempre seria o *Haftul Of Hollow*. E essa opinião resistiria a todas as avaliações, feitas por outros e por ele mesmo, sobre a qualidade musical e poética do *The Queen Is Dead*. Daria o braço a torcer quanto à sua superioridade, eventualmente, mas isso não interferiria no seu ranking pessoal. Fora aquela tarde mágica de outubro de 1991 – primeiro comprando o disco no sebo, com pagamento dividido pelo vendedor gente boa, depois ouvindo-o enquanto lia a revista que o vendedor gente boa lhe dera de brinde – o que tornara o *Hatful* tão importante para ele.

A memória afetiva também seria responsável pelo conceito elevado que a Bizz sempre teria junto a Fernando. Passou a acompanhar a revista todo mês e, em edições trazidas da banca pelo pai, e, a despeito da qualidade oscilante ao longo da década, nunca deixou de respeitá-la. Quando decidiu ser jornalista musical, desde o princípio, era na Bizz que sonhava trabalhar. E foi para a Bizz, e só para a Bizz, que Fernando enviou a crítica sobre o disco de Chet Baker – com seu currículo em anexo.

Raquel tinha conseguido contaminá-lo com um pouco de sonho e, graças a esse contágio, ele resolvera dar mais uma chance para o que queria. Só não disse para a então namorada que aquela tentativa seria a última. Se não desse certo, tinha decidido, se resignaria com qualquer emprego. Era como se estivesse numa balada e depois de sucessivos foras tivesse resolvido ir embora, mas antes decidisse abordar uma última garota, não uma feinha e bêbada, a mais gata, não apenas do lugar, a mulher dos seus sonhos. Antes de abandonar as pretensões jornalístico-musicais, Fernando resolveu oferecer um drinque para a Bizz.

Escolhera os números, marcara-os no bilhete, levara-o à casa lotérica, mas, sem confiar muito na sorte, nem se preocupou em conferir o sorteio da loteria. Afundado na lama na qual Raquel o tinha jogado, seria preciso mais que um bilhete premiado para içá-lo de lá. Só mesmo aquele telefonema, que Dona Maria anunciou sem ter ideia da sua importância.

"Fernando, é o José Eduardo Antunes, editor adjunto da Bizz. Tudo bem?", disse a voz do outro lado da linha.

"Opa, tudo bem, sim", respondeu um animado Fernando. Acompanhava o trabalho de Antunes havia alguns anos e o admirava, texto, opiniões e conhecimento musical enciclopédico. Sabia o que falava e falava bem.

"Escuta, a gente recebeu a sua crítica do disco do Chet Baker... Infelizmente, jazz não é muito a nossa praia..."

"Que pena." Desanimado, Fernando já via desenhado seu futuro em alguma assessoria de imprensa de fundo de quintal.

"É, pena que não vai dar para a gente publicar. O texto tá ótimo."

"Sério?" Fernando respondeu com a mesma incredulidade feliz – e até a mesma palavra – com que respondera à oferta do dono do sebo, anos atrás.

"Te interessaria fazer um estágio aqui com a gente?"

E assim, com voz grossa de fazer inveja a muito travesti, a mulher mais bonita da balada se disse feliz em aceitar o drinque oferecido por Fernando.

~~~~~~~~~~

"Olha quem voltou...", disse o simpático dono do sebo ao ver Fernando entrar pela porta da loja.

"Vim trazer a segunda prestação", lembrou o garoto, colocando o dinheiro sobre o balcão.

"Prestação? Ah, não, prestação, não. Falando assim, parece até crediário. Parece que eu te vendi uma máquina de lavar, não um disco. Aliás, disco, não: um puta disco."

"Puta disco mesmo", concordou, sentindo-se maduro por conversar com um adulto e falar palavrão. "Valeu pela confiança."

"Que é isso. Eu lembrava de já ter visto você por aqui. Sabia que uma hora ou outra voltaria. Além do mais, um cara da sua idade interessado em Smiths merece crédito. Hoje em dia, os moleques só querem saber de porcarias como Guns, Metallica, Faith no More... Ah, você também gosta, é?"

Por mais que tentasse disfarçar, a vermelhidão da face denunciou Fernando. Algumas figurinhas carimbadas da preferência adolescente, não dava para negar, também estavam presentes no seu álbum. *Appetite for Destruction*, o Álbum Preto e *The Real Thing* faziam parte do seu top 10.

"Quando eu tinha a sua idade, eu gostava era disso aqui", disse o baixinho atarracado de nariz adunco e cabelo castanho arrepiado, apontando para a estampa da sua camiseta, a capa de *Aladdin Sane* – álbum da fase Ziggy Stardust de David Bowie. O cantor posava caracterizado como o personagem, um relâmpago estilizado a cobrir metade do rosto. "Você curte o Bowie?"

"Hum... Pra te falar a verdade, eu não conheço muito, não", admitiu Fernando, sem ter coragem de admitir, porém, que o pouco que ele conhecia era a constrangedora versão do Nenhum de Nós para "Starman". Se confessasse que chegara a gostar dela, então, suspeitava que o dono do sebo o condenaria à danação eterna.

"Tem que conhecer, cara. Você, que gosta de Smiths, com certeza vai curtir. Não que tenha muito a ver musicalmente, mas o Morrissey era super-fã do Bowie. E é como eu digo: nossos amigos são amigos entre eles", disse, acendendo um cigarro em seguida. "Você fuma?", ofereceu para Fernando.

"Não, obrigado", recusou, procurando não transparecer a reprovação. "Oferecer cigarro para um moleque de quatorze anos? Absurdo", pensou, ecoando as palavras de seus pais.

"Beleza... Vou te oferecer outra coisa, então", disse o dono do sebo, soprando a fumaça para o ar. "O que você acha de dar um trampo no sebo?"

"Eu, trabalhar aqui?"

"É, meio-expediente, depois da escola. Uma oportunidade bacana de você conhecer mais sobre rock e de ganhar uma graninha... Ou, se quiser, pode pegar seu salário em disco", emendou uma risada. "O que você acha?"

Até então, Fernando nunca tinha pensado em trabalhar, mas a

ideia de um emprego tão divertido deixou-o empolgado. "Preciso falar com os meus pais...", respondeu.

"Mas você já não sai de casa toda tarde? Daria no mesmo."

"É, acho que você tem razão...", sorriu, infantil.

"Maravilha, cara. Toca aqui", estendeu a mão para Fernando. "Como você se chama?"

"Fernando, e você?"

"Edmilson... Mas Edmilson é foda, né? Pode me chamar de Eddie. Ou melhor, *tem que* me chamar de Eddie. Chamar de Edmilson é demissão por justa causa", sorriu "Eddie", dando um tapinha no ombro de Fernando. O menino retribuiu o sorriso um tanto sem jeito, sem saber o quanto da história sobre a demissão era brincadeira.

~~~~~~~~

"Fernando, esse aqui é o Alex Silveira, nosso editor-chefe. Alex, esse aqui é o..."

"Foi ele que escreveu aquele texto do Chet Baker?", atalhou Alex.

"Ele mesmo, chefe", disse José Eduardo, completando: "O garoto tem talento."

"Não, vamos parar de encher a bola do moleque antes que a gente crie um monstro", riu Alex. "Mas o Zé tem razão, moleque: o texto é bom", estendeu a mão para Fernando e, segurando a dele, olhou-o nos olhos e recomendou: "Aproveita o estágio, cara, mete bronca."

"Pode deixar", sorriu um pouco sem jeito. Sentiu-se pressionado pela carga de responsabilidade contida na orientação do novo chefe.

"Cola no Zé Eduardo", acrescentou Alex. "Esse cara é um dos maiores entendedores de música pop no Brasil e, deixa eu falar baixo, o melhor texto desta revista."

Quando saíram da sala do editor, José Eduardo comentou: "Parabéns, cara. Não é todo mundo que consegue um elogio do Alex. Se ele disse que o seu texto estava bom, é porque realmente gostou."

Lisonjeado, Fernando observou: "Então, se ele falou o que falou sobre você..."

"Pois é, amiguinho, mas elogio não garante o emprego de ninguém.

Tente se lembrar que chefe é como mulher: você pode fazer um monte de coisas legais, mas basta uma única cagada para ele ou ela esquecer de tudo."

"Vou lembrar."

Mesa a mesa, José Eduardo levou Fernando para conhecer toda a redação da Bizz. Vários nomes que já lera muitas vezes ganharam rostos, e outros rostos, que já tinha visto em pequenos retratos preto e branco ao lado de colunas, foram ampliados e coloridos. Sentiu-se como um menino do interior recém-chegado para jogar no Santos, ao lado de diversos craques que sempre admirara. Como o jogador novato, foi só vestir o manto – no seu caso, sentar à nova mesa e ligar o editor de texto – para sentir seu peso. Mas esse aspirante a craque sabia que não podia se intimidar: se aproveitasse a chance, se jogasse bem, podia conquistar uma vaga no time titular. Ou, novamente transpondo para a realidade de Fernando, uma efetivação.

"É só jogar o meu futebol", disse para si mesmo.

~~~~~~~~~~

"Fernando, coloca esse disco d'A *Gata Comeu Internacional* nas trilhas...?", como um professor de cursinho, Eddie deu a deixa para Fernando.

"...Internacionais?", completou, como um bom aluno.

"Garoto esperto. Mas coloca na ordem alfabética, hein? Um maluco que vier aqui procurando uma bomba dessas já tem problemas suficientes, não precisa ter mais um para achar o disco... Ha, ha, ha, ha..."

Eddie entregou o LP a Fernando, que não o acompanhou nas risadas. Ficou um pouco chateado com elas, até. Dentre os gostos inconfessáveis ao chefe, estava a simpatia pela trilha da novela estrelada por Nuno Leal Maia e Cristiane Torloni. E qual era o problema naquilo? O disco trazia um belo apanhado de sucessos da última década, como "The Heat Is On" – tema de um outro Eddie, o Murphy – e tinha sido um dos seus presentes no aniversário de oito anos, dado por algum tio ou tia. Lembrava de ter ficado muito feliz ao ganhá-lo. Lembrava, também, que o álbum servira para embalar vários bailinhos na garagem de Edgar, nos quais a sua coragem só chegava até o pedido para dançar a lenta – "Crazy For You", da Madonna, ou "I Should Have Known Better", de Jim Diamond – com a Adriana ou a Cris, amores platônicos da 2ª série, mas nunca era suficiente para tentar beijá-las. (Em 1985, afinal, o gosto musical das crianças de oito anos ia um pouco além do *Thriller*.)

Perdido na década perdida, Fernando teria sido eternamente um feliz prisioneiro de suas carinhosas recordações, não tivessem mandado até ele o resgate. Veio na forma não de um Delorean, como o de *De Volta Para o Futuro* – filme, aliás, que ele vira naquele 1985 –, mas da mesma ferramenta que o levara ao passado: a música. E esta, embora o tenha trazido ao presente, não se tratava de música atual – vinda de um sebo, estranho seria se fosse. Nunca a tendo ouvido antes, entretanto, para ele, era um lançamento. "Eddie, que som é esse?", quis saber.

"Lou Reed, meu. 'Walk On The Wild Side', um clássico. Em vez de inutilidades como o Hino da Bandeira, era isso o que deviam ensinar nas escolas."

Fernando tomou a capa de *Transformer* das mãos do chefe e ficou a admira-la, sem nem perceber a chegada do cliente, a quem Eddie, sem se importar com isso, foi atender. A imagem do cantor empunhando a guitarra, contraste preto e branco que lhe conferia ares fantasmagóricos, aliada ao "tu-tu-tu-tu" dos backing vocals de David Bowie, compunha um magnífico método de hipnose. Se antes as memórias de infância tinham confinado Fernando a outro tempo, Lou Reed agora o enviara a outra dimensão, um espaço paralelo e sideral, em que ele flutuava à deriva, guiado unicamente por um sutil violino.

"Gostou?", perguntou Eddie, deixando o cliente um pouco de lado.
"Cara..."
"Tira o disco, põe na capa e numa sacola."
"O cliente vai levar?"
"Não, esperto. Quem vai levar é você."
"Eu?"
"Isso. É o seu salário."

"Pega um pra mim, sem açúcar." Com um copo de café recém tirado da máquina, Fernando virou-se para encarar José Eduardo, o autor do pedido. Surpreendeu-se ao ver também ao lado dele uma bela garota, de sorridentes olhos azuis. "Pra mim você pega um capuccino, please?"

"Opa, claro", respondeu Fernando, apertando distraidamente os botões da máquina de café.

"Fernando, esta aqui é a Clara. A Clara é a nossa nova estagiária. A gente achou que, depois de contratar você, tinha que trazer uma menina bonita para equilibrar um pouco as coisas...", sorriu o sempre simpático José Eduardo.

Clara sorriu também, fingindo desconcerto. Cabelos loiros e sedosos, pele bronzeada, sorriso impecável, gracejos elogiosos como aquele só a deviam surpreender quando não vinham. Estendeu a mão para pegar o capuccino oferecido pelo novo colega.

"O Zé Eduardo me mostrou sua crítica do Chet Baker... Nossa, demais!"

"Puxa... Que legal que você gostou..." O desconcerto de Fernando nada tinha de fingido. Ele, sim, não estava acostumado a receber elogios, principalmente vindos de quem agora vinham. Já experimentara algumas vezes a aprovação de Alex Silveira e do próprio José Eduardo, mas o que eram as opiniões abalizadas de experientes jornalistas comparadas às perfumadas palavras saídas daquela boca perfeita?

"Fernando", chamou José Eduardo, "você mostra a redação e apresenta o pessoal para a Clara? Eu tenho um compromisso agora..."

"Claro, Zé, pode deixar", prontificou-se Fernando, recebendo um sorriso cúmplice do veterano.

Passadas as apresentações de praxe, viram que já era hora do almoço. Fernando sugeriu que se juntassem ao resto da equipe, para Clara "já ir se enturmando", mas a nova colega propôs uma refeição a dois. "Ah, acabei de chegar... Fico meio sem graça de almoçar com um monte de gente que não conheço. Pode não parecer, mas sou bem tímida, viu?"

Mais que a revelação sobre a timidez – que logo descobriria falsa –, surpreendeu Fernando a escolha de Clara do lugar para o almoço. Nos arredores da editora, ao passar em frente a uma padaria meio suja, foi de cara puxando uma cadeira e sentou-se a uma mesa disposta na calçada – um belo corpo estranho àquele ambiente povoado por pedreiros empoeirados e coxinhas idem. Dando sequência às surpresas, pediu um bife acebolado e uma cerveja – "você toma comigo, né?" –, degustados com a mesma falta de cerimônia com que foram pedidos. Gole após gole, garfada após garfada, gargalhada após gargalhada, Clara descolava-se dos rótulos supostos por sua beleza e evidente bom berço.

Antes do fim do almoço, Fernando já sabia que a garota tinha passado o último ano viajando por Oceania e Ásia – em companhia de um ex-namorado do qual não queria falar. Já sabia que ela dançava forró, lutava capoeira e surfava – "todo fim de semana que dá, na Baleia, meu pai tem casa". Já sabia que o que ela queria mesmo era trabalhar com produção musical – "mas uma coisa de cada vez". Já sabia que ela tinha boa resistência ao álcool – depois de quatro cervejas, continuava incólume. Fernando já sabia, principalmente, que estava perdido.

~~~~~~~~~~

Intermináveis, inacabáveis. Os longos cabelos negros de Soraya ocupavam não apenas a sua cabeça, também a de Fernando. Seu brilho sedoso revestia os pensamentos dele, onde fundia-se ao vinil, material de mesma cor com o qual os dividia. Grossa camada de piche, recapeava a estrada de sinapses que levava ao ideal feminino do garoto, soterrando qualquer lembrança de Jaqueline.

"Soraya? Com 'y', ainda por cima? Que nominho, hein?"

"Olha quem fala, 'Edmilson...'" A intimidade de Fernando com o chefe já lhe permitia falar de suas pretensões amorosas, mas nunca, jamais, brincar com o nome dele. Sem ter ainda decifrado a real natureza do comentário sobre a demissão por justa causa, achou melhor guardar para si a merecida resposta. Platônica ou não, Soraya era a nova paixão de Fernando, mais uma que ele tinha se arrependido de confessar ao chefe.

Embora considerasse Edgar um irmão, bastou Fernando conhecer a prima do amigo para agradecer por não o ser de fato – na sua família, as eventuais beijocas entre primos eram passíveis de punições severas. Um dia, na casa do amigo, a presença dele coincidiu com uma visita da garota. Os dois mal se falaram. Ela pouco ficou e, nesse pouco, não lhe deu muita atenção. "Oi", "prazer" e "até mais", no entanto, podem escrever mais histórias de amor do que se pode imaginar. "Oi", "prazer" e "até mais" multiplicaram-se em todos os comentários que Fernando não se cansava de fazer sobre ela. Eram tantos que a audiência de Edgar e Rodrigo acabou por ser pequena. Teve de emprestar também os ouvidos de Eddie – acostumados a ouvir coisas muito melhores, eles se ofenderam.

"Aposto que essa menina é uma brega." De onde Eddie tinha tirado aquilo? Por que, sem nem a conhecer, ele a colocava na mesma e desprezível prateleira reservada para tipos como Leandro & Leonardo e Xuxa? Um simples "y" – que ela nem sequer pudera escolher – não justificava a condenação. Por grande que fosse, a influência de Eddie não dava conta de fazer Fernando concordar com o mentor nesse assunto. Até o fim do dia, não falaram mais, sobre Soraya ou sobre qualquer coisa. Quando chegou a hora, Fernando pegou a mochila e foi embora sem se despedir.

A luz não deixava Fernando dormir. Nem as grossas cortinas do seu quarto, se fossem ainda mais grossas, seriam capazes de bloqueá-la. Para tentar, precisariam estar dentro de sua cabeça, que era onde abrigava-se a abundante luminosidade. Vinha do loiro cabelo, do azul dos olhos, do bronze da pele, vinha do branco do sorriso perfeito. Até o nome de Clara irradiava a maldita luz.

À primeira impressão, as paredes do cérebro dele tinham, agora, um revestimento bem diferente da época em que a responsável pela sua decoração era Soraya – a lembrança dessa tinha outro brilho, noturno. Uma análise um pouco mais apurada, porém, constataria o pouco evidente mas inegável parentesco entre o breu das madeixas de uma e o ouro dos cachos da outra. Tratava-se da nova apresentação de um sentimento familiar: a volta do amor platônico. O modelo 1999 tinha nova carroceria, mas por baixo conservava a mesmíssima plataforma.

As mudanças no design não foram suficientes para enganar Fernando. Assim que a conheceu, a jukebox mental disparou de imediato: "I Want The One I Can't Have", os Smiths davam palavras ao seu sentimento. Desde então, soube que o que Clara havia despertado jamais se realizaria num plano possível. Essa certeza tirava seu sono e sua ação. Apaixonado, era incapaz de se interessar por outra mulher e, ciente de não ter a menor chance, nem cogitava declarar-se. Tinha lido uma vez que as paixões perfeitas eram as não concretizadas, e tentava se conformar adotando a frase como um mantra pessoal.

Muito linda, muito livre, muito rica. De sua mesa na redação, Fernando admirava Clara como o garoto da periferia que baba em frente às lojas de carros importados na Avenida Europa. Sabendo que nunca teria os meios para comprá-la, de que adiantaria perguntar o preço de uma Ferrari? Contentava-se em contemplar sua beleza, em ouvir suas histórias e seu riso. Na impossibilidade de dividir com ela a cama, satisfazia-se em partilhar com Clara o trabalho e, depois dele, algumas cervejas. Não era o ideal, mas era mais intimidade do que o menino da periferia jamais teria com um bólido italiano.

As noites de sono que Clara lhe tirava tinham de ser compensadas com massivas doses de café – de outra forma, nem mesmo a beleza da menina seria suficiente para manter os olhos dele abertos. Numa de suas frequentes idas à copa, Fernando não conseguiu se reabastecer de cafeína, mas o que ouviu o manteve acordado como uma garrafa térmica inteira não seria capaz. Antes de entrar, percebeu seus chefes conversando e reteve o passo. Manteve-se atrás de uma parede, de onde pôde ouvir o seguinte diálogo:

"Os estagiários, a Clara e o Fernando... Que tal?", perguntou Alex.

"Estão indo bem, viu? O Fernando é daqueles talentos natos. Gosta muito de música e conhece muito do assunto, ainda mais para um cara tão novo. O texto dele também é mais que correto. Cresceu bastante desde que chegou e acho que vai crescer mais", respondeu Zé Eduardo, para a alegria do escondido Fernando.

"E a gatinha? É tão boa quanto é boa?", perguntou Silveira, malicioso.

"Ha, ha, ha... Aí é difícil... Bom, falando sério, o perfil dela é bem diferente do Fernando. Por exemplo, ela não domina um terço das bandas que ele conhece, também não escreve tão bem, mas é extrovertida, ousada, bem articulada, o que – você sabe melhor que eu – ajuda muito em reportagem. A Clara é muito bem relacionada com as bandas e as assessorias, já conseguiu umas exclusivas ótimas...", avaliou Zé Eduardo, como que a referendar a paixão de Fernando pela menina.

"Certo, Zé. E se fosse para contratar um deles, quem seria?"

"Um?"

"Os dois estão se formando agora, no fim do ano, e não podemos mantê-los como estagiários. Pelo que você diz – e eu confio no teu critério –, seria ótimo contratar o Fernando e a Clara, mas o meu orçamento para o ano que vem só permite mais um repórter. Na sua opinião, qual dos dois?"

Fernando gelou. Com a resposta do editor adjunto, viria o veredicto do seu destino.

"Olha, Alex, assim de cara fica difícil dizer... Posso te dar essa resposta semana que vem? Vou pensar direito e te falo, pode ser?"

"Beleza, Zé. Semana que vem."

Sem saber, Clara tinha acabado de descobrir mais um jeito de lhe tirar o sono.

~~~~~~

"Pode falar", gritou a mulher a partir da porta da casa, que dava para a garagem. A semelhança física atestava a maternidade de Soraya. Tinha até os mesmos cabelos lisos e compridos, a diferença por conta da parte grisalha. As roupas bastante simples, desprovidas de vaidade, e a saia pelos joelhos, somadas ao cabelo, eram indícios indiscutíveis de que se tratava de uma evangélica. O código visual de Soraya também devia apresentar os mesmos sinais, e se Fernando não os interpretou assim foi porque a beleza da menina atraiu para si toda a atenção dele. Essa beleza era tanta que, tivesse Fernando se dado conta do detalhe religioso, não teria ligado a mínima – se necessário, até se converteria. Tinha herdado da mãe, ultracatólica, um preconceito bobo quanto àqueles a quem chamava desdenhosamente "crentes". Mas o amor (mesmo o platônico) vence tudo – os preconceitos bobos são seus adversários históricos e são historicamente derrotados.

"Boa tarde", Fernando tentava mostrar-se educado à futura sogra. "A Soraya está?"

"Soraya", gritou novamente a mulher, agora para dentro da casa. "Tem um menino aqui querendo falar com você."

Quando Soraya saiu de casa, foi apenas a segunda vez que Fernando a viu. Ele, entretanto, convivia com ela dia e noite havia duas semanas, desde que a conhecera, e, por isso, sentia-se íntimo dela. De certa forma era, mas não poderia esperar da menina uma contrapartida equivalente.

"Oi, pode falar", disse ela, um pouco mais perto do que onde a mãe estivera. Seu tom de voz também não era muito mais amistoso.

"Oi, eu sou o Fernando, amigo do Edgar, lembra?"

"Hum..."

"A gente se conheceu na casa dele...", disse, tentando não desanimar.

"Ah, tá... Tudo bem?", perguntou protocolarmente. Antes que ele respondesse, emendou. "Diga", a impaciência garantindo a ele que, embora a amizade do primo a fizesse recebê-lo, não lhe daria muitos benefícios além disso.

"Então..."

"Tô ouvindo."

Fernando não imaginava o que diria à garota. Até tinha ensaiado algumas palavras, estudado as melhores formulações, mas todas pareciam menos que ridículas diante do tamborilar do pé da menina.

"Eu te amo." Saiu como o grito de quem fecha a porta no dedo. Nenhum dos textos que ele tinha cogitado era pior que esse.

"Hã?"

"Eu... eu... não tiro você da cabeça desde aquele dia... Eu nunca senti isso antes." Fernando dizia a verdade. O que tivera por Jaqueline não se comparava e, pensando bem, só o sentira porque *ela* o procurara e *ela* o beijara. Soraya, por outro lado, tinha feito menos do que nada para merecer tamanha devoção.

"Não fala isso, garoto. Você nem me conhece." Ela tinha razão. A frieza sempre tem a razão.

"Você não tá entendendo! Eu te adoro!"

"Adorar só a Deus, garoto. Agora dá licença que eu tava fazendo lição." Ela entrou em casa e Fernando, em estado de choque. Aquela última frase – ou, melhor, a penúltima – acabou com ele e com qualquer chance de ele rever seus preconceitos quanto aos crentes.

"Mais uma, chefe?" Fernando respondeu à oferta do balconista com um simples meneio, suficiente para o franzino rapaz nordestino servir-lhe mais uma Brahma. Baixos, seus olhos acompanharam a cerveja enchendo o copo e, copo cheio, continuaram concentrados no líquido por mais um instante. Na fração de segundo que antecedeu o esvaziamento do copo, couberam todos os últimos seis meses, do telefonema de José Eduardo lhe propondo o estágio à alegria de Clara ao lhe comunicar sua efetivação. "Não tô nem acreditando! Olha a minha mão! Viu como eu tô tremendo?"

Repetiu o ato de encher o copo e, na memória, repetiu-se a reação de Clara diante do seu indisfarçado desapontamento. "Nossa, que parabéns, hein? Porra, Fernando, pensei que você fosse ficar feliz por mim. Inveja eu esperava de qualquer um, menos de você."

A cerveja descia agora por sua garganta como ele desceu naquele dia pelo elevador, encerrando a conversa. Não via Clara desde então. Informado do fim do estágio, perdeu pouco tempo na imediata limpeza das gavetas e não esperou o fim do expediente para ir embora, sem se despedir de ninguém. O diálogo com Clara aconteceu quando ela, ao dar pela fuga do amigo, veio interpelá-lo em frente ao elevador. Estava aborrecida pela saída dele, dizia, mas nada que abalasse a felicidade trazida pela outra notícia do dia.

Diante disso, como falar para Clara sobre seu amor por ela, seu ódio por José Eduardo e seu medo com relação ao futuro? Não falou. As portas do elevador fecharam-se como, sabia, se fechariam para ele as portas do jornalismo musical. A conversa que tivera com José

Eduardo lhe garantira isso. Na mesma copa em que fora apresentado à Clara e, sem querer, ao dilema do editor adjunto, Fernando ouviu dele, cheio de dedos: "É uma pena, cara, mas, no momento, a editora só pode contratar um repórter. E a Clara tem mais o perfil que a gente está precisando..."

"Ah, sim, um perfil loiro, de olhos azuis e uma bundinha fora de série."

"Como é que é? Espero que você não esteja falando sério."

"E eu espero que, pelo menos, você esteja comendo. Se não, vou achar que a minha carreira foi sacrificada à toa."

Mais um gole de cerveja e mais uma ruminação, uma das tantas que tinham se tornado rotineiras nas últimas semanas. Não teria pegado pesado demais? Sabia que não deveria ter expressado suas conclusões, mas, fora isso, não seriam elas injustas e infundadas? Clara era linda, mas não tinha culpa disso. Pensando bem, sua perfeição física, ironicamente, devia ser como uma espécie de deficiência. Mais do que lhe facilitar acessos, a beleza colocava todos seus méritos em xeque, por meio de questionamentos idiotas e preconceituosos – exatamente como os que ele fazia.

"Me dá uma batatinha frita dessa aí", apontou os sacos transparentes, sem marca, pendurados sobre o caixa.

Clara era boa, sim, e teria pela frente uma carreira tão bela quanto ela. Já Fernando não teria nada, nem carreira, nem Clara. Ao perdedor, as batatas – fritas, gordurosas, excessivamente salgadas, mais um gosto ruim que lhe ficava na boca. Mantinha os olhos baixos, ocupados agora na contemplação das horríveis batatas. Nelas, via o panorama do que a vida lhe reservava. Quando seu olhar por fim se ergueu, descobriu que esse panorama podia ser ainda mais feio. Do outro lado da rua, saindo de mãos dadas de um restaurante, José Eduardo e Clara.

Fernando levantou-se do banco e pôs-se a correr na direção dos dois. Mal deu o primeiro passo, porém, escorregou numa poça de qualquer coisa e beijou o chão imundo do boteco. Do chão, viu o infame casal receber o carro do manobrista, entrar e ir embora, completamente alheio a ele. O franzino rapaz nordestino, único no bar além dele, não se intimidou pelo olhar feio dirigido pelo cliente, esborrachado: gargalhou até perder o ar. A reprovação de Fernando durou bem menos. Foi rapidamente substituída pela consciência de que aquele pequeno vexame o tinha salvado de outro, muito maior.

~~~~~~~~~

"Opa! Já chega, valeu", Fernando agradeceu o vinho que Eddie lhe servia, quase transbordando o copo. Tinto suave, o dulcíssimo Chapinha era a porta de entrada perfeita para o maravilhoso mundo da embriaguez. Se a baixa qualidade fazia desta uma porta dos fundos, nem por isso era menos eficiente para muitos neófitos que, por meio do gosto amigável e do preço idem, conheciam seus primeiros porres. Era o caso de Fernando, gentilmente ciceroneado pelo prestativo Eddie.

Para consolar o menino, que chegara desolado ao seu sebo, Eddie tinha providenciado duas garrafas do vinho no boteco da esquina. De início, obedecendo às orientações dos pais, Fernando recusou a oferta de álcool, mas só de início. "Concordo, não é sempre que a gente deve beber, mas também não é sempre que a gente leva um fora como esse, certo?" Certo ou não, o argumento bastou ao garoto, e ele tomava o vinho em goles esganados, que respingavam por toda a sua camiseta.

"Crente? Ha, ha, ha! Pensava que só fosse brega, mas ela saiu melhor que a encomenda, hein?", divertia-se Eddie.

"Pois é", grunhiu Fernando, mal humorado.

Nem a decepção era capaz de fazê-lo concordar com as opiniões negativas do dono do sebo. A bebedeira que começava a se desenhar também não o impedia de se arrepender por ter vindo à loja de discos. Estava lá somente porque precisava desabafar com alguém e não se sentia à vontade para fazê-lo com o irônico Rodrigo ou com o pouco receptivo irmão. Edgar também estava fora de cogitação – àquela hora, após ter-lhe dado o endereço da prima, o amigo deveria estar rolando de rir, imaginando o previsível desastre. Tivesse se lembrado da inexplicável antipatia de Eddie por Soraya, Fernando também o teria descartado.

"Tá legal, cara, chega de gozação. Mais um copo?" Eddie não esperou a resposta de Fernando para servi-lo. "Vamos mudar de assunto, vai... E aí, tem ouvido o Lou Reed?", perguntou sobre o LP que tinha acabado de colocar no toca-discos.

"Tô ouvindo bastante, sim. 'Perfect Day' me faz lembrar da... Soraya..." Às palavras, Fernando emendou uma sequência de soluços, embriagados e chorosos.

"Ih, cara, sai dessa. Essa música não tem nada a ver com uma idiota tosca como ela", disse Eddie, voltando à carga, sem ligar muito para o choro do menino. "Além do mais, o Lou Reed é gay, sabia?"

"Quê?" O susto fez Fernando parar de chorar. "Mas eu li que ele é casado... com uma tal de Sylvia...", mesmo afetada pelo álcool, sua memória não o traía.

"O fato dele ser casado não impede ele de gostar de homem", insistia Eddie. "Prova disso é que 'Walk On The Wild Side' fala de garotos de programa drogados. 'Make Up', do mesmo disco, é uma homenagem aos travestis... Ah, falando em travesti, ele foi casado com um, sabia?"

"Travesti? Para com isso." Fernando não acreditava nem se conformava.

"E qual é o problema? O David Bowie, que aliás produziu esse disco, também gosta de homem... Já transou com o Mick Jagger, sabia?"

"O do Rolling Stones???"

"E tem outro?"

"Puta merda!!!"

"Ha, ha, ha! Toma mais um pouco de vinho."

Um a um, Fernando via seus ídolos sair de armários onde nem eles mesmos sabiam estar. Sairiam inclusive do armário do próprio menino, de cujas portas ele já estava pensando em tirar suas fotos.

"Agora, só falta você me dizer que não sabe que o Morrissey é gay."

Não, o Morrissey não. Aí já era demais. Que ele não gostasse de sexo, vá lá, mas gostar do *mesmo* sexo? O problema é que Eddie devia estar certo, sempre estava. Quando disse que Soraya devia ser uma brega, por exemplo, de alguma forma ele acertou. Diante do choque da revelação assustadora, para suportá-la, restou a Fernando apenas virar mais um copo.

"Quer dizer que todo mundo é gay?", perguntou, estarrecido.

Eddie apenas gargalhou. Depois, tomou seu primeiro copo, mas de um Jack Daniel's, até então guardado sob o balcão. "Bom, deixa eu te fazer uma pergunta... Ou, melhor, te pedir um favor..." O tom de voz de Eddie de súbito abandonou a galhofa, tornou-se mais amistoso.

"Não!" Mesmo bêbado como estava, Fernando conseguia imaginar que não iria gostar do pedido.

"Mas você nem sabe o que vou te pedir...", a voz de Eddie ficava ainda mais amistosa, para muito além da amizade, aliás.

"Então fala logo, porra!", contrariando a de Eddie, a voz de Fernando nada tinha de cortês. Era raiva, semelhante à que antecede a explosão do choro.

"Posso chupar o seu pau?"

"Não", a resposta veio seca, imediata, impensada. Afinal, era coisa que o menino não precisava ponderar para responder. Também o pedido, apesar de tão chocante, não o chocou tanto. Foi antecedido pelos rodeios que, embora tivessem preparado seu terreno, não conseguiram o mesmo sucesso dos argumentos de Eddie sobre o consumo de álcool. Mesmo o consumo de álcool propriamente dito não surtira o efeito esperado.

"E por que não?", pacientemente, Eddie insistia.

"Porque eu gosto de mulher!"

"Como é que você sabe? Você nunca comeu nenhuma..."

E agora? Como sempre, Eddie tinha razão. "Mas, mas, eu gosto de mulher..."

"Tá bom, o Lou Reed também gosta. Vem cá..." Eddie se aproximava, sedutor e terno. Sua mão repousou sobre uma das coxas do menino, perigosamente perto de onde a boca gostaria de estar. Foi o que bastou para Fernando entrar em pânico. Pegou a garrafa de vinho e, antes de ceder ao primeiro impulso de quebrá-la na cabeça do homem, quebrou-a no chão. Segurando a garrafa quebrada pelo gargalo, ameaçou, às lágrimas: "Tira a mão! Se não, enfio isso na sua cara!"

Eddie recuou. Sorrindo, afirmou, com a razão de quem sempre a tem: "Sei que você não faria isso, mas tudo bem. Se você quiser, sabe onde me procurar."

Fernando vivendo Holden Caulfield, Eddie como Professor Antolini – o "tarado" que o acordou ao "fazer festinha" no seu cabelo no meio da noite. Encenavam sem saber uma espécie de versão daquele trecho de O Apanhador no Campo de Centeio, em que o garoto vai buscar guarida na casa do mentor e descobre que o tal mentor queria oferecer-lhe algo mais. Adaptada para a vida real, a passagem foi seguida fielmente por Fernando, que se levantou e, tal o anti-herói adolescente de Salinger ao se descobrir em apuros, apressou-se em fugir, ignorando as dificuldades do ato. Se Holden estava trôpego de sono, contra Fernando havia o álcool e a perna em recuperação, insuficientes para impedi-lo de correr o quanto possível até o ponto de ônibus. Se olhasse para trás, perceberia que Eddie também representava seu papel com exatidão – feito Antolini ao observar o ex-aluno pegar o elevador da porta de casa, o dono do sebo fora até a calçada da loja para, plácida e indiferentemente, assistir à fuga do menino. Ao chegar à paragem, esbaforido, Fernando esperou por infindáveis dez minutos até o último coletivo para o Ipiranga chegar, vazio. Nele, na derradeira cadeira, cabeça encostada à fria barra de ferro do corrimão da porta de saída, chorou. Por Soraya, por Eddie, pelos ídolos saídos do armário, pelo vinho. Talvez até por Holden, a quem só conheceria alguns anos depois.

Já era madrugada quando chegou em casa. Ignorando o horário e a luz acesa, afundou o dedo no botão da campainha e lá o manteve, mas não por muito tempo. A mãe não tardou a abrir. Esperava-o acordada.

"Menino do céu! Onde você tava?", abraçou-o com força. "Que cheiro é esse? Você andou bebendo?", passou de preocupada a nervosa.

"Chegou a uma hora dessa e tava enchendo a cara? Ah, mas vai tomar uma pisa...", esbravejou Seu Fonseca, levantando-se do sofá onde, também acordado, esperava o filho.

"Desculpa, pai! Desculpa, mãe!", implorou Fernando, encharcando o ombro da mãe. Dona Maria não conseguiu manter a braveza. Seu Fonseca, a quem caberia o papel, também não foi capaz. "Amanhã a gente conversa, moleque", disse o pai, sem muita convicção, enquanto subia as escadas.

"Vai, se enfia debaixo do chuveiro", mandou a mãe. "Vou te fazer um café amargo", afagava os cabelos muito escuros do cabisbaixo menino. Ele continuava a chorar por questões que, aos pais, permaneceriam desconhecidas por toda a vida.

capítulo 18

"Hermeto Paschoal, Sivuca, Ovelha... E agora, esse cara. Cacete, será que o talento musical e o albinismo estão de alguma forma relacionados? Pode ser uma dessas bizarrices genéticas – a ausência de melanina deve, sei lá porque, afetar uma determinada área do cérebro, sem dúvida do lado esquerdo, responsável pela atividade artística. Faz sentido... não faz? Como é que, no meio de tantos estudos idiotas, nunca fizeram um para comprovar isso? Olha aí um Prêmio Nobel dando sopa... E se eu sugerisse esse estudo? Mesmo sem manjar nada de genética, será que eu receberia a grana da premiação só por ter sugerido o tema do estudo? Uma parte, pelo menos, acho que sim. Tenho certeza! Ah, se não, eu armo o maior escândalo na sociedade científica! Bando de CDFs picaretas sem ética, ladrões de ideia... Mas, espera aí, o Ovelha era mesmo albino? Lembro que ele tinha um cabelo parecido com o do Hermeto e do Sivuca, mas..."

Os pensamentos de Fernando, até ali numa torrente tão sem sentido quanto irrefreável, foram por fim freados. Obra de uma visão que, logo após pará-los bruscamente, deu aos pensamentos nova orientação. Dali por diante, tudo o que passava na cabeça dele era: "preciso conhecer essa mulher."

~~~~~~

As gargalhadas, de combustível bem menos nobre que a "alegria de viver" ou o "bem-estar consigo mesmo", até quiseram acompanhá-lo ao ponto do ônibus, mas, sem forças para continuar, foram obrigadas a ficar num acostamento em algum ponto dos 500 metros que dividiam o Bar do Leo e a frente do Shopping Iguatemi. A última lata de cerveja, mais que justa cortesia do português a quem batia cartão no seu boteco, fora amassada e jogada num meio-fio qualquer. Serviu de túmulo para o restinho do baseado, que só colocou lá ao constatar, decepcionado, que dele não sairia mais nada. Antes do seu fim, a maconha e a cerveja tinham lhe fornecido uma felicidade cenográfica, da qual também se livrara a muito custo, só por falta de alternativa. Os efeitos dos aditivos ainda se faziam sentir, mas agora, sozinho sob o toldo do abrigo, apenas fomentavam nele a introspecção e a melancolia.

Lembrava daquele dia, mais de dez anos passados, em que entrara num ônibus como o que agora esperava e, tão embriagado quanto agora, abrira o berreiro. Será que faria o mesmo novamente? Se o ônibus viesse vazio como aquele, quem sabe... Não, nem assim. Era um homem crescido de quase vinte e cinco anos, longe da fragilidade do menino manteiga-derretida. Se fosse expressar emoções de forma espalhafatosa, que fosse por meio de gritos felizes – afinal, acabado de sair intacto de um acidente de carro dos mais graves, não lhe faltava motivo para comemoração. Ao menos é o que lhe diria qualquer um.

A única marca do desastre, um simples vergão deixado no peito de Fernando pelo cinto de segurança, não contava a mesma história assustadora que os restos do carro deviam estar narrando para as outras sucatas em algum ferro-velho. Aquele era o primeiro dia de uma série que Fernando passaria utilizando o transporte público, mas era também "o primeiro dia do resto da minha vida". Sorriu ao parafrasear mentalmente o título de *O Primeiro Ano do Resto de Nossas Vidas*, filme a que tinha assistido mais ou menos na época que há pouco recordava.

O sorriso durou só o tempo da breve associação. Podia ter mesmo recebido uma segunda chance, mas a enxergava como uma espécie de bola extra de um jogo de fliperama do qual já estava enjoado. Longe dos colegas da editora, com quem bebia para celebrar o "renascimento", não precisava fingir estar tão feliz pela dádiva. Já havia um tempo, sua reação natural a tudo, inclusive momentos transformadores como aquele, era a indiferença. Pena as recordações o tirarem desse estado de espírito seguro e confortável a que tanto tinha se afeiçoado.

"476A Ipiranga... Chegou."

Subindo no ônibus, Fernando planejava pagar a passagem, buscar um assento no fundo – de preferência sem ninguém ao lado – e, olhar fixo em lugar nenhum, imergir novamente no ansiado torpor. Só não esperava que, de novo, algo não respeitasse seu desejo. A sabotagem, desta vez, não era interna, fugida dos calabouços da memória. Nem tinha nada de triste. Dois assentos além da catraca, violão em punho e largo sorriso no rosto, o sujeito extremamente alvo tocava com vontade uma versão ensolarada daquela estimada canção pop. "Free Fallin'", reconheceu no ato o sucesso de Tom Petty.

Era como uma aparição, um fenômeno sobrenatural, e não apenas por compartilhar com os espectros a alvura característica. Mesmo numa cidade como São Paulo, onde o esdrúxulo é regra, a visão de um albino tocando violão dentro de um ônibus em plena madrugada causa espanto. Não parecia causar, porém, nos outros poucos passageiros, que, visivelmente incomodados, esforçavam-se para ignorar o espetáculo. Já deveriam ter solicitado ao artista que parasse de dividir com eles seu talento e, apelos ignorados, os que não se apressaram para descer no próximo ponto tiveram de se conformar com a indigesta paisagem sonora.

"Gentalha", constatou Fernando com desprezo, imaginando-os os porcos do lugar-comum que envolve pérolas. Sentou-se no banco em frente ao do músico e, embriagado de arte e, principalmente, álcool, formulou a improvável teoria sobre uma vinculação entre o talento e a falta de pigmentação.

"And I'm freeeeee... Freeee falliiiiiin'...", esgoelava-se o albino.

"Que sentimento, que interpretação", avaliava Fernando, em silêncio, para não atrapalhar a performance. "Rapaz, e a pronúncia dele é perfeita. Deve ser gringo. Certeza que é", concluiu o mais novo e fervoroso fã do violeiro.

Foi quando a privilegiada visão periférica indicou a Fernando um destino muito mais confortável para seus olhos – o albino, com seu aspecto um tanto perturbador, agradava apenas aos ouvidos. Todas as cores de que a genética privara o cantor encontravam uma confortável morada na jovem sentada do lado oposto, e nela abundavam. O castanho médio do cabelo brilhante, cortado na altura do queixo, o dourado da pele bronzeada, recém vinda da praia, o verde dos olhos, tão vivos, o laranja da blusinha, de feliz decote. Como o albino, a garota também parecia imaterial, mas de um jeito todo diferente: no último 476A Ipiranga da noite, ao lado dos pardos gatos pingados, sua beleza era uma miragem.

"Preciso conhecer essa mulher. Preciso conhecer essa mulher. Preciso conhecer essa mulher. Preciso conhecer essa mulher", as sinapses repetiam para Fernando, ordenando que fizesse alguma coisa.

"Eu queria propor um brinde ao meu irmão, Fernando, que finalmente resolveu virar adulto", ergueu a taça o irônico Roberto, abrindo uma brecha na comemoração do seu próprio noivado para alfinetar o caçula.

"Um brinde ao Fernando! Parabéns pelo emprego", acompanhou Seu Fonseca, partidário da ideia de que já tinha demorado demais para o filho mais moço assumir responsabilidades condizentes com a sua idade. Afinal, ele, com os 23 anos de Fernando, além de se sustentar há muito tempo, mandava dinheiro para a família.

Todos os presentes – além dos Fonseca, a família de Maria Fernanda, a noiva de Roberto – levantaram as taças e aderiram, talvez inocentes, ao sarcástico brinde de Roberto. Dona Maria, recriminando o ato do primogênito, ainda hesitou um pouco, mas, ao notar que mesmo o alvo da piada não parecia se importar com ela, participou também do brinde. Ao subir, seu copo encontrou no alto o de Fernando, que já estava lá havia tempo, antes mesmo do irmão concluir o enunciado do brinde. Fernando aceitava a provocação do irmão pacificamente, com um sorriso no rosto, como antes aceitara o emprego na Editora Continente.

Nunca tinha sonhado trabalhar numa revista especializada em impermeabilização – será que alguém já tinha sonhado? –, mas que diferença isso fazia? Como Morrissey em "Accept Yourself", Fernando tivera um sonho e ele tinha caído por terra, "como os sonhos geralmente caem". Como Morrissey nessa mesma música, sentia o tempo contra ele. O título da canção dizia tudo: tinha de se aceitar. Apesar de duvidar que a letra tratasse disso, no seu caso o que havia para ser aceito era a mediocridade, e Fernando, após ser perseguido durante anos, finalmente se deixou alcançar. Rendeu-se a ela e, ao fazer isso, regulou o termostato da sua vida para "morno".

"Vamos combinar de sair, Fernando. Tem uma amiga minha, lá do escritório, que eu acho que tem tudo a ver com você", sorriu Maria Fernanda, puxando papo com o cunhado enquanto tomavam um café após o jantar. Ele e a agora noiva do irmão nunca tinham se dado muito bem, mas, já que em breve fariam parte da mesma família, a moça parecia estar se esforçando para melhorar a relação.

"Ah, é? Quero ver, hein?" Tentando ser simpático, Fernando retribuiu o sorriso com outro, bem menos branco do que a bandeira que pretendia substituir. Mesmo sem acreditar que Maria Fernanda, a quem considerava superficial e sem graça, pudesse lhe apresentar alguém vagamente interessante, guardou isso para si. Na sua recém adotada nova filosofia de vida, a autocensura só liberaria comentários positivos ou, no mínimo, inócuos. Verdade demais, tinha concluído, não fazia bem a ninguém – pelo menos, a ele nunca fizera.

Passou o restante da noite assim, sorrindo, concordando, preferindo as amenidades na mesma medida em que evitava temas arenosos e, na incapacidade de fugir deles, expressando-se por meio de lugares-comuns nada comprometedores. Dessa forma, Fernando pretendia passar todos os dias a partir daquele, o de sua admissão na editora Continente e no mundo dos adultos. Horas antes, logo nos primeiros minutos dessa nova etapa de sua vida, na entrevista de admissão no novo empregador, a falta de contundência já lhe mostrou como seria útil dali por diante.

"Você se formou ano passado na Metodista... O que você achou de lá?", perguntou o editor da Impermeabilizar, sentado à sua mesa, erguendo os olhos do currículo e dirigindo-os a Fernando.

"Excelente faculdade, ótimos professores. Aprendi muito lá", respondeu o candidato, afastando as memórias das bebedeiras nos bares satélites, cujas mesas, quase todas as noites, substituíam a carteira de onde ele deveria assistir às aulas.

"Eu também estudei lá, sabia? Turma de 1985. Na minha época, ainda não tinha a fama que tem hoje, mas já era uma bela faculdade. Foi graças à Metodista que cheguei aqui", disse Feitosa, o editor, abrindo um sorriso ao terminar.

Fernando também sorriu e, com isso, conseguiu mascarar as conclusões desdenhosas sobre os poderes do curso de jornalismo da Metodista, que lhe vieram à cabeça. Ser editor de uma revista fuleira não era um feito profissional do qual alguém poderia ser orgulhar, mas Fernando esforçou-se por deixar por menos. Não apenas: desde então, passou a submeter-se a um processo de autossugestão com o objetivo de acreditar sinceramente que a vida jornalística não poderia reservar-lhe nada melhor.

"A Metodista é incrível mesmo", disse Fernando, abobalhado como quem sai de uma lobotomia. A diferença é que tinha acabado de entrar numa.

"Bom, estou vendo aqui que a sua experiência foi apenas com jornalismo musical. E agora você vai escrever sobre impermeabilização... Mudança meio radical, hein?"

"Mudar é bom", sorriu Fernando, apelando ao colete salva-vidas do senso comum.

"É bom, sim, mas, quando não é o que a gente quer, pode deixar a gente bem frustrado." Feitosa afastou para trás os fios do cabelo que lhe caía sobre a testa e encarou Fernando com olhos radiográficos. "Eu não quero gente infeliz trabalhando comigo."

"Se eu não achasse que seria feliz trabalhando aqui, nem me candidataria à vaga", disse Fernando, com uma certeza tão convincente que nem parecia forjada.

"Fui com a sua cara, rapaz. O emprego é seu."

Os dois se levantaram e apertaram as mãos com firmeza, numa cena terrivelmente clichê e sem graça. Uma prévia do que seriam os anos por vir.

~~~~~~~~~~

Fernando estava paralisado, como havia muito não ficava. A inércia que experimentava, ocasionada pela estupefação, uma emoção tão grande que leva um tempo até encontrar meios de se realizar, tinha sido preterida em função de outra, a covarde, proveniente do apequenamento dos que preferem não tentar. Tinha sufocado por dois anos todas as tentativas de rebelião do seu querer, negociando tréguas com seus desejos mais agudos a troco de prazeres banais e objetivos ridiculamente palpáveis. Até então, tinha sido fácil lidar com as hordas do subconsciente: nada do que encontrara fora capaz de tirá-lo da confortável letargia que abraçara. A visão da garota, entretanto, pegava-lhe os braços e, sem esforço, os fazia soltar. Mesmo tão suave, era impacto muito mais intenso que o experimentado na noite anterior, no acidente.

~~~~~~~~~~

"Gostei deste aqui, pai." Fernando apontou um entre os carros da concessionária.

"Gol Fun...", Seu Fonseca colocou os óculos e leu o nome do carro como se a palavra fosse portuguesa. "Esse é novo, é?", perguntou ao vendedor.

"É, sim, senhor", respondeu, com simpatia forçada. "Gol Fun", a pronúncia estudada, corrigindo de forma pouco sutil o cliente. "É uma linha nova. Tem faróis na cor do carro, coisa moderna. Está tendo bastante saída com o pessoal mais jovem..."

O que o vendedor não sabia, e mesmo Seu Fonseca não fazia ideia, é que o interesse despertado pelo carro em Fernando nada tinha a ver com a cor dos faróis, tampouco era devido a qualquer outro atributo estético ou mesmo técnico do modelo.

"Gol Fun, Gol Fun, Gol Fun...", Fernando cantarolava mentalmente ao ritmo de "No Fun", música dos Stooges tocada pela sua jukebox mental.

"Tem certeza, menino?", disse o pai ao ouvido do rapaz. "Já te disse que, pra você, que não sabe dirigir direito, o melhor é comprar um carro usado..."

"Gol Fun, Gol Fun, Gol Fun...", a versão continuava sendo executada na cachola do rapaz, que não parecia ter ouvido para as considerações do pai. "Gol Fun, Gol Fun, Gol Fun..."

"Vai financiar, Fernando? É, Fernando, né? Vamos ali, pra você conhecer as nossas condições", sugeriu o vendedor, tentando concluir a venda o quanto antes e afastar a ameaça de ponderação trazida por Seu Fonseca.

"Gol Fun, Gol Fun, Gol Fun...", na cabeça de Fernando, a paródia assumia ares de mantra, enquanto ele acompanhava o vendedor, mais uma vez contrariando as intenções do pai.

Diferente dos amigos, Fernando jamais tivera qualquer incentivo financeiro de seus pais para comprar um carro. Assim, foi ter o seu primeiro quase aos 25 anos, sete anos depois da maioria de seus camaradas, presenteados com uma condução logo ao atingirem a maturidade. Foi só com a promoção a repórter sênior que reuniu condições para arcar com entrada e prestações de um financiamento. Apenas pouco antes do esperado carro, tirou a tardia carteira de habilitação – não via sentido em tê-la antes, já que, além de não lhe dar um carro, Seu Fonseca sequer emprestava-lhe o da família, que, assim, não era exatamente "da família".

Ter um carro só nessa altura da vida tinha que compensar a privação dos anos anteriores. Com seus próprios recursos, podia escolher um modelo novo, bem melhor do que as latas velhas dirigidas por seus amigos anos antes. Se seus bancos não teriam as mesmas empolgantes histórias de experiências sexuais para contar, pelo menos também não teriam as dos proprietários anteriores e as consequentes manchas. Decidido por um zero quilômetro, Fernando só precisava escolher qual entre as opções disponíveis. Escolheram por ele o marketing da Volkswagen, a banda de Iggy Pop e a ironia.

O nome do modelo o fez lembrar da música e a música, em sua letra original, ainda de forma inconsciente, o fez lembrar de sua própria vida. Nenhuma diversão ("no fun") era o que vinha tendo desde a decisão de viver de acordo com as expectativas alheias em vez das suas próprias. Comprar aquele carro novinho sem a anuência do pai talvez representasse um ato de rebeldia, mas não um desvio dessa rota. Era rebeldia tolerável, da qual o velho poderia até se orgulhar – "Fernando comprou, logo de cara, um Gol zerinho...", poderia se gabar entre familiares e amigos. O carro simbolizava, mais que um acerto de contas com a pós-adolescência, uma auto-indenização pela sua atual vida chocha. Nesse sentido, era o maior dos cala-bocas que já dera a seus desejos reprimidos e a seus arrependimentos. A um arrependimento, em particular.

~~~~~~~~~~

Governo após governo, desde o fim da 2ª Guerra, os alemães tentam, sem sucesso, compensar os remanescentes do Holocausto e seus descendentes pelo que os primeiros padeceram. Da mesma forma, de anos para cá, as autoridades brasileiras se esforçam para pagar uma dívida histórica com o povo negro, em aberto desde os tempos da escravidão. Em que (pouco) tenham pesado o questionável ministério da igualdade racial e as polêmicas quotas universitárias, as ações afirmativas quase não reduziram o saldo negativo. Igualmente insuficiente, o Gol Fun não daria conta da frustração de Fernando por não ter ido ao único show que Morrissey já fizera no Brasil.

Em abril de 2000, finalmente fazendo jus ao nome, o Olympia abrigou uma divindade. As dimensões acanhadas da casa de espetáculos da Lapa, contraditórias ao seu nome pomposo, permitiriam ao público uma proximidade com o ídolo que até então Fernando julgara impossível. Assim, além de vê-Lo, se emocionar e cantar com Ele, Fernando poderia ter tentado subir ao palco e arriscar abraçá-Lo – ou, mais provável, jogar-se aos Seus pés. Se a ousadia herege de tentar tocar um deus o condenasse à danação eterna, aceitaria a sentença com prazer. Sem dúvida, as labaredas infernais e o inacabável processo de carbonização da sua pele seriam incomparavelmente mais agradáveis que a lembrança de não ter ido ao concerto – uma recordação que, a cada tentativa de erradicação, se multiplicava por sete, como um carma mitológico grego.

Numa tentativa de escapar a esse suplício, já havia tentado transferir a culpa para o pai, que lhe negara o dinheiro do ingresso. Mas os responsáveis pelo destino também cuidam da memória, e a de Fernando guardava em detalhes o diálogo em que ele pedira a grana ao velho, além das circunstâncias em que a conversa se dera e as que a antecederam. Com todas as evidências intactas nos arquivos da lembrança, o júri jamais seria convencido a imputar a pena do filho ao grisalho alagoano.

"Pai, por favor, me empresta um dinheiro?", pediu Fernando, esbaforido por ter descido em segundos a escada do sobrado. Após ter ouvido na Brasil 2000 a notícia da vinda do ídolo, imediatamente deixou o confinamento do quarto e veio ter com o pai, a quem não via há tempo.

"Empresto. Mas você vai me pagar como, se não trabalha?", disse Seu Fonseca irônico, desviando os olhos da televisão por um momento.
"Eu pago, prometo." Inquieto, Fernando batucava os pés no chão.
"Eu não acredito nas suas promessas. Há quanto tempo você prometeu arranjar um emprego? Desde que se formou, nem sai do quarto."
"Pai, pelo amor de Deus, me dá dinheiro." O desespero e o tom de voz de Fernando não paravam de aumentar.
"E pra que tu quer esse dinheiro?"
"Pra ir num show... Por favor..."
Somada aos olhos fundos e à pele pálida, a voz chorosa do nervoso Fernando induziu o pai a um engano plenamente compreensível.
"Ôxe, cabra, que agonia é essa? Tu parece um drogado... Ah, rapaz... Tu tá é envolvido com droga, né?"
"Pai, não é nada disso... Eu... eu... Queria... quero..."
"Tu não quer é nada que preste, homem. Agora, nem que tu queira, eu vou te deixar sair do quarto. Ouviu, Maria? Esse cara não pode sair do quarto nem por decreto, visse?", ordenou à esposa na cozinha.
Não houve contra-argumentação. A promessa de choro trazida na voz suplicante também não se realizou. Resignado, voltou ao quarto, de onde na verdade suas ambições nunca haviam saído. Eram pequenas e covardes demais, e nem o amor por Morrissey as faria suficientes para impulsioná-lo a buscar meios para financiar seu ingresso. "Até porque", dizia para si mesmo se desculpando, "como vou arranjar emprego se meu pai não me deixa sair de casa?"
Ocupado de um demorado auto-exorcismo, Fernando só saiu do quarto novamente ao ter certeza de que, partindo de Cumbica, o avião de Morrissey já pousara há muito em Heathrow. Como o personagem de Ewan McGregor em *Trainspotting*, precisou do período de reclusão para livrar-se do vício. Vontades, opiniões e desejos representavam para Fernando o mesmo que a heroína para Renton. Numa tentativa de ajudar o filho a curar-se de uma dependência inexistente, Seu Fonseca o fez expurgar outra.
Quando Fernando deixou o quarto, o fez por vontade própria. E lá deixou sua vontade própria. A partir dali, suas escolhas seriam as mais fáceis e, por isso mesmo, as mais difíceis. Escolheria a vida, escolheria

um emprego, escolheria uma carreira. Seguiria à risca os mandamentos do sarcástico discurso de Renton no filme de Danny Boyle, mas sem o sarcasmo. Estava mesmo disposto a escolher um futuro.

Aquele dia foi o marco zero das iniciativas de Fernando para livrar-se de seus desejos e também o ponto de partida do caminho que, não sabia, seria circular. Começava naquele instante a série de eventos – aparentemente aleatórios – que o conduziriam a reencontrar a vontade.

O que Fernando havia feito com as suas ambições assemelhava-se à desobediência do serviçal da corte à ordem da Rainha Má para matar Branca de Neve. Incapaz de liquidá-los, Fernando levou seus desejos a uma metafórica floresta distante e esperou nunca mais vê-los. Só isso, no entanto, já bastou para atormentar-lhe a consciência, e nem o Gol Fun, comprado assim que possível no esforço de justificar o ato, conseguiria diminuir seu remorso. Na tentativa constante de anestesiar essas dores morais, recorria à cerveja, à cachaça e à maconha, consumidas com frequência e abundância no Bar do Leo, todas as noites ao final do expediente. Considerando seu estado ao sair do boteco e sua pouca experiência ao volante, os quatro meses entre a aquisição do Gol Fun e sua destruição completa foram um tempo muito longo. O cochilo ao volante e a colisão com a traseira de um ônibus poderiam ter acontecido antes ou depois, mas, fosse assim, Fernando não estaria naquele outro ônibus justo àquele dia, àquela hora. Ao entrar no 476A Ipiranga que passou em frente ao Shopping Iguatemi à 00h15 de 28 de fevereiro de 2002, Fernando deparou-se com o exótico violeiro albino e com a garota. Era como se, atuando como os Sete Anões, o músico sem pigmentos tivesse protegido tudo o que Fernando tinha largado na floresta à própria sorte. Longe de ter a pele branca como a neve, a bela morena de olhos verdes reativou nele as engrenagens há muito enferrujadas.

"Preciso conhecer essa mulher. Preciso conhecer essa mulher."

capítulo 19

"Não sei por que você bebe desse jeito. Fica parecendo um idiota", repreendeu Lívia, enquanto procurava na bolsa a chave do apartamento.

Enquanto isso, Fernando se apoiava na parede do corredor, entre a porta do apartamento vizinho e o extintor de incêndio; a cabeça caída no ombro, os olhos fechados, o sorriso aberto esperando que a namorada, sóbria, encontrasse a chave. O sorriso expandiu-se até converter-se em gargalhada quando pensou que, anos atrás, ele próprio só encontrara outra chave por estar justamente assim, bêbado. "Pronto... Não falei que você vira um bobo quando bebe demais?", esbravejou mais uma vez Lívia, enquanto tentava impacientemente localizar a maldita chave entre as suas tralhas. "Do que você tá rindo agora?"

Ria do teor dos seus pensamentos, insuspeito clichê de gosto suspeito. A tal chave que apenas embriagado ele fora capaz de achar não era outra senão a do coração de sua atual crítica. Não que Lívia tivesse se apaixonado por Fernando na noite em que se conheceram, mas, sem o excesso alcoólico, certamente ele não a teria abordado. Não que houvesse sido uma abordagem clássica, do tipo "esse lugar está ocupado?", em que a iniciativa tivesse necessariamente partido dele. O modo como se deu a conversa entre eles, os acontecimentos que vieram antes dela, tudo isso conferia à cena ares de *delirium tremens* – um causado, porém, não pela abstinência de álcool, mas pelo seu consumo exagerado.

"Achei", comemorou Lívia, abrindo o apartamento e se apressando para puxar Fernando e empurrá-lo porta adentro.

"Ainda bem que a dona do apartamento da frente nunca se mudou, hein? Se não, era uma multa de condomínio por semana...", riu a moça, o mau humor vencido pela lembrança da vizinha fantasma. Itacira comprara o apartamento há tempos, mais ou menos na mesma época que Fernando, mas nunca dera as caras por lá – mais estranho, nem sequer o alugara. Só sabiam seu nome – bem peculiar, aliás – pois a bisbilhotice os impeliu a lê-lo nas pilhas de correspondência acumuladas à sua empoeirada porta. Se o apartamento de Itacira estivesse ocupado, as proibitivas barulheiras, musicais e de outros gêneros, seriam impensáveis.

"Vai, Fê... Levanta e vai tomar banho, vai...", pedia Lívia carinhosamente, enquanto puxava pelo braço o namorado que, rapidamente e como de costume, já tinha se abancado no pequeno sofá de courino, onde começava a ensaiar o sono.

"Tá bom, tá bom..." Ergueu-se e, sonambulamente, foi até o banheiro. As pálpebras ainda cerradas guardavam a razão do sorriso insistente: sob elas, dava-se uma reprise do episódio em que o casal se conhecera. Mais do que para evitar que a espuma do shampoo os atingisse, foi por isso que os olhos de Fernando não se abriram durante o banho.

~~~~~~~~~~~~

Jerry Maguire está feliz da vida: acaba de fechar um contrato decisivo, que o colocará de volta no páreo. Agora, dirigindo de volta para casa, precisa de uma música que, como o tempo ensolarado, acompanhe seu estado de espírito. Algo para cantar junto. Mick Jagger se candidata, mas Jerry o deixa antes do fim do primeiro verso. Vai girando o dial e, numa estação qualquer, depara-se com "Free Fallin'". É quando assistimos ao dueto de Tom Cruise e seu homônimo Petty. Emprestando do intérprete o inconfundível sorriso e a característica canastrice, Jerry Maguire canta alto e entusiasmado, e nos convida a acompanhá-lo. Aceitamos. Se não no cinema por razões óbvias, em casa, revendo o filme, não há quem não solte um "free faaaallin'" durante a cena.

Mais do que as indicações ao Oscar – uma delas, por este papel –, mais até do que a cientologia, a cena deve ser o maior motivo de orgulho para Tom Cruise. E, para continuar assim, é melhor que ele nunca ouça a versão do violeiro albino para o tema. Sua incomparável empolgação deixaria o ator humilhado. Os poucos que resistiram a engrossar o coro assistindo *Jerry Maguire*, certamente não o conseguiriam se estivessem diante do artista de rua. Só isso para interromper Fernando em sua incessante repetição mental – "preciso conhecer essa mulher, preciso conhecer essa mulher".

"And I'm free... free faaaallin'...", entoava o rapaz, automaticamente, sem se dar conta. Primeiro de maneira tímida, em seguida justificando o nome ao lado do nome do albino numa eventual capa de disco – nem que fosse em segundo plano.

Ao lado, ainda captada pela visão periférica de Fernando, a linda morena continuava disputando sua atenção com o albino, mas de forma silenciosa. Era uma contenda que nem mesmo ela, com todo seu encanto, poderia vencer. De um lado a sereia, do outro, o canto: o júri da atenção de Fernando acabou por declarar empate. Mesmo dividida, sua atenção foi suficiente para notar o surgimento de um leve sorriso no rosto da garota, embora o visse apenas de perfil – tinha o olhar fixo na frente. Deixa suficiente para ele impostar a voz e, ousado, tentar encobrir a do albino.

Quando o albino encerrou a música, a primeira impressão de Fernando, empolgado com a própria interpretação, foi a de que ele o fizera por medo de ser ofuscado. Um segundo depois, caiu em si: a música tinha simplesmente terminado. Envergonhado por ter-se imaginado à altura do músico, Fernando começou a aplaudi-lo e reverenciá-lo. "Parabéns, cara! Muito bom!"

"Obrigado", agradeceu o violeiro. Tinha a humildade dos gênios e a pronúncia enrolada dos estrangeiros, como Fernando desde o início pensara que ele fosse.

"E agora? Qual vai ser a próxima?", perguntou Fernando, já pensando na continuidade de seu plano para impressionar a menina.

"Uma do Guns..."

Em seguida, o albino emendou os primeiros acordes de "I Used To Love Her" e sobre eles colocou a voz. Foi ouvi-lo melhor – o efeito do álcool e o choque inicial diluídos – para perceber que seu inglês nada tinha de britânico: estava mais para macarrônico. Enrolava a língua e inventava palavras, que, em comum com as inglesas, tinham apenas uma vaga semelhança fonética. Um pouco mais parecidas com palavras de verdade, as ditas em (mau) português, agora Fernando sabia, se soavam como sotaque, era devido a uma péssima dicção. Assim, viu o mito do albino ser implodido diante de si, e se isso lhe causou certa tristeza, também teve seu lado bom. Deixando de respeitá-lo, se sentiria mais à vontade para usá-lo, sem culpa, como uma simples escada para chegar até a morena.

"But I had to kill her...", cantava Fernando, o mais alto e afinado possível, dirigindo-se escancaradamente para a garota, que tinha passado a receber todas as suas atenções.

A essa altura, se formassem de fato uma dupla, o nome que viria na frente em capas de disco e letreiros de shows seria o de Fernando. O magnânimo albino certamente concederia isso. Assim como, talvez percebendo as intenções do rapaz, gentilmente rebaixou-se à segunda voz, abrindo caminho para o rapaz brilhar – se não chegou de fato a brilhar, a culpa foi das suas limitações técnicas. Boa ou não, a cantoria surtiu o efeito desejado. A moça virou o rosto em direção à dupla, legitimando-se como a sua única plateia voluntária – a única que importava a Fernando.

De novo, a música acabou. Desta vez, porém, Fernando não tinha motivos para suspeitar de um boicote do albino. "I Used To Love Her" foi o último número da apresentação. Segurando o violão pelo braço, o albino levantou-se e, no corredor do ônibus, dirigiu-se aos poucos passageiros, certamente felizes pelo fim do show. Com sua dicção sofrível, falou: "A música é o meu ganha-pão. Por isso, peço uma força para vocês... Qualquer ajuda é muito bem-vinda..."

A felicidade dos presentes com o encerramento do espetáculo não foi o suficiente para fazê-los pagar por ele. Nenhum dos gatos pintados se sensibilizou com as palavras do albino – em parte, por talvez não tê-las entendido. A única que, além de ter compreendido o artista, ofereceu a ele uma contribuição, foi também a única que apreciou seu concerto.

"Muito bom, amigo. Parabéns", sorriu a garota para o albino ao lhe entregar uma nota de dez reais. "Você toca em festas?", estranhamente perguntou. Não que o albino tocasse mal, mas ter uma figura como a dele animando uma festinha de jovens universitários era uma ideia um tanto incomum.

"Toco", respondeu o albino, surpreso como se fosse a primeira vez que respondesse àquela pergunta. Provavelmente era.

"Então, me dá o seu telefone", pediu a moça, já pegando o celular para anotar.

"Anota o meu também. É que, a partir de agora, a gente é uma dupla", disse Fernando, tirando do albino a possibilidade de garantir um troco extra.

Ela sorriu, ele também e, por um instante, esqueceram do albino. Passado o momento, voltaram o olhar novamente para ele. Só viram o pé que ainda sobrava na escada, enquanto ele descia do ônibus de maneira providencial. Sua tarefa ali já estava cumprida.

"Posso sentar aí?", perguntou Fernando, dando voz à coisa mais sensata que lhe tinha ocorrido naquela noite.

~~~~~~~~~~~~~~~~

"Levanta, menino. Quero que tu vá comigo num lugar."
Era manhã de sábado. Mas nem isso, nem a ressaca provocada pela noite anterior ou o sono acumulado de todas as outras noites anteriores foi capaz de deixar Fernando mal humorado – como, diga-se, ficava sempre ao acordar. O chamado do pai, abrindo a porta do quarto e resmungando, era a reedição de um clássico. Na infância, as palavras matinais de Seu Fonseca, as primeiras ouvidas por ele no dia, eram a senha para um dia de diversão.

Acompanhado dos filhos, o alagoano ia para nenhum lugar em especial, fazer nada específico. Os três simplesmente batiam perna numa expedição sem rumo pelo centro de São Paulo, interrompida por ocasionais paradas, em que o pai tomava um café ou uma cerveja com um dos muitos conhecidos, tratados sempre por "compadre". Nessas ocasiões, os garotos tinham autorização – e fichas – para se esbaldar no fliperama ou na sinuca: se o boteco não tivesse nenhum dos dois, eram indenizados com sorvetes, pasteis ou coxinhas. A falta de propósito evidente nessas caminhadas não parecia incomodar os meninos. Só se mostravam contrariados ao ter de voltar para a casa, sempre a tempo do almoço. Sem fazer ideia das guloseimas que lhes tiravam o apetite, a mãe os forçava a engolir colheres de Biotônico Fontoura.

"Tá bom, pai... Tô levantando...", respondeu Fernando, sorrindo ao lembrar da chapação causada pelo tônico, cujo motivo só entenderia bem depois, ao saber do álcool em sua composição.

Após o rápido banho e o copo de café preto deixado pela metade, Fernando e o pai saíram. Pegaram um ônibus até o metrô e, lá, o próprio. A rotina de anos atrás, no entanto, foi alterada: desta vez, dirigiram-se à linha verde, não à azul, que levava ao centro.

"Pensei que a gente fosse pro centro", disse o filho, já no trem.

"E quando foi que eu disse isso?" O pai não tinha muito tato, mas não lhe faltava razão.

Desceram na estação Paraíso e foram andando para o destino ainda não informado por Seu Fonseca. Apressado como no passado, forçava o filho a apertar o passo para acompanhá-lo. Olhando o seu rosto, Fernando percebeu uma expressão familiar, um meio sorriso contido, que ainda não conseguia identificar.

~~~~~~~~~~

Fernando voltava do bar com dois copos, driblando a multidão e tentando não derrubar nenhuma gota do precioso líquido ruivo que os preenchia. Com a noiva viajando, Edgar excepcionalmente saíra sozinho com ele numa sexta-feira, e o amigo aproveitara para apresentá-lo ao O'Malley's, tradicional pub irlandês na rua da Consolação. Mais que o bar, fazia questão de que ele conhecesse a Newscastle, cerveja britânica como os Smiths e, também como a banda, a sua favorita. Acontecia que as garçonetes não faziam jus à eficiência propalada pelo habitué Fernando, que, envergonhado por elas e pela sobriedade do amigo, resolvera ir direto à fonte. Passada a dificuldade de conseguir cerveja, o desafio presente era o de abrir passagem entre a turba. E o desafio não era pequeno.

O congestionamento no bar na noite de sexta-feira imobilizou Fernando. Mover-se só era uma alternativa se ele não se importasse em desperdiçar a transbordante cerveja, mas, porra, era Newscatle. Preferiu esperar. Parado no corredor, seu olhar percorreu frequentadores e, principalmente, frequentadoras. Normalmente, focalizaria uma que não apresentasse grandes possibilidades de rejeição e iniciaria a troca de olhares. Havia duas semanas, porém, não existia mais "normalmente". Desde que conhecera Lívia, a maravilhosa garota do 476A Ipiranga, suas pretensões não aceitaram retornar para a masmorra onde até então estavam. Mesmo duvidando que voltaria a vê-la, não conseguia tirá-la da cabeça.

~~~~~~~~~~

"Você é músico também?", Lívia perguntou naquele dia. "Você canta muito bem, tem uma voz bonita."

"Obrigado... Eu, músico? Imagina", achou graça da inocência da moça. "Eu sou jornalista mesmo", completou.

"Jornalista? Que coincidência! Acabei de começar a faculdade de jornalismo, acredita?", animou-se a moça. "Aliás, vim para São Paulo por causa disso."

"Você não é daqui?"

"Tá brincando que você não notou o meu sotaque. Nem quando eu falei 'jornalista'? É a primeira coisa que todo mundo comenta, vão logo me chamando de caipira..."

"Sério, não percebi", disse Fernando. E não tinha mesmo: a beleza daqueles olhos verdes impedia que ele prestasse muita atenção em outra coisa. Ah, e tinha o álcool, também. "De onde você é?"

"Sou duma cidadezinha que você nunca ouviu falar... Fica pros lados de São João da Boa Vista, Vargem Grande do Sul... Estiva Gerbi. Não tem dez mil habitantes. Quando eu nasci, ainda fazia parte de Mogi Guaçu, mas o município foi emancipado tem uns dez anos... Mas pra que eu tô dando aula de história da minha cidade?", riu.

"Estou adorando a aula", afirmou, novamente sem mentir. Depois da menina chamar a atenção dele para o seu sotaque, estava fascinado também pelos seus erres, deliciosamente macios e arredondados. "E por que você está pegando ônibus a essa hora? Voltando da faculdade?"

"Não, eu estudo de manhã. Estava saindo do trabalho: sou vendedora numa loja de roupas do Iguatemi – a Carmim, conhece? O shopping fecha às dez, a loja também... mas, até fechar o caixa e tudo, demora..."

"Vendedora? Que desperdício... Uma menina inteligente como você... Escuta, não te interessaria um estágio? Eu sou jornalista sênior de uma revista... Me dá seu telefone que, de repente, se eu souber de alguma coisa..." Mesmo bêbado, Fernando percebeu que havia mandado mal. "Dar carteirada de jornalista fodão só para conseguir telefone de mulher? Você é melhor que isso, Fernando", se auto-repreendeu mentalmente.

"Ah, tudo bem. Anota aí." A recepção fria mostrou que a garota compartilhava da opinião desfavorável sobre sua estratégia.

"Tá anotado", disse ao terminar de digitar o número. "Puxa, estamos conversando há um tempão, e esqueci de perguntar o seu nome..."

"Lívia. E o seu, qual é?"

"Fernando, prazer", respondeu estendendo a mão. A vergonha pela jogada do estágio o impediu de dar os contumazes beijinhos.

"O prazer é meu, Fernando. Agora deixa eu ir, que chegou o meu ponto. Tchau", despediu-se com um aceno de brejeirice encantadora. Fernando ficou tentando achar algo nela que não o fosse.

~~~~~~~~~~

Desceram quase toda a rua Abílio Soares. Quando já estavam próximos à Tutóia, Seu Fonseca comunicou: "Chegamos."

Era um prédio residencial, aparentando recém inaugurado. Seu Fonseca acenou para o porteiro e, sem demora, o portão foi aberto para os dois. Ficou claro para Fernando que o pai ia até lá com frequência, com a entrada livre autorizada pelo dono, ao que tudo indicava. Mas o que ele costumava fazer lá? Quem era o dono desse apartamento? Desenvolto, o velho foi à frente, adentrou o lobby e chamou ao elevador.

O tempo de espera pelo elevador foi preenchido por silêncio e, na cabeça de Fernando, por conjecturas. Tudo pareceu tão óbvio: estavam a caminho da casa da amante, durante anos mantida em segredo, que o pai enfim resolvera lhe apresentar. Só não eram óbvias as razões do velho para fazê-lo. Preferia que o pai não tivesse um relacionamento extraconjugal, mas, se tinha, não fazia a menor questão de saber dele, muito menos de conhecer a outra parte envolvida. Sentia um aperto no peito ao pensar na mãe, intensificado pela visão do prédio novinho e a suposição, também óbvia, de que o pai comprara um de seus apartamentos para a vagabunda à qual seria apresentado em breve. Sentia também um súbito e indisfarçado ódio, evidente no olhar crispado, insuficiente, porém, para desfazer o sorrisinho idiota que o pai nem fazia mais questão de disfarçar. O velho era um filho da puta sádico, sem dúvida.

Dentro do elevador, Seu Fonseca apertou o 13º andar. Fechada a porta, Fernando sentiu uma desconhecida claustrofobia, uma agonia explicada pela presença do calhorda que o pai estava se revelando.

"Preparado para a surpresa?", perguntou o velho, o sorriso aberto.

"Não vai ser surpresa nenhuma, desgraçado", pensou Fernando, respondendo com o mesmo olhar irado ainda despercebido pelo pai.

Chegando ao 13º, a porta aberta do elevador revelou um pequeno hall e duas portas. Seu Fonseca dirigiu-se para a da esquerda, do apartamento 1301. Ignorando a campainha, tirou do bolso uma chave e tratou de abrir a porta. O filho não se espantou, "afinal, foi ele que comprou o apartamento."

"Vem, entra", pediu Seu Fonseca, entusiasmado.

A contragosto, Fernando entrou. Não tinha se preparado para conhecer a vadia com quem a mãe era traída, com quem o pai gastava mais do que muito dinheiro. Não podia prever sua reação, mas sabia que não seria boa. Agressões físicas ainda não estavam descartadas.

"Hein? Cadê ela?", perguntou ao deparar-se com o imóvel completamente vazio.

"Ôxe, tá louco? Ela quem?", o sorriso ainda não saíra do rosto de Seu Fonseca.

"Ela... ela... De quem é esse apartamento?", Fernando não entendia.

"É seu, filho."

O sorriso, ah, o sorriso. Fernando, então, lembrou-se da outra vez em que vira no pai a mesma expressão: havia sido pouco antes do carnaval de 1985, no único dia em que uma incursão deles ao centro tivera propósito definido. Sem ainda saber da existência desse propósito, Roberto e Fernando só vieram a entender a satisfação no semblante do pai já dentro de uma loja Cem, no instante em que, sem perguntar o preço, ele disse para o vendedor que levaria um Atari. Os meninos vibraram e, ao abraçá-lo e beijá-lo, viram no seu rosto o sorriso. Sorriso incomum, tão raro que sua próxima ocorrência se daria apenas dezessete anos depois.

~~~~~~~~~~~~

Em geral, o trânsito faz as pessoas perderem preciosos minutos, às vezes horas. No caso de Fernando e Edgar, excepcionalmente, o congestionamento os ajudava a recuperar o tempo perdido. Naquele dia, a caminho do O'Malley's, a Avenida Paulista apresentava-se lenta como de costume em noites de sexta-feira, a ocasião perfeita para os dois amigos, já um tanto afastados, colocarem o papo em dia. A bordo do Fiat Palio 1997 comprado por Fernando na semana anterior, Edgar perguntou, incrédulo: "Como é que é? O seu pai te deu um apartamento? Pô, mas nem carro ele te deu!"

"Eu também não acreditei quando a gente chegou no apartamento e ele me falou. Desconfiei logo que teria alguma pegadinha...", disse o motorista Fernando.

"Mas não tinha?"

"Ah, claro que tinha."

"Sabia! E qual era?"

"Ele me disse que tinha dado a entrada nesse apartamento quando ele ainda estava na planta, há uns dois anos. Disse que, em princípio, a intenção dele era investir... Mas a entrega do apartamento coincidiu com o meu acidente, e ele mudou de ideia."

"Não vejo relação entre uma coisa e outra."

"De cara, eu também não vi, mas o velho me explicou. Acontece que, como eu dei perda total no carro, o seguro me pagou o seu valor de mercado integral. Quer dizer, eu pude quitar o Gol e ainda ficar com dinheiro suficiente para comprar outro carro, só que usado – como, meu pai fez questão de dizer, tinha me aconselhado a fazer desde o começo. O velho é foda."

"Ainda não entendi."

"Como eu não tinha mais as prestações do carro para pagar, ele concluiu que eu poderia bancar as prestações do apartamento e transferiu o imóvel para o meu nome. Ele não disse, mas com isso ficou clara a intenção dele de me fazer ser responsável. Com uma parte considerável do salário comprometida, é bem mais difícil eu pedir as contas..."

"Tem razão: o velho é foda. Mas, me diz uma coisa, você andou pensando em pedir as contas?"

"Olha, cara, nos dois anos que eu estou na editora, nunca pensei, não. Mas, depois do acidente, comecei a considerar..."

"Já sei: depois de quase ter morrido, de ter recebido uma segunda chance, você resolveu reavaliar a sua vida, suas escolhas e..."

"Olha bem para a minha cara, Edgar", disse Fernando, virando para o amigo e cortando seus devaneios existencialistas baratos.

"Tá, então me explica o que aconteceu."

"Conheci uma mulher."

"E foi ela que te fez repensar a sua carreira?"

"Sim. Me fez repensar tudo."

"Por acaso ela é consultora de RH?", sorriu Edgar.

Fernando virou-se para Edgar repetindo a expressão de tédio.

"E você chegou a falar isso para o Seu Fonseca?", perguntou Edgar, deixando as gracinhas para outra hora.

"Não, mas ele deve ter notado alguma coisa diferente em mim. Lembre-se: o velho é foda."

"E por onde anda essa mulher?"

Novamente, Fernando tirou os olhos do tráfego parado e dirigiu-os ao amigo. Mas, agora, o semblante nada tinha de irônico. "Também queria saber."

~~~~~~~~

Na infinidade de gente que preenchia cada centímetro do O'Malley's, não havia olhos que sequer lembrassem os dela. Um ou outro par verde passava, mas, pelo brilho ou pela expressão, não podia se comparar àquele. Graças à sua proposta de estágio, indecentemente cretina, seria melhor Fernando desistir de tornar a vê-los.

Tinha ligado seguidas vezes para o celular de Lívia, sempre desligado, e deixara insistentes recados na caixa postal. Gaguejava mencionando seu primeiro encontro, o ônibus, o albino, uma sugestão para se verem novamente e, por fim, pedindo desculpas por ter sido tão idiota – uma referência à proposta que lhe atormentava a consciência. Repetido em todas as mensagens, seu telefone não recebera uma só ligação dela. "Pra que eu fui falar aquela bobagem? No lugar dela, eu também ficaria ofendido", remoía enquanto a cerveja em sua mão esquentava.

Por fim, abriu-se um inusitado clarão, a oportunidade ideal para chegar até o sedento e deslocado Edgar. Fernando projetou-se ao encontro do amigo, uma curta distância que não teve tempo de vencer.

"Fernando?" O sotaque entregou a propriedade da mão que o pegava pelo ombro. Virou e se deparou com os únicos olhos que corresponderiam aos que impregnavam suas memórias.

"Oi...", chegou a pensar fingir não lembrar do nome, mas o breve segundo foi o bastante para chegar à conclusão de que esgotara sua cota de cagadas. "...Lívia."

"Nunca imaginei que fosse te encontrar aqui", disse a moça, sorridente.

"E eu nunca pensei que fosse te encontrar de novo", respondeu, sincero.

"Puxa, desculpa por não ter te ligado... Meu celular passa o dia desligado porque, na loja, é proibido usar durante o expediente... Aí, quando eu pensava em te retornar, depois do trabalho, achava que você estaria dormindo...", afirmou, sem dar mostras de ter se ofendido com alguma coisa dita por ele.

"Podia ter ligado. Eu durmo tarde", disse, sem dizer que, na verdade, mal dormira nas últimas semanas.

"Podia ter ligado de manhã, antes de ir trabalhar, mas não queria atrapalhar o seu trabalho... Ser jornalista deve exigir muita atenção, né?"

Ela não cansava de enternecer Fernando. As explicações excessivas, sua preocupação em não magoá-lo, a observação pueril sobre a atenção exigida pelo jornalismo, o já conhecido sotaque. As roupas ligeira e encantadoramente cafonas, de menina do interior que se arruma para sair, tão denunciadoras de sua origem quanto a pronúncia da palavra "porta".

"E essa cerveja aí, tem dono?", perguntou Lívia ao observar os dois copos. "Não gosto muito de cerveja, mas essa tá com uma cor tão bonita..."

"Pega essa pra você", ofereceu Fernando.

"Obrigado", agradeceu e, em seguida, tomou um gole. "Eca, tá quente!"

"Putz! O Edgar..." Olhou na direção do amigo e não o encontrou. Devia ter se cansado de esperar e, ao vê-lo parar para conversar com a garota, resolvido ir embora, chateado como o próprio Fernando ficaria. Mas ele se preocuparia com o amigo depois. Todo mundo que no momento lhe interessava estava ali.

capítulo 20

No lotado piso superior do O'Malley's, a banda tocava versões duvidosas de sucessos radiofônicos, para o delírio de secretárias, advogadas e dentistas. Braços erguidos pondo à prova os desodorantes, seus passos ritmados eram acompanhados a distância pelos tímidos, abrindo espaço para os mais ousados. Parte da plateia passiva, a Fernando só interessavam os movimentos de Lívia. Infiltrada com a amiga Luiza entre as frequentadoras médias do pub, a garota também era alvo das constantes investidas das hordas masculinas, que não incomodavam tanto Luiza. Sua incrível semelhança com o cantor Lobão a protegia dos boçais – e também dos caras legais.

Triste e enciumado, Fernando recostava-se no bar e sorvia o terceiro *pint* de Newcastle, sem poder fazer muito além daquilo. Desde que se reencontraram momentos antes, ele e Lívia tinham engatado uma conversa ininterrupta, que nem os constantes apelos por atenção da amiga foram capazes de cortar. Mas, súbito, quando Lobão – mentalmente, Fernando só a chamava assim – já havia desistido de tirar Lívia de seu lado, a moça afastou-se por iniciativa própria, sem maiores explicações. Agora estavam na pista, a bela e a fera, divertindo-se em proporção inversa à dele.

Enquanto acompanhava seu vai-e-vem, Fernando vasculhava as lembranças da última hora e meia à procura do que poderia ter dito de errado; quem sabe, algo correspondente à "oferta de estágio". O mais próximo que pôde se lembrar foi um breve acesso de intolerância.

"Que tipo de música você gosta?", perguntou Lívia num certo momento.

"Que pergunta é essa? Você não viu minha camiseta?" Mesmo novamente divertido pela inocência da menina, dessa vez Fernando não tinha resistido a uma resposta atravessada. Afinal, sua camiseta reproduzia a antológica, emblemática e histórica capa amarela do álbum *Never Mind The Bollocks*, do Sex Pistols. Até a mãe dele reconheceria a capa daquele disco, se o visse.

"É de uma banda de rock?", sorriu envergonhada.

Não, não poderia ser aquilo. Por grosseiro que ele tivesse sido, para a sua própria surpresa, não o fora suficientemente para espantar a menina; simpática, ela deixou por menos e permaneceu ali, limitando-se a mudar de assunto. Então, o que teria feito com que Lívia, tão divertia pelo seu senso de humor a ponto de tolerar seus excessos, o trocasse pela companhia de Lobão e das secretárias, pelo assédio dos cafajestes bêbados?

Na pista, durante uma longa ausência da amiga, um desses tipos era visto repetidas vezes na órbita de Lívia. A reação dela alterava-se progressivamente a cada uma das investidas do coroa de músculos avantajados e camiseta *baby look*. O sorriso educado foi se amarelando até se converter em cara feia que, todos os anos do camarada não lhe haviam sido capazes de ensinar, era um sinal para ele dar o fora. Menor que a do galanteador, a idade de Fernando tinha, sim, lhe ensinado tal lição, mas ela fora anulada pelo álcool e pela frustração. Mas, mesmo que decodificasse a linguagem corporal de Lívia, o desprezado rapaz acharia que não caberia a ele interferir. Só se convenceu do contrário quando viu o braço da moça erguido num aceno em sua direção e leu nos lábios dela o seu nome.

"Amor! Que bom que você chegou!", disse Lívia, agarrada ao pescoço de Fernando assim que, convertido em seu cavaleiro de armadura, ele chegou. "Esse aqui é o...", encenou uma apresentação, mas a essa altura o tigrão já estava rosnando para outra presa. "Nossa, obrigado. Aquele mala já estava passando do limite."

"Quer dizer, como eu passei?", perguntou Fernando, chateado.

"Ai, ai... Esse chato de novo?", interrompeu Lobão, de volta com um copo de uísque na mão e o batom borrado, obra de algum provável fã do cantor.

"Para com isso, Luiza", repreendeu Lívia.

"Mas não foi você mesma que falou que esse aí só sabe contar vantagem, do emprego e do apartamento novo?", dedurou a amiga.

Então tinha sido aquilo. Em certo momento da conversa que tiveram, como não poderia deixar de ser, Fernando abordou a outra coisa que, além de Lívia, não lhe saía da cabeça. Falou das constantes idas a lojas de material de construção, dos contatos com pintores e pedreiros, de como dividia, enfim, seu tempo entre o trabalho e as providências necessárias para o acabamento do apartamento, entregue sem pintura e no contra piso. Somado à calhorda proposta de estágio e à resposta atravessada sobre a camiseta do Sex Pistols, aquele papo confirmou suas suspeitas de que ele fosse um escroto esnobe.

"Mas, sei lá, me senti tão bem, tão segura quando você apareceu e me livrou daquele pentelho...", e tomou um gole de sua água com gás. Estavam agora sentados a uma mesa do pub, onde Luiza Lobão, bêbada, dormia debruçada, sem os incomodar. "E tem também o jeito como você cantou com aquele albino no dia que a gente se conheceu, no ônibus... Puxa, alguém que trata assim um completo desconhecido, uma pessoa tão humilde, não pode ser tão ruim", completou, singela.

"Sem contar que eu canto bem, né? E ó, nem vem dizer que eu estou contando vantagem, porque foi você mesma quem disse, lembra?", sorriu Fernando, àquela altura também tomando água.

"É mesmo! Você é um talento!", gargalhou. "Sabe alguma do Roupa Nova?"

"Ah, você não vai me fazer cantar aqui...", respondeu Fernando, estranhando um pouco o pedido da garota. Para qualquer um que não fosse o vocalista da banda, cantar ali já seria estranho, ainda mais uma do Roupa Nova.

"E qual o problema? Você cantou no ônibus..."

"Mas...", interrompeu-se antes de dizer que na ocasião estava muito mais bêbado. E talvez precisasse estar ainda mais bêbado para cantar Roupa Nova.

Saindo para o térreo pelos autofalantes, o som produzido pela banda no andar superior veio em socorro de Fernando. Ao ouvir a música, de pronto Lívia mudou o foco: "Olha a música que a banda está tocando, que demais! Isso eu sei o que é: é Smiths! Acertei, não acertei? 'I'm sooo sorry... I'm sooo sorry...'", cantarolava feliz, esperta, satisfeita com os próprios conhecimentos musicais.

"Acertou, é Smiths, sim", concordou Fernando, como que a parabenizá-la. Não ia pôr a perder o trabalho de recuperação de sua imagem dizendo que "Suedehead" era, na verdade, o primeiro single da carreira solo de Morrissey.

Parou o Palio em frente ao prédio que correspondia ao endereço dado por Lívia e desceu. Espantado com o número de janelas do gigantesco condomínio, num cálculo rápido, Fernando aferiu que nele morassem cerca de 2 milhões de pessoas. Na portaria, pediu pela "Lívia, do 2104" e, como "ela disse que já tá descendo", esperou na calçada, impacientemente. Fizeram-lhe companhia durante a espera as memórias da noite e das horas anteriores.

Embalado pelo ronco alcoolizado de Luiza – "Coitada... Mas você tem razão: ela parece um pouco o Lobão mesmo" –, o papo no O'Malley's foi longe. Só não avançou mais porque à embriaguez de uma somou-se o companheirismo da outra, e Lívia nem cogitou deixar a amiga desamparada. Tampouco aceitou as ofertas de carona de Fernando – preferiu um táxi. "Esse fim de semana é a minha folga. Me liga amanhã que a gente combina um cinema." Ao se despedirem, ofereceu a bochecha de forma inequívoca, mas ele nem cogitou beijar outra parte do seu rosto, talvez a testa. "Passo na sua casa às 20h. Me dá o endereço." As primeiras palavras de Fernando ao ligar no dia seguinte, rápidas e diretas para driblar a gagueira nervosa, não deram a Lívia alternativa. Agora eram 20h14 de sábado, e ele esperava por ela.

"Oi. Demorei muito?"

"Não tem problema... Eu combinei com o cara que opera o projetor do cinema, e ele só vai começar a sessão depois que a gente chegar", respondeu Fernando, torcendo para o PH de seu humor não estar acima do aceitável.

"Besta", retrucou Lívia, bem humorada, um atestado de que a piadinha passara no teste de acidez.

Abriu a porta do carro para ela e, os dois já sentados, não disse nada. Quando ela perguntou a que filme assistiriam, apenas ligou o aparelho de som. A resposta, para uma outra pergunta, viria em forma de música:

"Linda, só você me fascina...", cantou ele, acompanhando o vocalista do Roupa Nova. "...te desejo muito além do prazer..."

Na noite da Vila Mariana, os olhos verdes dela brilharam. Mas apenas por um segundo, antes de se fecharem para o beijo.

~~~~~~

Veio o ímpeto de rir, e Fernando conseguiu abafá-lo. Por pouco, a movimentação do seu peito, travesseiro da moça, não a fez acordar. Se todo cuidado era pouco, a origem do riso era muita. Vinha de uma felicidade poucas vezes experimentada e há muito negada, que, finalmente vinda, fazia questão de se mostrar. De vocação espalhafatosa, para essa felicidade, um sorriso, por grande e bobo que fosse, não bastava. Julgava-se merecedora de ridículas gargalhadas e, para mostrar sua razão, convidava os olhos de Fernando a mais uma vez dirigirem-se à adormecida Lívia. Dela, sobre ele, além da cabeça, havia o braço, cuja mão por vezes apertava-lhe o ombro esquerdo, e as pernas, entrelaçadas às dele. Era como a confirmação física do domínio mental e, por que não, sentimental que ela exercia sobre ele desde o primeiro contato. E era uma beleza. Um sono lindo, coberto por um fino lençol coberto por outro, de luz também fininha, que entrava discreta pela janela.

Incoerente a felicidade. Venerava o sono de Lívia, mas não via problemas em acabar com ele, como faria se convencesse Fernando a dar vazão às risadas. Em mais uma tentativa de persuasão, apelava para a comédia (romântica) dos últimos dias.

"Roupa Nova foi demais, hein? Rapaz, que cafona! Ha, ha, ha! Mas, tenho que admitir, foi genial. Como é que você foi lembrar daquele CD? Era da época da Gazeta do Ipiranga, que a gravadora te mandou para você escrever uma crítica... E por que você ainda guardava essa pérola? Podia jurar que você tinha jogado fora. Ah, claro, você não joga nada fora. Incrível você ter achado esse disco no meio de tanta bagunça. Aí, preparar o CD para, quando a menina entrasse, recebê-la com 'Linda'... Ha, ha, ha! Que brega! Não, não se envergonhe. Repito: foi genial. Funcionou, não funcionou? Belo beijo. E quando você disse que iam assistir a *História Real*, o último filme do David Lynch, e ela não fazia ideia de quem fosse o David Lynch? Ha, ha, ha! É, tem razão, não foi engraçado, foi bonitinho. É tocante ver como muitas coisas, para você tão óbvias, escapam ao conhecimento dela, né? Eu sei... É que, além de novinha, ela viveu a vida inteira no interior.

Mas ela tem potencial, hein? Adorou o filme. E não fingiu, não: era só olhar na carinha dela para ver que estava se divertindo mesmo. Sorte que o primeiro filme do Lynch dela foi um dos mais quadradinhos. Já pensou se, por exemplo, vocês tivessem ido ver *A Estrada Perdida*? Aposto que, com tanta bizarrice, ela teria saído correndo no meio da sessão. Ha, ha, ha! Depois, a pizza e o chope no Piola. Ótima escolha, garoto. Agora, o ponto alto mesmo veio quando vocês chegaram no apartamento dela... Ter que fazer tudo sem quase fazer barulho foi dureza, hein? A Lobão estava dormindo no quarto... Aliás, parece que é só assim que essa menina ajuda no relacionamento de vocês, não? No O'Malley's, se ela não tivesse enchido a cara e capotado, talvez vocês nunca tivessem chegado até aqui... Opa, eu disse que o ponto alto foi quando vocês chegaram na casa dela? Nada disso! O melhor mesmo foi quando, domingo de manhãzinha, ela acordou e, cuidadosamente, abriu a porta do quarto para pegar alguma coisa... Surpresa: a Lobão não estava lá! Foi aí que ela lembrou. Desempregada, a amiga tinha resolvido passar uns dias na casa dos pais no interior! Ha, ha, ha! Quer dizer, vocês ficaram aqui na sala, se espremendo no sofá, sem poder fazer barulho nenhum, à toa! É o tipo de coisa que só acontece com você! Ha, ha, ha!"

"Ha, ha, ha, ha!"

Num sobressalto, Lívia acordou com o riso de Fernando. Passado o susto, mesmo sem saber porque, não resistiu e juntou-se a ele nas gargalhadas.

capítulo 21

Para os apreciadores de poesia, Paulo Leminski é o nome de um expoente paranaense do lirismo. Para os apreciadores de poesia musicada, é também o nome de um lugar histórico. Na antiga pedreira, transformada em espaço para espetáculos, aconteceu o primeiro e improvável show do Pixies no Brasil. Depois de onze anos separada, nenhum fã brasileiro imaginaria ver um concerto da banda por aqui. Nem Fernando, para quem, em 2004, aquela seria a única notícia capaz de se comparar ao lançamento de *You Are The Quarry*, o primeiro disco de Morrissey em sete anos – no final desse ano, o Santos também ganharia outro Brasileiro, mas o intervalo desde seu último título tinha sido menor do que as lacunas do pessoal de Boston e do cantor de Manchester.

"Talvez tenham escolhido a Pedreira para a primeira edição do Curitiba Pop Festival porque, apesar do nome, é um festival de rock. Algum dos organizadores, um bem espirituoso, achou que seria divertido ter uma pedreira como palco. Deve ter chegado numa reunião e falado: 'Não ia ser um barato? Um festival de rock na *pedreira*! É que *rock* em inglês é *pedra*, entenderam?' Sei lá porque, a explicação dessa piada sofisticadíssima deve ter bastado para convencer os outros..." Fernando dividiu com a namorada sua "teoria" para a escolha do lugar.

"Deixa de ser bobo, Fernando", disse Lívia, rindo, ao namorado atrás dela. Ele a abraçava para protegê-la do frio da noite curitibana, potencializado pelo descampado onde estavam, onde o inverno não encontrava a menor resistência. A boca já perto da orelha dela, aproveitou para descarregar por lá algumas abobrinhas.

"Sei que parece idiota escolher um lugar para se fazer um festival só porque ele pode render trocadilhos – bem ruins, ainda por cima –, mas pra mim faz todo sentido. Afinal, obrigar milhares de pessoas a passar um frio desses também é uma piada de gosto duvidoso, não é?", insistiu, o queixo batendo, a boca soltando fumaça.

"Ai, Fê, não reclama, vai. Você não quis ver o Pixies a vida inteira?"
"Claro!"
"E então...?"

"E então eu estou sendo condenado por ter bom gosto musical?"

"Pior sou eu que, até um tempo atrás, nem tinha esse bom gosto todo... Me dei mal: só comecei a gostar de Pixies pra ser condenada junto com você", sorriu.

Às costas de Lívia, Fernando também sorriu, orgulhoso. É, a culpa da menina estar ali, naquela sessão de criogenia coletiva, era inteiramente sua. Há dois anos, ao mesmo tempo em que começou a namorar Fernando, Lívia iniciou outro relacionamento: com as paixões dele. Duas relações que se aprofundaram no mesmo ritmo, com o crescimento da intimidade. Lívia conhecia melhor as bandas, os escritores e diretores favoritos de Fernando e, desse modo, também o conhecia melhor. À medida em que ficava fascinada por John Fante, Martin Scorsese e REM, algumas referências formadoras da sua personalidade, ela se encantava mais com ele. Se estava agora em Curitiba, era porque, por grande que fosse o frio, maior era seu amor pelo Pixies e, principalmente, por quem lhe apresentou o grupo.

"Olha! Vai começar!" Animadas, as mãos multicoloridas da moça foram uma ao encontro da outra repetidas vezes, numa alegria infantil como as luvas que as cobriam.

A resposta de Fernando aos primeiros boatos sobre uma possível vinda do Pixies ao Brasil foi irônica. "Pra isso, primeiro eles tinham que voltar." Já ao saber que, sim, os integrantes haviam se reunido novamente, não teve dúvida de que os veria. Numa transmutação alquímica, a descrença completa foi convertida em certeza absoluta, processo muito parecido com o acontecido durante o Campeonato Brasileiro de 2002. Naquela temporada, quando Fernando já desistira do Santos, a equipe se classificou na última rodada, mesmo perdendo, graças a uma combinação maluca de resultados e um único ponto. Veio a fase seguinte. O time ainda nem tinha jogado a primeira partida contra o São Paulo, primeiro colocado na classificação, e Fernando apostava até com quem não quisesse: o Santos seria campeão. Como se sabe, foi.

Depois de ter presenciado ao vivo no Morumbi as oito pedaladas de Robinho na final contra o Corinthians e o fim do jejum de títulos de dezoito anos – "vencendo os gambás!" –, Fernando se julgava preparado para ver tudo. Mas bastaram os primeiros acordes de "Bone Machine" para descobrir: este tudo não incluía um show do Pixies. Todas as letras, que sabia de cor, não saíram da sua boca. Por mais que muitos cantassem, não queria compartilhar com eles a culpa por atrapalhar a perfeição esganiçada do canto de Black Francis, muito menos a perfeição mais ortodoxa da voz de Kim Deal. Apenas acompanhava as músicas com os lábios mudos do cantor que dubla um playback. Resistiu bravamente à tentação da catarse geral, os milhares ao seu redor – e a uma à sua frente – entoando em coro "Here Comes Your Man" e "Where Is My Mind?", as duas últimas antes da banda ir para o *backstage*, cumprindo o ritual do fim de mentirinha.

O suspense habitual que precede o retorno ao palco, no entanto, não se prolongou muito. Sob os aplausos gerais, já estavam de volta. "Não acredito, Fê!", vibrou Lívia, virando para abraçar o namorado ao identificar a primeira música do bis: "Gigantic".

Desde que sejam normais, crianças odeiam legumes. Só depois de crescidos, entendemos a importância dessa classe de alimentos, rica em vitaminas e demais coisas essenciais para crescermos fortes e saudáveis. Se chegamos à idade adulta vagamente parecidos com alguém forte e saudável, o mérito é de gênios de avental como a matreira dona de casa que, diante da cara feia de seu bebê para qualquer aviãozinho nutritivo, teve a ideia de uma brilhante receita. Espécie de cavalo de tróia culinário, o delicioso bolo de cenoura vence a resistência dos paladares infantis e transporta boca adentro dezenas de nutrientes indispensáveis. Ao ouvir a primeira coletânea que Fernando gravara para ela, veio à lembrança de Lívia a saborosa artimanha materna. No meio de diversas músicas "desconhecidas dela porém essenciais", para facilitar a degustação, o namorado incluiu algumas bem familiares – um autêntico "Bolo de Cenoura", como ela batizou aquela e todas as outras *mixtapes* com que ele viria a presenteá-la. Entre as já conhecidas por ela, o "Bolo de Cenoura" que deu início à série trazia "Easy", do Faith No More. No meio das "inéditas", Pixies e sua linda "Gigantic". De cara, virou uma das preferidas da moça. Do moço, já era há muito.

No bar da Fun House, clube alternativo na Bela Cintra, havia um belo retrato preto-e-branco de Bukowski. De camiseta regata, cotovelo apoiado sobre uma geladeira, o escritor segurava uma cerveja e sorria, convidando os frequentadores a fazerem o mesmo. A julgar pela quantidade de long necks a povoar as mãos dos modernetes, aquela proposta bonachona parecia mesmo irrecusável. Para o casal, certamente era. Inclusive para Lívia: mesmo longe de ser fã de cevada, vez por outra arriscava uma Xingu, preta e adocicada. Sempre que iam à Fun House, além do infalível encontro com a simpática carranca do autor de *Cartas na Rua*, tinham a certeza de escutar "Gigantic". Se o DJ não tivesse previsto a música em sua *playlist*, encostada na picape, Lívia usava de todo o seu charme para que ele revisse o repertório. Nas raras ocasiões em que o poder de persuasão dela não era suficiente, os dois subiam ao primeiro andar, onde a jukebox e uma ficha resolviam a parada.

Ela dançava graciosa, uma bonequinha de corda ligeiramente desajeitada. Ele a acompanhava de um jeito engraçado, descompassado, desajeitado e meio. Os dois compartilhavam o olhar, o sorriso e o refrão, em uníssono: "Gigantic, gigantic, gigantic, a big big love!" Dançavam assim ao ouvir a canção em casa, na Fun House e onde mais fosse. Ao ouvi-la sendo tocada pelo próprio Pixies, não poderia ser diferente. "Gigantic, gigantic, gigantic, a big big love!" É, era mesmo um puta amor.

Estivesse Lívia menos absorta com a música, com a maravilha de apreciá-la ao vivo com o seu *big love*, possivelmente teria percebido algo estranho nele. Não nos passos, sim, estranhos e por isso mesmo conforme a coreografia de sempre. Se atentasse às sobrancelhas de Fernando, teria reparado o cenho franzido. Um pouco mais observadora, teria notado o canto de sua boca repuxado para baixo, a característica expressão de preocupação. A verdade, surpreendente, era que sua canção favorita do Pixies lhe causava tremendo desconforto. A melodia perfeita parecia torturá-lo, a voz angelical de Kim Deal simulava o anúncio das piores notícias. Era "Gigantic", executada de forma irretocável – como todo o restante da apresentação, acima das mais otimistas expectativas – e, como o próprio Fernando estranharia se tivesse consciência disso, ele não via a hora da música acabar. A questão é que tinha algo a falar, mas não a coragem de interrompê-la. Antes da música, dane-se, terminou sua paciência.

"Quê???", perguntou Lívia, sem entender.

"Acho que você tem que mudar lá pra casa", repetiu Fernando, as mãos em concha ao lado da boca.

"Hã? Mudar pra onde?"

"*Pra* nossa casa!"

E quinze mil pessoas aplaudiram Fernando.

~~~~~~~~~~~~

"Puta merda, Fernando... Desse jeito, eu vou ficar uma bola", protestou Lívia ao ser servida de sorvete mais uma vez. Ao dizer o palavrão, acentuou o "r" mais que o de costume, como se seu sotaque interiorano se acirrasse na medida de seus ânimos.

"Ah, para com isso. Você é linda, seu corpo é perfeito", garantiu Fernando, a mão na grossa coxa da garota. Nos anos 1960, ela seria considerada o padrão de beleza, mas nos 2000, não teria chance nas agências de modelo. "Além do mais, aqui na embalagem diz que é 'enriquecido com vitaminas e ferro'. Ferro é indispensável na dieta das mulheres, sabia?", defendeu, picareta e professoral, apontando o rótulo do pote de sorvete de chocolate, a prova incontestes de sua razão.

"E esses pedacinhos de Diamante Negro que a gente misturou no sorvete, também devem ser indispensáveis, né?", riu a menina, ainda fingindo irritação.

"Não, o chocolate no sorvete de chocolate talvez seja um pouco de exagero mesmo... Mas você sabe o que o Oscar Wilde diz sobre o supérfluo, não sabe?"

"Claro que não, Fernando. Eu nem sei quem é esse Oscar Wilde."

"O Oscar Wilde era um escritor irlandês, que... Enfim, ele dizia que a única coisa essencial é o supérfluo. Logo, esse sorvete de chocolate com chocolate é mais do que necessário, entendeu?", citou, entre a galhofa e a filosofia.

"Sei, Fernando, sei...", riu. "Agora vamos assistir ao filme que *você* escolheu?", repreendeu Lívia, para em seguida se acomodar sobre o peito do rapaz. Estavam deitados no colchão tirado da cama e estendido na pequena sala do apartamento dela, ocupando todo o chão.

Com a desenvoltura de quem conhecia todos os atalhos e detalhes da casa, Fernando apertou sem olhar o play no controle remoto do aparelho de DVD. Estivera lá pela primeira vez apenas no dia anterior, mas tanta familiaridade se explicava pelo fato de que, desde então, tivera tempo de sobra para estudar o lugar. Ao saber que Luisa, a Lobão, não daria as caras cavalares por alguns dias, o recém-feito casal entrou em tácito acordo: permaneceriam confinados nos limitados limites do apartamento enquanto as obrigações profissionais e, no caso de Lívia, estudantis lhes permitissem. Encarcerados, mas com prerrogativas de chefe do crime organizado: tinham direito a TV, DVD e um sem-número de visitas íntimas, feitas a um pelo outro, sem horários pré-determinados.

Durante a reclusão voluntária, deixaram o cárcere privado apenas uma vez, quando, ao banho de sol, preferiram uma visita à pequena vídeo-locadora em frente ao prédio de Lívia. Por mais que Fernando odiasse clichês, ao entrar no estabelecimento, foi inevitável pensar que tamanho não é documento. Por todas as paredes amarelas, alojada num número impossível de prateleiras, uma quantidade mais do que respeitável de filmes, os mais variados, dos que se encontram em qualquer Blockbuster da vida aos que devem ser difíceis de achar mesmo na videoteca do Rubens Ewald Filho. Entre dezenas de clássicos, fitas alternativas e do cinema marginal, Fernando optou por um filme que era, a um tempo, tudo isso.

"Não acredito! Você tem a obra completa do Ed Wood! Nem sabia que tinham lançado em DVD", Fernando exclamou entusiasmado para o dono da locadora, ao balcão.

"Acabaram de lançar e eu, de comprar", sorriu imodesto o calvo coroa, a quem os ralos cabelos compridos presos num rabo de cavalo davam certo ar intelectual e a aparência inequívoca de cinéfilo.

"Vamos levar este aqui", disse Fernando, entregando-lhe a caixa de *Glen ou Glenda*, sem cogitar pedir a aprovação da acompanhante.

"E este aqui também", Lívia colocou sobre o balcão uma cópia de *Kate & Leopold*, uma das mais recentes milhares de comédias românticas estreladas por Meg Ryan. Fernando olhou-a com discretíssima reprovação. Quando estava pagando, ela perguntou: "Que filme é esse que você escolheu?"

Fez-se de desentendido e, como se lembrasse de algo, voltou-se ao balconista: "Ah, por favor, coloca também esses chocolates, esse sorvete e essa Coca", pediu Fernando ao dono da locadora, entregando dois Diamante Negro, um pote de Chicabon e uma Coca-Cola de 1,5 litro.

A algum tempo de gravar para Lívia a primeira coletânea e, logo, sem fazer ideia de como ela as chamaria, Fernando aplicou pela primeira vez o conceito do bolo de cenoura com a futura namorada. Aquelas guloseimas, esperava, serviriam para facilitar a apreciação de Lívia do cinema pouco convencional do realizador de *Plan 9 From Outer Space*.

Ed Wood compensava o baixo orçamento de seus filmes com criatividade e licenças poéticas, escorado na tese da suspensão de descrença, segundo a qual, o espectador *quer* acreditar no que vê no cinema e, por isso, acreditará em tudo o que nele vir. Tido como o pior da história e por isso mesmo tão cultuado, o cineasta, que não se constrangia em adornar cemitérios com lápides de isopor, também não via problemas em utilizar um dublê qualquer para substituir Bela Lugosi nas cenas complementares que a morte o impossibilitou de protagonizar. Nesses *takes*, Wood apostava no artifício da capa vampiresca: erguida, tapava boa parte do rosto do desconhecido, numa alusão ao clássico gestual de Drácula, e ajudava a pré-disposta audiência a crer estar assistindo ao seu mais célebre intérprete. Mas não seriam as restrições de qualquer espécie que torceriam o nariz de Lívia, declarada fã de *Chaves* e *Chapolin*, e portanto conhecedora da suspensão de descrença antes mesmo de ser formalmente apresentada a ela.

Depois da menina ter gostado do primeiro filme que viram juntos – um do David Lynch, quem diria –, Fernando achou que não faria mal colocá-la à prova novamente. Mas, se *História Real* era o mais próximo do convencional que David Lynch conseguira chegar, *Glen ou Glenda* era estranho até para os afeitos ao cinema de Ed Wood. Como Lívia reagiria ao misto de pseudo-documentário e pseudo-tese filmada a favor do pouco ortodoxo direito do homem heterossexual de se travestir? (Causa mais do que defendida por Ed, ele mesmo um travesti, não tendo largado o hábito nem durante a Guerra da Coréia, na qual combateu de lingerie sob o fardamento.) E mais: para quê a coitadinha precisava ser submetida a um teste desses? O que Fernando queria que a menina lhe provasse?

Mal o filme tinha começado e, diante das imagens documentais de guerra, da população de grandes cidades e de bisões em luta sobrepostas e intercaladas às do narrador Bela Lugosi, Fernando sentiu um quenturão subir-lhe pelo pescoço. Sempre se orgulhou de sua empatia, capaz de identificar os sentimentos e impressões de quem estivesse ao seu lado a respeito de algo, sem que a pessoa lhe dissesse nada. Graças ao dom maldito, não conseguia se divertir se percebesse que seus acompanhantes também não estavam. Era assim quando na adolescência, ao começar a se interessar pelo cinema "sério", alugava fitas europeias e, ao vê-las acompanhado da mãe ou do irmão, ejetava o filme aos primeiros bocejos dos dois. Seria assim agora, com os primeiros protestos de Lívia que, apesar de todo o sorvete incrementado com lascas de Diamante Negro, não tardariam a chegar. *Glen ou Glenda* era bizarro, esquisito, *nonsense*, continha doses massivas de um questionável humor involuntário. Infelizmente, a garota, que ele mal conhecia, não estava pronta para assimilar nada daquilo.

Novamente sem dirigir os olhos ao controle, Fernando apertou o *stop* do DVD player. Melhor seria deixar o Ed Wood para quando estivesse sozinho – sabendo que a pequena locadora da José Antônio Coelho tinha a coleção do ícone *trash*, voltaria outro dia para alugá-la. Por ora, se renderia a Meg Ryan e sua já não tão linda boquinha, agora cheia de botox. Tentaria enxergar na atriz a beleza e a graça da Sally do Henry, já há muito perdidas. E se não conseguisse evocar a pretérita queridinha americana, tudo bem: encontraria ainda mais beleza e graça simplesmente olhando para o lado e para o presente.

"Você apertou o botão errado, né? A pausa é aqui, Fernando, ó", disse Lívia, assim que o filme foi interrompido. Ensinava-o a usar o controle remoto sem desconfiar da sua já adquirida habilidade ninja para manuseá-lo, nem do que ele suspeitava. "Cê vai no banheiro? Volta logo, que eu tô achando o filme o maior barato."

"Pode deixar", disse surpreso, sem reação que não a de se levantar e ir de fato ao banheiro. "Bela bosta de empatia", pensou sorrindo para si mesmo no espelho do toalete.

"Fernando? Cadê o sofá?"

Normalmente, chegando em casa no sábado de volta de uma pauta ou mesmo de uma volta, se não o visse de cara, esparramado no velho e estropiado sofá, Lívia chamaria pelo namorado. Hoje, porém, não era normalmente. Não só Fernando não estava à vista; também necas do velho e estropiado sofá. O móvel tinha se mudado para o apartamento junto com o proprietário, também vindo da casa da sua mãe, e tinha quase a sua idade. Por todos esses pontos comuns, Lívia sentia por um exatamente o oposto que sentia pelo outro – e quase na mesma proporção. Mesmo assim, por inesperado, o sumiço do sofá assumiu na escala de preocupações de Lívia uma importância muito maior do que a ausência do amado, e foi do estofado que ela quis saber primeiro. Olhou para onde costumava ficar a peça e, no lugar, encontrou somente quatro marcas deixadas pelos velhos pés de madeira no piso de cerâmica. Até a poeira que costumava se acumular sob a velharia herdada da mãe de Fernando tinha sumido.

"Aqui no quarto, Li", chamou, a voz vinda do quarto atravessando o corredor.

"Mentira que você resolveu enfiar aquela porcaria de sofá no nosso quarto", berrou Lívia, enquanto fazia o caminho inverso ao da voz de Fernando. "Ah, claro... Nem tinha como estar aqui", reconheceu o absurdo da possibilidade cogitada por ela mesma ao chegar à porta do quarto e ver Fernando espichado sobre a cama, o jornal esportivo Lance na mão.

"Com o tamanho desse quarto, ia ser meio difícil. Só se eu tirasse o guarda-roupas ou a cama... Até pensei nisso, mas achei que você não ia curtir muito", gracejou ele, a imagem da despreocupação, largado na cama.

"Cadê a porcaria do sofá, Fernando?", retomou a fúria, agravada pelas piadinhas do namorado.

"Não fala assim. Foi a minha mãe quem deu."

"E tem gente que não acredita em praga de sogra", riu. Em seguida, sentou-se na cama e, mais calma, perguntou. "Sério, Fê, onde foi parar o sofá?"

"Dei pro Exército da Salvação", respondeu, já de volta à leitura das últimas do Peixe.

"Como é que é?"

"Você não vivia dizendo para eu me livrar do sofá? Que não aguentava mais afundar naquela espuma fodida, nem morrer de tossir com aquele mundo de ácaros? Pois bem, o Exército da Salvação deve arranjar alguém que, apesar de tudo isso, vai gostar do sofá. Vieram buscar faz uma meia hora."

"E agora, a gente vai ficar sem sofá? Onde é que a gente vai sentar para assistir televisão?", perguntou, sem acreditar na inconsequência de Fernando, mas, exatamente por conhecê-lo, capaz de imaginar que ele seria capaz de algo assim.

"Olha, a gente pode sentar nas belíssimas cadeiras de madeira imitação de ébano e almofadas de linho, que você comprou na Etna..." Antes que ele concluísse a frase a campainha tocou. Deu um pulo da cama e foi abrir a porta. Eram entregadores, de jaleco azul e estofado branco nas mãos. "...Ou no magnífico sofá que estes simpáticos rapazes acabam de trazer", respondeu sorrindo, as mãos espalmadas na direção dos funcionários, num gesto típico de Sílvio Santos abrindo a "Porta da Esperança". "Podem colocar aqui, por favor", apontou o espaço vago do velho móvel.

Lívia ficou calada e assim permaneceu, olhando para o sofá ainda coberto por plástico, até os dois homens que o trouxeram irem embora. "Será que eles aceitam devolução?", perguntou rompendo o silêncio, sem levantar o olhar do estofado de dois lugares, de corino. Um móvel bastante simples, desses vendidos em lojas populares, como as Casas Bahia, cujo logo estampava a nota fiscal deixada pelos entregadores sobre sua mesa imitação de ébano.

"E por que a gente devolveria? O sofá não veio com defeito", retrucou Fernando, sorridente, jogando-se no estofado para atestar sua qualidade. Era um pouco duro, talvez, mas isso, por tê-lo experimentado antes, não chegava a surpreendê-lo. "Qual o problema?"

"O problema, Fernando, é você ter comprado *esse* sofá."

"Peraí, vamos recapitular: você dizia o tempo todo que queria um sofá novo, lembra? Eu comprei um sofá novo. Não estou entendendo."

"Fernando", repetiu seu nome com grave ênfase em todas as sílabas, para lembrar a ele sua raiva. "Você comprou esse sofá nas Casas Bahia."

"Puxa vida, Lívia, que bom você me lembrar de onde *eu* comprei. Não que eu tivesse esquecido, mas é sempre bom lembrar."

"E aposto que pagou baratinho, não pagou?"

"É, o preço foi bom, sim. Pechincha."

"Então, Fernando, é barato porque o preço corresponde à qualidade e...", o tom de bronca, de repente, foi interrompido. "Poxa, cara, eu tentando deixar essa república com jeito de casa...", sem forças para terminar a frase, apenas virou-se para a mesa que comprara na Etna.

Fernando viu nos seus olhos verdes um choro seco. Não podia acreditar que ela desse tanta importância a um simples sofá, e foi exatamente o que disse: "Lívia, pelo amor de Deus, isso é só um sofá. Uma coisa onde as pessoas sentam, assistem televisão, cochilam, comem... É só isso, não é motivo para esse drama todo."

"Sentar, cochilar, assistir televisão, comer... Isso é a vida, Fernando. Uma boa parte dela, pelo menos. Você quer passar a vida num sofá vagabundo de couro fajuto?"

Nas palavras de Lívia, o sofá deixava de ser mera mobília. Tornava-se uma instituição, depositária de algo muito mais valoroso que as eventuais moedas que lhe caíam entre as almofadas. Ao ouvi-la, Fernando duvidava que os discursos mais emocionados proferidos durante convenções da indústria de estofados tivessem tamanha eloquência.

Abraçou-a e, a cabeça dela contra o peito, prometeu, o mais convincentemente que pôde: "Certo, linda. No próximo dinheiro que sobrar, a gente troca esse sofá. Não se preocupe."

~~~~~~~~

"Que delícia a comida da sua mãe, Fernando... Fazia tempo que eu não comia tão bem", elogiou Lívia ao entrar no carro após um jantar na casa dos pais de Fernando.

Na verdade, estava mais para *janta* do que para *jantar*. "Jantar" subentende alguma coisa combinada, com cardápio especial, envolvendo certa pompa e circunstância. A refeição que tinham acabado de fazer não tivera nada disso. Havia duas semanas que estavam juntos quando, numa quarta-feira, sabendo que Lívia estava de folga da loja, Fernando a convidou para jantar com seus velhos. Pensando se tratar de um "jantar", uma ocasião especial na qual seria apresentada aos pais do namorado, a moça até pôs uma roupa melhor, arrumou-se com seu característico charme brejeiro. Porém, ao chegar no velho sobrado dos Fonseca e deparar-se com a simplicidade do casal anfitrião – dona Maria de avental, seu Fonseca de bermudão e Havaianas –, percebeu: seria uma "janta" mesmo. Para a qual, aliás, eles não estavam esperando ninguém de fora, como ficou claro para ela pelos trajes e pela surpresa com que eles a receberam.

"Só foi mancada você não ter avisado a sua mãe que eu iria, né?"

"Ah, melhor assim... Ela ia ficar toda preocupada, eu conheço a figura. 'O Fernando vai trazer a namorada pra gente conhecer, e eu nem cozinhei nada de especial'", disse Fernando, enquanto colocava o cinto de segurança.

"O que podia ser mais especial que aquilo? Comidinha caseira, tudo de bom. Macarrão com carne de panela... Hum...", lembrou Lívia, a expressão deliciada pela memória do prato.

"Eu sempre comi isso, desde pequeno. É bem simples, mas é das coisas que mais gosto. Bom que você gostou também", sorriu Fernando, tirando a mão do câmbio e passando-a no queixo da garota, num afago.

"Falando em gostar, você acha que os seus pais gostaram de mim?", perguntou, olhando de baixo, como que receosa da resposta.

"Tá brincando? Até meu pai, que geralmente é mais sério, ficou tirando sarro de você, imitando o seu sotaque... Muito raro ele brincar assim com alguém que não conhece. E a minha mãe, bom, digamos que você a conquistou ajudando a tirar os pratos e lavar a louça", emendou.

"Eles são uns fofos, os seus pais. Obrigado por ter me convidado. Espero que você me chame mais vezes... Mas, aí, vê se avisa a sua mãe, né?"

"Pode deixar... Opa, dá uma licencinha?", pediu Fernando, aproveitando o semáforo fechado para alcançar algo no porta-luvas. Dele, tirou um CD, entregue para Lívia. "Pra você."

"Uma coletânea", exclamou a menina, ao ver os nomes de músicas e bandas escritos à mão no encarte do CD gravável Sony. "Que máximo!"

"Você conheceu os meus pais, agora quero que conheça minha outra família", disse Fernando, num improviso tão esperto que nem o pareceu.

"Faith No More, Elvis Presley...", leu. "Tem coisas aqui que eu conheço."

"É, eu misturei umas que sabia que você gostava com outras que eu acho que você vai gostar", explicou, dando a receita do Bolo de Cenoura.

"Morrissey?", leu no encarte. "É o do The Doors?"

"Ha, ha, ha! Não, o do Doors era Morrison, Jim Morrison", corrigiu Fernando, achando graça na reedição da corriqueira confusão que envolve os nomes dos poetas pop. Em Lívia, como sempre, a pequena ignorância leiga ganhava cores graciosas. "Morrissey é o ex-vocalista dos Smiths."

"Verdade...", sorriu encabulada. "Você adora ele, né?"

"É, gosto um pouquinho."

"Então, vou começar pela música dele", disse. Em seguida, colocou o disquinho no aparelho do carro e avançou até a sétima faixa. "Ei, essa eu conheço!", afirmou, identificando de cara a melodia. "Mas não é dos Smiths?"

"Não, é do primeiro disco solo do Morrissey."

"Mas eu lembro que àquele dia no O'Malley's tocou essa música e, quando eu falei que era Smiths, você disse que eu estava certa..."

"É que você não estava de todo errada", respondeu simpático, sem mencionar que, na verdade, tinha agido assim para tentar anular a escrotice de antes, da história da camisa do Sex Pistols.

"'Suedehead?'", admirou-se lendo no encarte o nome da sétima faixa. "Mas eu sempre pensei que essa música chamasse 'I'm so sorry'... Bom, até aí, também sempre pensei que fosse dos Smiths", riu a moça.

~~~~~~~~~~

"Stan Lee apresenta": mesmo o decano tendo parado de escrever histórias em quadrinhos há anos, todas aventuras da Marvel são introduzidas assim. Uma justa homenagem à figura fundamental para o sucesso da editora. Todos os livros que Fernando já leu, aliás, poderiam ser introduzidos da mesma forma – Stan Lee era o primeiro nome da lista de responsáveis pelo seu gosto pelas letras. Dificilmente ele teria o mesmo prazer em ler não fossem as fantásticas aventuras do Homem-Aranha, do Hulk e de outros personagens originários da hoje grisalha cabeça do velhinho bonachão que, à moda de Hitchcock, gosta de fazer pontas nos filmes inspirados em suas criações. Não fossem os gibis de super-heróis, a paixão entre Fernando e as publicações escritas teria menos chances de se consumar – mas ainda assim as teria. Mesmo sem o apelo das ilustrações das *comics*, Fernando Sabino, Stanislaw Ponte Preta e os demais nomes que figuravam abaixo de Stan Lee na lista não desistiram sem lutar.

Conheceu todos eles por meio da tia Maristela e da série de livros *Para Gostar de Ler*. Usada pela dedicada professora da primeira série como material didático de apoio, a coleção tinha um belo diferencial: era assinada por nomes consagrados da literatura, sem o apêndice "infantil". O que os livros continham eram crônicas e contos dos mesmos autores lidos pelos pais – por alguns pais –, mas voltados aos petizes. A ideia era que, começando por esses textos curtos, a molecada tomasse gosto e, mais para frente, se aventurasse pelo restante da obra desses e de outros escritores. Com Fernando, e deve ter acontecido a pelo menos mais uns dois da sua classe, deu certo.

Depois de ser iniciada em certas bandas, consumidas em duas ou três músicas contidas na massa dos deliciosos Bolos de Cenoura, Fernando preparava Lívia para o segundo estágio. Mas o contato mais aprofundado com essas bandas não precisava necessariamente vir com o seu "álbum seminal", geralmente acompanhado da obrigação de *ter que gostar*. "Escutado pela primeira vez sem o devido preparo", teorizava Fernando, "um disco maravilhoso como o *Daydream Nation* pode afastar um possível futuro grande fã do Sonic Youth." Isso e a recordação de sua iniciação à literatura em mente, Fernando desenvolveu a sua própria série *Para Gostar de...* As reticências eram completadas por nomes como David Bowie, Joy Division, Ramones e, claro, Smiths e Morrissey.

O método seria muito útil na educação musical da juventude brasileira, que ajudaria a manter distante de gêneros nocivos como o sertanejo universitário e o metal melódico. O *Para Gostar de...* cumpriria, enfim, papel muito semelhante aos livros de que emprestara o nome. Fernando até cogitou oferecer a ideia ao ministério da educação, sem outro interesse que não o no bem maior – abnegado, com prazer abriria mão dos direitos autorais. Por esse caráter educativo, se alguém comparasse suas coletâneas com as *the best of*, cedo ou tarde vendidas em lojas de departamento por menos de R$10,00, Fernando se ofenderia. Diferente dessas seleções oportunistas das gravadoras, os apanhados feitos por ele reuniam *de fato* o melhor das obras dos artistas, sem se importar, por exemplo, se "10:15 Saturday Night" não tinha feito nenhum sucesso nas rádios. A canção ajudava a entender o The Cure, e isso bastava.

Por mais didáticas que fossem as seletas, no entanto, Fernando sabia que, sem o interesse e a vocação de Lívia para o rock, elas pouco adiantariam. Mesmo sem antes conhecer muito da matéria, em algum tempo a garota atingiu o nível avançado: do semianalfabetismo musical a quase todas as letras dos Smiths e Morrissey, decoradas e compreendidas, em menos de um ano. Quando acompanhou Fernando ao peculiar show de um "Morrissey Cover", num sábado na Fun House, seu conhecimento do repertório cantado para além dos refrãos causou no namorado tanto espanto quanto a absurda semelhança física entre o imitador e o original. (Apesar de grande, a semelhança se limitava ao físico: cantando tão mal, o sujeito aproveitaria melhor a aparência coincidente se, em vez de cantar, dublasse. Mas quem pagaria para ver um show de dublagem? "Boa pergunta para se fazer aos fãs de Madonna", concluiu Fernando.) Em mais algum tempo, Lívia conhecia toda a discografia de Morrissey, com os Smiths e solo, e sabia de detalhes da biografia do cantor dos quais Fernando nem suspeitava. "O quê? Ele namorou o Michael Stipe? O do REM? Tem certeza? Puxa, se for verdade, era o melhor casal da história da música!"

Um dia, dividiriam o apartamento, dormiriam na mesma cama. Antes disso, porém, desde que também se apaixonara por Morrissey, Lívia já compartilhava com Fernando o que ele tinha de mais íntimo e pessoal.

capítulo 22

Por maior que seja a escuridão, basta os olhos se acostumarem para identificar as formas nela escondidas. Para enxergar no breu, é essencial perceber sua essência: mais que ocultar, ele revela aspectos despercebidos na obviedade da luz. Quando cores e detalhes somem, restam os contornos, e os objetos se tornam subjetivos – um pode ser vários, pode ser qualquer coisa. É o reino da imaginação, da digressão, da divagação. O nascedouro dos monstros que assombram a infância, e também onde são dissecados outros que povoam as cabeças dos adultos.

Era disso que se ocupava Fernando agora, com o teto coberto por sombras cinzas fazendo as vezes de mesa laboratorial. Deitado, os olhos insones arregalados, revirava os intestinos de suas ações e angústias. Procurava entender os caminhos que o haviam levado até aquele quarto. Tantas vezes estivera ali, e o ambiente ainda lhe permanecia estranho. Quatro paredes revestidas de uma tristeza muito maior do que os patéticos artifícios do alto astral conseguiam disfarçar. Olhava ao redor e agradecia por não conseguir ver os desenhos adesivos de borboletas, o móbile – provavelmente hindu – e o painel de cortiça coberto de fotos de turmas animadas. Agradecia, também, por não precisar encarar a responsável pela decoração, deitada a seu lado, cujos persistentes braços esticados a procurá-lo eram continuamente evitados.

Olhando sem qualquer ternura para a mulher que não via, ocorreu a Fernando uma comparação entre ele e Sartre. Mais esdrúxulo do que pretensioso, o paralelo com o filósofo procurava acalmá-lo, dizer-lhe que o que estava fazendo não era tão abominável. Até mesmo alguém tão sábio, um pensador da existência e da condição humana, era capaz de uma conduta socialmente condenável como a sua. E, se era assim, o que sabia a merda da sociedade, afinal? Se o existencialista acumulava amantes, permanentes e concomitantes, enquanto mantinha-se casado com Simone de Beauvoir, Fernando talvez não estivesse tão errado. Havia algumas proporções a serem guardadas. Embora empatassem na categoria "belo traseiro", se a competição fosse entre textos, provavelmente o de Lívia perderia para o da autora de *Todos os Homens São Mortais*. Sem contar que os relacionamentos extraconjugais de Fernando, bem, estes não precisavam ser colocados no plural.

"Do que você tá rindo, Fê?", perguntou a voz da única amante emergindo do breu, acordada pela gargalhada involuntária de Fernando.

Provocado pela breve e esfarrapada intersecção dele com o filósofo zarolho, o riso devolveu-o à realidade da presença ao seu lado e ao mau humor, que além dela o acompanhava. "De nada, não... Bobagem...", respondeu a contragosto, do jeito que mais o incomodava quando era ele o curioso.

Nas vezes em que a pergunta vinha de Lívia, não hesitava em responder, ainda que às vezes tivesse de lançar mão de uma inocente mentira. Luciana, no entanto, não justificava a resposta sincera, tampouco o esforço inventivo. Luciana merecia dele não mais que as poucas palavras suficientes para o sexo entre eles poder ser considerado consensual.

"Fala, vai...", pediu dengosa, enquanto acendia a luz.

O fim da escuridão marcou o encontro com o inevitável. Azuis, borboletas adornavam a parede do quarto de Luciana; cor de rosa, espalhavam-se pelas suas costas nuas. Aquelas asas que não voavam pareciam ser as responsáveis por transportar por todo o ambiente o aroma enjoativamente adocicado, na verdade produzido pelos últimos esforços do incenso sobre a penteadeira. O cheiro da felicidade com aspas.

"Bobagem, juro. Você não vai querer saber", insistiu Fernando, impaciente como sempre ficava com a moça. Como, aliás, tinha se tornado já desde depois da primeira vez que gozara com ela. Aquela tarde de sábado de plantão de Lívia já tinha cerca de seis meses, e era isso o que ele não conseguia entender. Depois de cumprida sua intenção, por que continuava a encontrá-la? Via-se um detento que, a pena já cumprida, não conseguia atravessar os portões abertos da penitenciária. Seria porque a carcereira era linda – inacreditavelmente, ainda mais bonita que Lívia? A resposta dada pelo belo rosto de Luciana parecia simples, mas ele recusava-se a acreditar nela.

"Ai, ai... Tá bom, não quer falar, não fala. A sua sorte é que eu acho esse seu mau humor uma graça", disse, envolvendo o pescoço dele com seu braço, firme como o resto do corpo perfeito, malhado em duas infalíveis horas diárias de academia.

Aceitando seus beijos sem muita vontade, Fernando pensava que isso, a simpatia da moça pela sua antipatia, só tornava as coisas mais difíceis. Era este o seu recurso para afastar as pessoas e, sem poder contar com ele para isso, não sabia como pôr fim ao *affair*. Podia, sim, fazê-lo à moda antiga, de forma verbal e direta, mas não conseguia. Faltava-lhe o vocabulário para abrir mão da generosidade de uma mulher que, podendo ficar com quem quisesse, o havia escolhido para receber seu sexo e seu carinho – ainda que este último ele apenas tolerasse.

Depois de tirar a língua da boca de Fernando, Luciana tirou o corpo da cama. Levantou-se e, nua como estava, andou até o banheiro da suíte. Poucos passos aproveitados por Fernando para contemplar novamente o irretocável design da amante, de uma beleza que fazia o pouso dorsal das borboletas tatuadas não apenas duvidoso, herético. O rápido esguicho contra a louça do vaso foi acompanhado da descarga e do abrir e fechar da lata de lixo, mas não da esperada água saída da torneira para lavar as mãos. Depois da sequência relatada pelos sons que atravessavam a porta entreaberta do banheiro, dirigiu-se rápida e animadamente para a cama, em pulinhos que lhe mexiam os abundantes cabelos aloirados mas eram quase incapazes de fazer o mesmo com seus seios de silicone. Enfiou-se debaixo do edredom e apertou-se contra Fernando, em cujo rosto passou a mão ao falar, olhando-o nos olhos, entregue: "Eu gosto *tanto* de você..."

"Eu também gosto de você", respondeu sem demora, mas sem convicção. A cara, porém, não disfarçava o incômodo, causado mais pela declaração do que pela falta da higiene não observada pela moça. Inevitável sentir-se mais sujo que as mãos dela. Eventuais micróbios sanitários não tinham o mesmo poder de contaminação da culpa de saber estar se aproveitando indevidamente. Tanta sujeira não passou despercebida.

"Mas eu queria que você gostasse de mim como eu gosto de você", fechou os belos olhos castanhos claros, na expressão triste e conformada de quem, definitivamente, não estava sendo enganada.

"Olha, você sabe... Eu namoro, ou melhor, sou quase casado... É isso o que eu posso te dar. Se não estiver bom para você...", disse Fernando, na esperança de que a sinceridade o desinfetasse. Com sorte, podia também afastá-la, como seu mau humor não conseguira.

"É, eu sei", afirmou sem esperança, o mesmo sentimento que a levou a virar-se de lado e, após apagar a luz, continuar de costas para ele.

De volta ao escuro e ao silêncio, Fernando voltou à tentativa de interpretar neles todas as suas respostas dúbias e inconclusivas.

~~~~~~~~~~

Ao prazer voyeur oferecido pela porta entreaberta do banheiro, Fernando preferiu outro, menos óbvio. Admirava outra versão da namorada, mais vestida mas nem por isso menos reveladora. Tinha na mão um crachá pendurado pela fita no canto da porta do guarda-roupa, propositalmente mal fechada como a do toalete. No retângulo plástico, a foto, recente mas de cores já esmaecidas, se não fazia justiça à beleza da moça, funcionava como espécie de declaração de intenções. No lindo sorriso aberto, Fernando enxergava a determinação de ser lindo apesar da pobreza da imagem, o primeiro de todos os muitos obstáculos que superaria. Barreira transposta também pelo brilho do seu olhar, evidente mesmo nas limitações da 3x4 digital. Juntos, sorriso e olhar anunciavam: nada poderia detê-la.

Contrariando o que afirmava a desdenhosa plaquinha de identificação, Lívia Novaes não era estagiária – *estava* estagiária. Foi essa certeza que levou-a, ao ser aceita no Curso Intensivo de Jornalismo Aplicado do Estado de S. Paulo, a demitir-se da loja e usar de outro jeito as economias até então feitas para comprar o primeiro carro. O período de seis meses que passaria dividida entre aulas e prática, na redação e em campo, só lhe remuneraria em conhecimento e experiência – formas de pagamento que sua faculdade particular não aceitava. Assim, restaria a Fernando bancar as despesas da casa, até então rachadas, enquanto a ela só caberiam as mensalidades da FMU.

Daí vinha grande parte da satisfação de Fernando ao admirar o crachá. Sendo a mãe uma mal remunerada professora de escola pública, sem saber e sem querer saber do paradeiro do pai há muito dela separado, Lívia só contava com o namorado. "Sem o seu apoio, nada disso seria possível", esperava ouvir dela, em emocionadas futuras palavras de agradecimento na cerimônia do prêmio Esso. Mais do que qualquer um, Fernando acreditava no juramento mudo daquele sorriso no crachá. Essa crença acionava na jukebox mental "In Spite of Me", do Morphine. Como na letra da canção, ele tinha certeza de que Lívia teria sucesso no que quer que se propusesse, com ou sem sua ajuda. Mas queria garantir seu nome no tal discurso.

"Legal, né?", disse Lívia, ao sair do banheiro enrolada numa toalha e enrolando outra no cabelo. "De vez em quando, quando não tem ninguém vendo, eu fico assim, que nem você estava agora, olhando esse crachá um tempão... Até agora, é difícil acreditar."

"Sei como é... Tipo brinquedo novo, né? Uma coisa que, quando era criança, a gente sonhava um tempão, passava meses pedindo para os pais e, quando finalmente ganhava, nem acreditava. Ficava só olhando, bobo, sem nem conseguir brincar."

"Ha, ha, ha! Isso mesmo! Foi assim que eu me senti quando ganhei a mansão da Barbie, quando os meus pais ainda estavam casados...", quase ficou triste ao lembrar de um raro momento feliz da vida familiar.

"E eu, quando ganhei o Robô Arthur... Se bem que, com ele, eu nem cheguei a brincar muito, mesmo antes de passar da fase de deslumbramento."

"É mesmo? Por quê?"

"Ah, era movido à bateria, cara pra burro. Depois que acabaram as primeiras – e acabaram bem rápido –, meus pais não compraram mais... Pensando bem, foi meio decepcionante", riu ao lembrar como, já aos cinco anos, viu como a vida podia ser traiçoeira.

"Digamos que, pelo preço das minhas economias, esse meu brinquedo novo também vai sair meio caro...", e completou, baixando o olhar e dirigindo-o a ele, tímida: "Inclusive pra você, amor, que tá me dando uma super força..."

Fernando abraçou-a e, sorrindo, perguntou: "Sabe quando eu ganhei o Arthur?"

"Quando?"

"No natal de 1982."

"Nossa! O ano que eu nasci!"

"Engraçado, né? Os presentes que eu mais gostei de ganhar foram fabricados no mesmo ano..."

"Bonitinho...", Lívia sorriu, um tanto comovida.

"Mas, no que depender de mim, a sua história vai ser bem diferente da do Robô Arthur."

"Como assim?"

"Não vou deixar faltar bateria nunca."

Lívia abraçou-o com força, enfiou seu rosto no ombro dele e, depois de alguns minutos, revelou-o umedecido pelas lágrimas. Enxugou-as com as costas das mãos e disse, a voz chorosa mas bem humorada: "E eu, que queria me secar..."

~~~~~

Nos supermercados, as prateleiras de cerveja, verdadeiros playgrounds de alcoólatra, convivem com as tediosas gôndolas de produtos de limpeza – necessários para dar conta, inclusive, dos vômitos e demais estragos promovidos pela cevada. Na televisão ou no rádio, transmissões de jogos são constantemente interrompidas a cada instante pela "palavra dos patrocinadores" – um inconveniente que paga pela oportunidade de acompanhar seu time quando você não vai ao estádio. Daria para listar uma infinidade de exemplos, porém, os dois primeiros ocorridos a Fernando, até por sua aleatoriedade, ilustravam bem a constatação. Debruçava-se diante da página em branco do Word, mordia o lápis e ruminava: "A vida é um yin-yang dos infernos. Chatices e coisas legais, numa equação delicada e, muitas vezes, desequilibrada, mas essencial para a existência."

Não havia amargura nessa conclusão – não tanta, pelo menos. Comparando o modo como vivia agora a como o fazia há alguns anos, quando atravessava os dias sufocando a paixão, Fernando via-se evoluído. Sim, seu emprego ainda era uma merda – a mesma merda daqueles tempos –, mas agora havia Lívia. Ao chegar, trouxe com ela a música, os livros, as risadas, os filmes, as trepadas inesquecíveis, os quadrinhos, as conversas inacabáveis, o Santos, Morrissey. Coisas novas e renovadas, revestidas de outro valor, o lado bacana de tudo, resumido nos olhos de sotaque caipira. Por esse lado, valia a pena encarar o trânsito, valia a pena alimentar a gastrite nos restaurantes por quilo. Valia a pena esquecer as antigas pretensões profissionais. Escrever sobre vedação de interiores não era o mesmo que analisar faixa a faixa o maravilhoso segundo álbum do Franz Ferdinand, mas lhe permitia comprar esse álbum e alguns outros. Também lhe possibilitava, em reconhecimento pelos serviços prestados, ajudar a embaixadora do Lado Bom da Vida – diferente dele, Lívia não havia desistido de se realizar por meio da carteira assinada. Era, em suma, um jeito de se levar a vida. Possível. Adulto. E até que feliz.

"Fernando, dá um pulinho aqui, faz favor."

Ao ouvir o chamado do editor Feitosa, vindo de sua sala aberta, Fernando ejetou o lápis da boca e os pensamentos da cabeça. Levantou e foi ter com o chefe. Sem mal ter entrado na sala, foi logo falando: "É a matéria sobre vedação de interiores, né? Tô terminando de redigir e, até amanhã antes do almoço, passo pra arte..."

"Cara, senta aí", Feitosa apontou a cadeira do outro lado da mesa. "Antes, por favor, fecha a porta."

"Tá tudo bem, Feitosa?", perguntou Fernando, receoso, ao sentar.

"Não, cara. Na verdade, não."

Fernando engoliu seco. Leu na resposta de Feitosa a primeira frase de um recém entregue aviso de despejo do Lado Bom da Vida, com selo de postagem do Lado Chato da Vida – perfeitamente coerente com as suas constatações anteriores, afinal, um era responsável pelo outro.

"Vou tentar ser rápido..."

Fernando, ao contrário, passava os olhos lentamente sobre o hipotético aviso de despejo. Esforçava-se para adiar ao máximo a leitura da data, localizada na parte inferior do inexistente papel. Não queria saber quando teria de se despedir de todas as coisas financiadas pelas horas passadas sobre aquele chão acarpetado. Mesmo assim, já fazia as contas de quanto deveria receber e, cruzando esse valor com o das despesas mensais, tentava estipular se o FGTS e a rescisão bastariam para sustentar a casa por mais três meses. Era o quanto faltava para Lívia terminar a faculdade e, também, o estágio no Estadão. Aí, mesmo se não fosse contratada pelo jornal, ela poderia arranjar outro emprego. Se não rolasse algum em jornalismo, quem sabe a loja não a aceitasse de volta? Ele mesmo não demoraria muito a arranjar outro trabalho. Se não rolasse algum em jornalismo, poderia ser noutra editora fuleira como a Continente.

"Você lembra que, quando a gente conversou pela primeira vez, na sua entrevista de emprego, eu disse que não queria trabalhar com ninguém infeliz?"

Da conversa de anos, Fernando não havia retido nada. Só lembrava de ter ouvido uma porção de lugares-comuns e de ter concordado com todos. "Não gostar de trabalhar com gente infeliz" podia muito bem ter sido um deles. Então, sua insatisfação estava assim, tão patente? Na sua autoimagem, via-se um tanto calado, certamente pouco sociável, mas relativamente produtivo e competente. Acreditava que essas relativas produtividade e competência o tivessem ajudado a maquiar a falta de palavras e de traquejo social: o descontentamento, enfim. Acreditava em Papai Noel. Mesmo assim, achou que valia a pena tentar: "Mas eu não estou..."

Antes de Fernando concluir sua defesa, Feitosa mostrou que ela seria desnecessária: "Não, Fernando. Quem está infeliz aqui sou eu", disse o chefe, completando a frase com o peculiar gesto de afastar o cabelo da testa. "E, se eu não gosto de trabalhar com gente infeliz, isso também *me* inclui. Por isso, resolvi me demitir", sorriu.

"Puxa, eu..." Fernando não sabia o que dizer. Ainda não tinha certeza do que o pedido de demissão de Feitosa representaria para ele. Seu próximo chefe poderia ter uma sensibilidade mais atenta e, se compartilhasse com o antigo da aversão à infelicidade no ambiente de trabalho, não seria difícil mandá-lo embora. Por outro lado, desde que chegara à Continente, nunca tinha visto ninguém ser demitido – todos os que saíram, segundo constava, o tinham feito por vontade própria. Se bem que, antes disso, nenhum chefe havia saído. A mudança de chefia, no seu entendimento do mundo profissional, acarretava também em mudança nos quadros. Bastava ver o que acontecia com as equipes de futebol a cada troca de técnico. Assim, instintivamente, manteve-se apreensivo. Talvez a data do despejo do Lado Bom da Vida tivesse sido adiada, mas, cedo ou tarde, chegaria.

"Já fazia um tempo que editar a Impermeabilizar não me realizava. Depois que descobri o que me dava tesão de verdade, o que eu queria fazer para viver... Era como estar casado com uma mulher amando outra, sabe? Eu sempre quis ser piloto de avião. Nesse último ano, fiz alguns cursos e testes e, depois de conversar muito com a minha mulher, resolvi entrar de cabeça nessa outra carreira. Pode parecer loucura fazer isso aos quarenta anos, mas me pareceu uma loucura maior não fazer isso nunca, sabe?", completou com a frase que poderia estar em qualquer livro de autoajuda.

Sim, Fernando sabia. Não era de hoje, travava uma luta parecida com demônios do mesmíssimo gênero. O recente estabelecimento da vida em dois lados representava a última rodada de suas negociações com essas bestas, e, apesar dos eventuais resmungos, por ora elas pareciam estar sob controle. As de Feitosa, ao contrário, ainda mais raivosas, tinham-se cansado de paliativos e exigiram dele uma atitude mais drástica. O que Fernando não sabia era por que o chefe o havia escolhido para abrir o coração. O convívio entre os dois era amigável, mas não íntimo.

"Você deve estar se perguntando por que eu estou te falando tudo isso", disse Feitosa, sem dúvida fazendo uso de poderes telepáticos. "Primeiro, porque eu queria desabafar com alguém e, mesmo que a gente nunca tenha sido melhores amigos, sempre achei você um cara bacana e confiável", continuou, reafirmando o uso da telepatia. "Segundo... segundo, bem, porque eu te indiquei para ficar no meu lugar."

Um calafrio de alívio passou por todo o corpo de Fernando, sensação semelhante à vez em que, numa crise de gastrite, foi medicado com glicose, Plasil e Buscopan. Olhava de novo para o papel e via que, em vez de uma notificação de despejo, tratava-se de uma nota de congratulações: "Parabéns, Fernando Fonseca. O senhor é o ganhador da nossa promoção."

capítulo 23

Antes das papilas gustativas, foram as pupilas as primeiras a provar o perfeito colarinho do chope do Filial. No seu branco, porém, Fernando via não a espuma da bebida, mas a de um estofado revestido da mesma cor. O sofá de corino assombrava suas memórias. Fernando não podia imaginar que uma compra feita de modo tão despreocupado pudesse resultar em tanto aborrecimento.

Para ele, o sofá das Casas Bahia era tão bom quanto qualquer outro. Não valia a pena comprar um móvel mais caro se no fim das contas esse receberia os mesmos peidos que aquele. Mas, da pior maneira, ele viria a saber: para Lívia, nem às vezes um sofá era apenas um sofá. Fosse um pouco mais atento, teria antevisto a tragédia. Alguém que, logo ao ser contratado, compromete por meses parte considerável do seu pequeno salário nas prestações de uma mesa e quadro cadeiras certamente dá importância a móveis. O fato dela ter comprado tais mesa e cadeiras na Etna – "onde", segundo ela, "se vende bom gosto a preços quase populares" – também dizia algo sobre suas ambições quanto à decoração do apartamento.

A lembrança do escândalo, por sua vez, fazia Fernando reavaliar as próprias ambições, não em relação à mobília, mas à própria relação. Se de cara a reação de Lívia tinha sido nada mais que risível, indigna de outra resposta além do pouco caso, análises posteriores mostravam o quão preocupante aquilo de fato era. A cena por causa do maldito sofá representava o ápice de um processo identificado por Fernando já havia algum tempo, coincidindo com a efetivação da namorada como repórter do Jornal da Tarde. Antes disso, Lívia *se satisfazia* com pequenas coisas, banais e baratas. Mesmo o seu riso tinha se tornado mais exigente, agora recusando as bobagens de Fernando, as mesmas que sempre o tinham feito se abrir. As opiniões que expressava também eram outras, muitas vezes nitidamente macaqueadas de alguém, como a observação engraçadinha sobre a Etna. Não foram precisos mais que alguns meses na folha de pagamento da família Mesquita para transformar Lívia em outra pessoa. Uma pessoa para quem um sofá de corino não bastava.

O que restava do chope desceu-lhe pela goela de uma só vez, mas o copo manteve-se na altura dos olhos por um pouco mais de tempo. Pelo fundo de vidro, lente corretiva às avessas, a visão era distorcida, precária. Por isso, Fernando não acreditou na suposta beleza a entrar no bar até vê-la sem o intermédio do grosso vidro. A beldade loira tinha aproximadamente a sua idade. Vestida num tailleur cinza, ou acabara de sair do trabalho ou arrumava-se de modo realmente estranho para encontrar os amigos. Ao dar pela sua chegada, um grupo trajado com a mesma formalidade acenou-lhe de uma mesa, à qual ela foi se sentar. "O *happy hour* do povo da firma", desdenhou Fernando.

Avançava a noite, e crescia a pilha de bolachas de chope consumidos por Fernando, consumido por sentimentos pouco nobres. Desprezava Lívia e sua frivolidade. Se ela era boa demais para o sofá de corino, se era boa demais para ele, que se fodesse. Ele podia conseguir coisa muito melhor. A loira da mesa debaixo da televisão, por exemplo. A "executiva", muito mais gata que aquela caipira deslumbrada do cacete. Desde a chegada, a belezura não tirara os olhos dele.

Um pouco sem graça, no começo Fernando desviava o olhar. Primeiro, porque um dos caras da mesa podia ser um paquera, segundo, porque, para ser honesto, não tinha certeza se era mesmo o alvo dos olhares da bonitona. As horas, porém, tinham se encarregado de mandar embora as dúvidas e os possíveis concorrentes. Na mesa, sobravam apenas a "executiva" e duas amigas feiosas; na cabeça de Fernando, sobrava autoconfiança. Hora do Telecurso de Lívia: mesmo à distância, ela aprenderia uma lição.

"Meu terno está na lavanderia, mas eu posso sentar com vocês mesmo assim?", perguntou Fernando, com a mão no encosto de uma cadeira.

"Por que você disse isso?", sorriu a bela da firma.

"Porque eu quero sentar com vocês, oras."

"Não", riu a executiva. "Por que você falou esse negócio do terno..."

"Ah, porque os caras que estavam sentados com vocês estavam todos de terno, e vocês mesmas estão todas na maior estica... Pensei que fosse traje obrigatório", sorriu Fernando, malandro, de dentro de sua camiseta do Arctic Monkeys e sua velha jaqueta jeans Levi's.

As mocreias fecharam as caras feias, mas o único sorriso que lhe interessava ali se abriu. "Isso é roupa de trabalho, bobo. Senta aí".

Apresentaram-se com os protocolares beijinhos, que Fernando estendeu, a contragosto, às outras duas na mesa. Passadas as apresentações, o papo ficou restrito apenas aos dois – acordo tácito entre ele e elas. Não tardou para as colegas anunciarem: "A gente tá indo, Lu. Você vem?"

"Vou ficar mais um pouco. Até amanhã, meninas."

Também não demorou muito para se beijarem. Se não o fizessem então, teriam de fazê-lo em outro lugar. Há muito, os garçons tinham colocado as cadeiras sobre as mesas e, há mais tempo ainda, tinham servido os últimos chopes da noite. Em seu íntimo, Fernando nem se queixou. Não estava exatamente chateado por não poder continuar aquela conversa tão interessante com pinceladas de noções de direito tributário, ioga e a importância do pensamento positivo. Aquilo o fez lembrar das amigas que a cunhada Maria Fernanda, anos atrás, se oferecia para lhe apresentar. Imaginou-as exatamente como Luciana – só que menos bonitas.

"Anota o meu telefone. Adorei você sabia?", animou-se a advogada.

"Anoto, sim, claro. Eu também gostei muito de você." Você, nesse caso, não era Luciana. Era seu corpo.

~~~~~~~~~~

O trabalho de Lívia no JT afastava os dois como podia. Tivera sobre ela o mesmo efeito da explosão da bomba gama sobre o cientista Bruce Banner. Mas, Fernando sabia, em algum lugar dentro daquele monstro verde de óculos de grau Ray-Ban, estava a menina divertida e boba de antes. Enxergava aquilo como uma fase, um compreensível momento de deslumbramento que, se passassem mais tempo juntos, não seria tão difícil contornar. Mas fora das antigas colunas de aconselhamento matrimonial, grandes jornais não compreendem nem se adaptam às dificuldades de um casal. Trabalhando no caderno Cidade, Lívia tinha de comparecer a eventos quase todas as noites, dar plantão a cada dois finais de semana e em algumas madrugadas – os chamados "pescoções" da gíria jornalística.

Todas essas, oportunidades que se apresentavam para o beijo trocado entre Fernando e a advogada Luciana evoluir para o que costumam evoluir os beijos. Sempre que se via sozinho, ele imaginava que não precisava estar. Pegava o celular, selecionava o contato da moça – registrado de modo pouco original como "Luciano Advogado" – e, passados minutos de contemplação inerte do aparelho, jogava-o de lado. Abria uma revista, um livro ou uma cerveja e procurava pensar em outra coisa. Uma longa rotina de tentativas e desistências. Quando por fim ligou, quis a ironia que fosse num sábado, como aquele em que o famigerado sofá foi entregue.

"Er... Luciana? Oi... É o Fernando... Daquele dia, no Filial... Lembra?"

"Fernando? Hum... Fernando... Não tô lembrada, não..."

Segundos de constrangimento e silêncio. Ele estava prestes a desligar.

"Brincadeira, bobo. Claro que lembro! Puxa vida, hein? Pensei que você não fosse ligar nunca..."

Após alguma relutância, Luciana concordou em recebê-lo em casa. Estranhou o fato de ele não querer encontrá-la em um lugar público – "Qual é o problema com um barzinho? Cinema, nem pensar?" –, mas, percebendo sua posição irredutível, cedeu. Meia hora depois, Fernando estava em um prédio em Moema, tocando a campainha do apartamento dela. Mais meia hora, e estavam os dois espalhados na cama, suados, sem palavras. Quando a fala voltou, veio por meio dela: "Você é casado, né?"

"Mais ou menos..."

"Mais pra mais, né?"

"Mais pra mais."

"Que cachorro você! Como todo homem..."

"Quer que eu vá embora?"

Mas Luciana não quis. Passados seis meses, continuava não querendo. Fernando não entendia no que se baseava a relação dos dois. Como os personagens de "Breakfast at Tiffany's", da *one hit wonder* noventista Deep Blue Something, nada tinham em comum. Mas, quando a sua jukebox mental sugeria a canção, ele fazia à letra uma emenda necessária: nem *Bonequinha de Luxo* ela tinha assistido. Apesar do mesmo poder ser dito de Lívia quando se conheceram, as circunstâncias e as pessoas eram outras. As idades eram outras também: ele era mais novo e tolerante, e Lívia, na época com quase dez anos a menos que Luciana então, contava com o tal benefício da dúvida. Não eram, no entanto, apenas as preferências e referências o que os afastava. Fernando era agnóstico, sarcástico e infantil; Luciana, esotérica, literal e pragmática – "você é adulta demais", dizia-lhe sempre. A conversa entre os dois raramente engrenava, e Fernando já havia desistido desde o segundo encontro de fazê-la pegar no tranco. Esforçava-se minimamente para ultrapassar essa imensa distância, e se o fazia era com o único objetivo de chegar até seu belo e torneado corpo, coberto por sutis pelos loiros. E pelas indesejadas borboletas tatuadas, síntese e lembrete de tudo o que nela lhe desagradava.

Solitária evidente, Luciana utilizava-se das escassas brechas para se abrir. Sem muito interesse na interlocução, Fernando se limitava a ouvir. Daí, a conclusão da moça: "Nossa, é tão raro gente como você, que sabe escutar." Resignado no papel de "bom ouvinte", conheceu da história dela o mesmo tanto que ela permaneceu sem saber da sua. Formada na Direito São Francisco, morava em São Paulo desde a faculdade, vinda de uma família "bem de vida" de Ribeirão Preto, o que, graças à mimetização perfeita do tom nasalado paulistano, Fernando só descobriu quando ela disse. Durante a faculdade, havia mantido um noivado à distância com um namorado de adolescência, mas o relacionamento terminou junto com o curso. Aí, decidiu aproveitar a falta de vínculos para passar dois anos na França, especializando-se em direito internacional. De volta a São Paulo, arranjou emprego num dos maiores escritórios da cidade e, claro, uma legião de admiradores. Teve "uns namoros e uns namoricos" com alguns deles, mas nada que lhe desse saudade. Nenhum desses fãs era "profundo e misterioso" como Fernando.

~~~~~~~~~~~~

Entre os mistérios que Fernando guardava em sua profundidade, havia o incômodo que o convívio com Luciana lhe causava. Os privilégios da genética e da origem abastada não eram capazes de lhe compensar as borboletas, a única coisa que ele distinguia agora nas sombras dançantes do teto insone. Que se fodesse sua simetria, que se fodesse a especialização na Europa. O status dela nas redes sociais dizia "feliz" quando um telefonema dele a tinha feito chorar. Podia atribuir isso a um artifício do pensamento positivo, do qual ela era praticante e em que acreditava tanto. E por que esse tal pensamento não conseguia varrer outro, o pensamento em Lívia, presença constante entre eles? Ao alisar a barriguinha chapada da amante, Fernando só pensava em como adorava o fato da namorada nunca ter pisado numa academia. Bastava ouvir um "erre" da estudada pronúncia paulistana de Luciana para lembrar do delicioso sotaque de Lívia, ainda fiel à pequena Estiva Gerbi apesar da corrente transformação.

Mesmo com tais mudanças, outra coisa permanecia intocada: o que Fernando sentia por ela. Esse sentimento, reconheceu, turvava o modo como enxergava Luciana, exatamente como o fundo do copo de chope na primeira vez em que a viu. A moça era ótima, claro, só não era para ele. Impulsionado pela súbita epifania, levantou-se cuidadosamente da cama em busca das roupas. Sairia em silêncio, sem acordar Luciana. Estaria em casa antes de Lívia chegar do "pescoção". Luciana, entretanto, não dormia. Acendeu novamente a luminária.

"Aonde você vai?"

"Você sabe."

"Vai pra sempre?"

"Vou."

"Como você pode fazer isso comigo?"

"Por favor, Luciana, não faça isso *você* consigo mesma."

"Eu... eu... nunca eu rastejei por homem nenhum..."

"Não comece agora."

"Você sabe quantos caras vivem atrás de mim? E eu dispenso todos para ficar com você..."

"Olha, Luciana... Você é uma mulher linda, inteligentíssima, super gente boa... Garanto que, entre esses milhões de caras que você diz, devem ter no mínimo uns mil melhores que eu... Por que você não dá uma chance para algum deles?"

"Eu... não..."

"Tchau, Lu. Se cuida." Saiu, fechando de modo suave a porta do quarto atrás de si e a da sala. Alheio ao choro copioso que vazava pelo isolamento insuficiente das paredes do apartamento, chamou o elevador. Enquanto esperava e depois descia, pensou em Jaqueline, em Soraya, em Raquel, paixões passadas e ainda presentes. Entendeu, enfim, como elas deviam ter se sentido quando lhe chutaram a bunda. Como Fernando agora, elas não deviam ter sentido nada.

~~~~~~~~~~

Desprovido de crença e, portanto, de religião, Fernando tinha resposta pronta para qual escolheria se fosse o caso: "A Igreja Adventista do Sétimo Dia, evidentemente." Nenhuma simpatia pelos dogmas defendidos pela seita, tão restritivos quanto os de qualquer derivação do cristianismo, a não ser por um – para os adventistas, o sábado é sagrado. Fiéis são proibidos de trabalhar nesse dia, e era esse o grande atrativo para uma eventual conversão de Fernando. Quando, diante desse argumento, lhe falavam sobre a mesma observância dos judeus ortodoxos, também retrucava de pronto: "Ah, mas aí tem circuncisão. Tô fora."

Religiões à parte, Fernando era devoto do sábado. Oferecia ao dia sacrifícios – esforçava-se para acordar cedo – e generosas oferendas – lautas feijoadas e dúzias de cervejas. Em troca, o sábado lhe proporcionava passeios ao centro, para garimpar nos sebos gibis, livros e discos de vinil. Também lhe possibilitava atestar a excelência do chope do Bar do Leo e das carnes do Sujinho. Permitia-lhe, eventualmente, descer para a Baixada e prestar uma visita ao terreno sagrado da Vila Belmiro – "terra do único Santos por quem rezo", dizia no mais óbvio e forçado trocadilho. Se o trabalho e a boa vontade deixassem, Lívia o acompanhava em alguns desses programas. Para outros, contava com a companhia do pai, do irmão, de Edgar ou mesmo nenhuma. Nesses casos, a solidão era tão bem-vinda quanto o sábado. Só, também ia aos sábados à casa de Luciana, profanar o dia sagrado com lubricidade e traição.

Agora, romance extraconjugal encerrado, Lívia milagrosamente de volta ao que era, Fernando procurava se redimir por meio de uma penitência. Tinha concordado pacificamente em tirar o sábado para ir com a namorada à casa da mãe, uma viagem evitada com frequência por ele. Geograficamente, Estiva Gerbi localizava-se a pouco mais de 140km de São Paulo, mas, com apenas 10 mil habitantes, era na realidade muito mais distante da capital. Sempre que ia para lá, Fernando se entediava ao ponto da loucura no pequeno município, cujos únicos atrativos eram o virado à paulista feito pela sogra e as cervejas que ela, simpática, deixava gelando à espera do genro. E, por mais que estejam trincando, ninguém espera ansiosamente pela rara ocasião de tomar Kaiser, uma inexplicável preferência de Darcy.

O sorriso do pagador de promessas Fernando não dava a entender uma cruz pesada nas costas ou joelhos em carne viva, tampouco a eminência da repugnante cerveja. Mãos no volante, Wayfarer sobre os olhos, sentia o prazer do sol no rosto e da presença também risonha ao seu lado. Lívia e ele divertiam-se com os misteriosos e por vezes bizarros desígnios da função *shuffle* do iPod. Conectado ao som do carro, os 160 gigabytes quase todos tomados, o aparelho disparava indiscriminadamente desde "I Wanna Be Adored", do Stone Roses, a "Vem Fazer Glu Glu", clássico *trash* de Sergio Mallandro. A quantidade proibitiva de músicas desse gênero no iPod permitia ao casal a brincadeira que haviam adotado para a viagem. Tocasse o que tocasse, eles teriam de ouvir, sem passar para a próxima ou reiniciar o *shuffle*. Entre risos, os dois suportaram bravamente canções de Kara Metade, Raça Negra, Rio Negro & Solimões, Latino e até Xuxa.

Tudo mudou quando a função aleatória selecionou justo uma música adorada por ambos. A introdução de "There Is A Light That Never Goes Out" funcionou como um comando hipnótico para Fernando. Ao identificar o maior sucesso popular dos Smiths, sua mão avançou sobre o iPod. E sobre sua mão avançou a de Lívia, para impedi-la. "Deixa tocar", repreendeu, séria.

Já tinha ouvido do namorado a explicação para evitar a canção sempre que ela se iniciava sem aviso, no iPod ou no rádio. Fernando defendia que músicas especiais como aquela, tão adorada e perfeita, tinham de ser ouvidas unicamente em ocasiões igualmente especiais, escolhidas com cuidado, para evitar o desgaste das execuções ao acaso. Para ele, "There Is A Light That Never Goes Out" era o que as travessas ganhas de presente no casamento são para as donas de casa de classe média. "Que dona de casa usa as travessas do casamento no dia a dia, me diz?" Como parte da penitência, porém, concordou em deixar rolar.

"Linda, né?", a namorada atestou o óbvio, comemorando a pequena vitória.

"Linda", concordou, tentando não se mostrar contrariado.

"Sabe o que me ocorreu?", virou-se para ele, sorrindo.

"O quê?"

"Imagina essa música tocando num casamento... Assim que a noiva entra, começam os violinos... Já pensou que lindo?", fantasiou com ar inocente.

"Que é isso...", respondeu, ríspido, sem tirar os olhos da estrada. "É a mesma coisa de querer fazer uma versão *música de elevador*."

"Como???", Lívia não acreditava.

"Banaliza a música", complementou, irritado.

"Quê? Banaliza? Quantas vezes você pretende se casar?"

"O que eu quero dizer é que, desse jeito, você coloca 'There Is A Light...' no mesmo patamar das músicas dos Tenores ou mesmo de 'November Rain', do Guns n' Roses. Já te contei que uma amiga se casou ao som dessa música? Puta coisa cafona do..."

Com o canto do olho, Fernando viu a cara fechada de Lívia, que já não escutava nada do que ele falava. Teve a impressão de uma lágrima descendo pelo seu rosto. Preferiu não dizer mais nada.

~~~~~~~~~~

Os avisos de atar cintos de segurança finalmente haviam sido desligados. Fernando e Lívia tinham atravessado incólumes as turbulências, e retomavam a rotina de antes das afetações e das traições. Uma parte do cotidiano do casal, entretanto, manteve-se intacta, resistente aos trancos da área de instabilidade. Todas as manhãs, ritualisticamente, após contemplar seu sono por alguns minutos, ele a acordava com um beijo; ela o abraçava, e o beijo se tornava mútuo.

Da legislação subentendida dos dois, constava que, enquanto os dias se iniciassem desse modo, nada entre eles estaria além de conserto. Sabedores inconscientes de tal lei, tinham o cuidado de preservar o hábito, em que pesassem corpos sarados de advogadas loiras e estofados de baixa qualidade.

Naquela manhã, mal abriu os olhos, Fernando pôs-se à primeira tarefa de todos os dias. Passada a costumeira apreciação do arfar de Lívia, veio a segunda parte do rito. Veio, também, a reação inédita: "Você tá com bafo!", os olhos apertados, numa expressão de nojo que ela não fez questão de disfarçar.

PARTE 9
EVERYDAY IS LIKE SUNDAY

capítulo 24

"Se você não vê ou não fala com um amigo há anos, é porque, afinal, vocês não são tão amigos assim." Com este raciocínio, Fernando derrubava uma das mais alardeadas funções das redes sociais e explicava a razão de nunca ter sido pego por nenhuma. Insistência não faltou. Do surgimento do Orkut aos tempos do Facebook, centenas de convites para fazer parte desses e outro sites do gênero chegaram ao seu email e, sem serem lidos, foram inapelavelmente apagados. Não tinha qualquer desejo de retomar contato com coleguinhas de pré-primário, tampouco curiosidade de saber como estariam suas paixões adolescentes. Impossível prever a extensão dos prejuízos que a visão de uma provável Jaqueline gorda poderia causar na sua psique.

De seus antigos amigos, o único com quem tinha contato era Edgar, e só tinha esse contato porque nunca o perdera. Muito mais sociável – inclusive no sentido virtual –, Edgar já havia reencontrado diversos personagens do seu passado comum nos sites de relacionamento, por onde se agendavam nostálgicas reuniões. Participava de todas, e em todas eram de praxe as perguntas sobre Fernando, de quem sempre fora inseparável. Então, com a peculiar simpatia, Edgar dava uma desculpa qualquer pelo camarada que, com a peculiar antipatia, dispensaria tais esforços. Como Morrissey sugeria em "Hold On To Your Friends", Fernando se apegava, sim, aos amigos. Só não colocava aquelas pessoas nessa categoria.

Naquele sábado, no entanto, Fernando reencontraria uma grande amizade do passado. Por sorte, tratava-se justamente da única exceção à sua regra. Como em muitos finais de semana, deu uma passada na Galeria do Rock, em princípio para procurar algo na Baratos Afins e outros sebos, mas sua atenção mudou de foco logo ao atravessar a entrada da galeria. Na vitrine de uma das lojas de tênis do piso térreo, por onde apenas passava, sua visão periférica o fez parar. Lá estavam os adidas pretos, do mesmíssimo modelo que tivera havia quase 20 anos. Sobre uma plaquinha "Lançamento Retrô", os tênis olhavam fixo para ele, como a dizer "porra, meu, vai dizer que não lembra de mim?"

Claro que lembrava. E claro que o dinheiro a ser gasto em álbuns usados acabou tendo outro destino. Não podia ver seus camaradas ali, feito reféns, confinados naquela vitrine. Entrou na loja, apontou-os e pediu o número 42. Sem prová-los e sem perguntar o seu preço, foi logo para o caixa, como quem não discute o valor do resgate de um ente querido. Os adidas na sacola, adiou qualquer plano para o sábado e foi diretamente para casa, calçá-los.

Os tênis dos sonhos de adolescência nos pés, ocorreu-lhe que, havia tempo, eles pararam de povoar seu inconsciente. Já eram quase dois anos desde o rompimento com Lívia e da série de sonhos em que o episódio de seu atropelamento tinha múltiplos desfechos. O acidente, aliás, não tinha sido causado por falta de atenção ao trânsito, mas pelo foco excessivo nos adidas pretos. Passados 18 anos, se seu mundo não girava mais em torno dos tênis, fora parar no mundo em que vivia exclusivamente em função deles.

Deitou-se na cama sem descalçá-los e sem se importar se assim sujaria o edredon que forrava o leito. Os tênis eram novinhos, verdade, e antes do piso do seu apartamento, não haviam pisado nenhum outro. Mas isso não teria impedido Lívia de repreendê-lo, numa demonstração de instinto maternal ainda maior que o desejo de ser mãe. Para ouvir broncas dessa natureza, já fazia um tempo, só se fosse à casa de Dona Maria, no Ipiranga.

Recentemente, as únicas reclamações que ouvia de mulheres na sua casa se referiam ou à falta de vinho – "não serve uma breja?" –, à resistência em usar camisinha ou à recusa em levá-las para casa na manhã seguinte. Ah, sim, também havia os protestos da faxineira – não raro, Fernando esquecia de deixar o pagamento da prestativa Lucineide.

Primeiro, veio a ressaca de fim de relacionamento, o isolamento. Depois, as noitadas e as ressacas propriamente ditas. Hoje, nada daquilo fazia parte de sua vida. Seu apartamento fora pintado com o tom cinza da indiferença. Trabalhava, bebia e se envolvia com mulheres randômicas, tudo com a moderação pedida pelos anúncios do ministério da saúde. Diferente do que se poderia pensar, nada era deliberado. Agia assim só por não ter vontade de agir de outro jeito, e nem se dava conta disso. Se antes tentara calar as hostes do desejo, nos dias presentes elas estavam afônicas.

Lançado na mesmíssima época, o novo álbum de Morrissey parecia simbolizar um marco do momento de Fernando, a começar do nome: *Years of Refusal*. Seus últimos dois anos também haviam sido anos de recusa, de tudo o que representasse risco, que tivesse significado. Um atoleiro de onde precisaria estar calçado com a segunda encarnação dos adidas pretos para conseguir sair. Tinha comprado o ingresso para o show do Radiohead antes, mas foi a partir daí que ele passou a ocupar um espaço muito maior do que o bolso da sua carteira.

~~~~~~~~~~

"Puta merda!" Apesar do Corinthians ter acabado de marcar, a consternação de Seu Fonseca não tinha nenhuma relação com o gol adversário. Seria difícil ter: o patriarca santista nem o tinha percebido. Quando Dentinho, aproveitando o cruzamento de Douglas, cabeceou sem chances para Fábio Costa, o alagoano ainda balançava a cabeça de um lado para o outro, talvez na esperança de que o movimento ajudasse seu cérebro a processar a informação recém recebida. Sobrecarregados, o máximo que seus neurônios podiam articular era o "puta merda", repetido seguidamente, num sussurro lento e inconformado.

"O que é isso, pai? Parece até que eu disse que tenho câncer!"

"Roberto, não fala besteira!"

"Mais besteira do que ele já falou, Maria?", retrucou o velho, pondo fim à sequência putamerdística.

Roberto abriu mão do direito à tréplica. Se o que acabara de anunciar permanecera absurdo na sua cabeça durante um tempo ainda maior do que o período de maturação, era perfeitamente compreensível que assim o parecesse para o pai. Como tinha confessado para Fernando enquanto o irmão lhe dava carona até a casa dos velhos, Roberto mal acreditava ter tomado essa decisão. De fato, pedir a falência da empresa, vender o carro – único bem restante após o divórcio – e lançar-se numa jornada de bicicleta pelo Caminho de Santiago de Compostela não era algo compatível com seu perfil, tão pé no chão. Bem por isso, Fernando tratou de tranquilizá-lo: "Você é o cara mais sensato que eu conheço. Para tomar essa decisão, deve ter pensado muito, e, se pensou muito, deve ser a decisão certa. Vai na fé."

Aos pais, previu, seria bem mais difícil convencer sobre a sensatez da decisão. A escolha do horário para comunicá-la, bem em meio ao clássico Santos x Corinthians, pretendia pegar o pai de bom humor – ou, no mínimo, distraído. Infelizmente, somada ao jogo, a novidade se mostrava apenas um motivo extra para a dor de cabeça do velho. Uma decepção incomparavelmente maior que o futebol apresentado pelo Alvinegro da Vila naquele domingo chuvoso.

"De onde você tirou esse ideia de jerico, moleque?"

"Preciso colocar a cabeça no lugar... Acho que isso vai ajudar."

"Certeza que você precisa colocar a cabeça no lugar... Ficou doido?"

O irmão mais novo já tinha ouvido sobre a origem da inspiração para o retiro espiritual; os pais, por outro lado, seriam privados de maiores explicações. Dona Maria e Seu Fonseca não escutariam a história de como, numa noite no pub All Black, a primeira em que saíra desde a separação, o primogênito tinha conhecido uma psicóloga, também divorciada e interessantíssima. Se apenas o tivessem mantido fascinado por toda a noite, suas experiências e opiniões já teriam atingido um feito – mais que isso, as palavras da balzaquiana tiveram o condão de mudar a vida de Roberto. Sem encontrá-la, talvez outra pessoa lhe contasse sobre as maravilhas do percurso difundido amplamente pela obra de Paulo Coelho – poderia ser, inclusive, o próprio escritor. Ninguém mais, porém, nem mesmo o *best-seller* brasileiro em pessoa, o convenceria de que o desapego da peregrinação poderia, como fez à bela psicóloga, transformá-lo radicalmente. Sem dúvida, aumentou o poder persuasivo do relato o momento em que foi contado. Além de tornar a voz da moça infalível, o pós-sexo ilustrou a Roberto a importância de se escolher a melhor ocasião para falar. Se o momento do gol é um orgasmo, sem dúvida a resposta dos pais – principalmente a *do* pai – teria sido outra se a novidade tivesse vindo depois de um tento praiano.

O jogo acabou. A televisão desligada, o silêncio ficou insuportável. Com o horário do show se aproximando, Fernando teve a oportuna desculpa para ir embora, aliviado. Mais ainda ficou Roberto, feliz por depender da carona.

~~~~~~~~

Os adidas pretos eram muito parecidos com seus antecessores de 1991, mas não eram eles. Troque os adidas por Fernando, e a frase continuará verdadeira. O garoto de 14 anos preocupava-se com a conservação dos tênis a ponto de, em função dela, relegar a própria vida a segundo plano e ser atropelado. A versão de 32 anos entendia que, em certas situações, deixar os calçados imundos seria o melhor que se podia fazer por eles. Ir à Chácara do Jóquei – mesmo péssimo local onde vira Sonic Youth e Stooges, em 2005 – e enfiá-los no lamaçal deixado pelas chuvas recentes era questão de justiça poética. Se não fosse pela versão original daqueles tênis, ele não encararia o trânsito, a má organização e todo o desconforto do local para ver o Radiohead – nem o Sonic Youth, nem o Stooges, nem banda nenhuma.

Somado à derrota para o Corinthians, o incômodo cenário criado pela divulgação dos planos de Roberto trouxe a pergunta: teria sido mesmo uma boa ideia esperar o jogo do Santos para ir ao show? Dúvidas rapidamente dissipadas pela confirmação de que o Los Hermanos já tinha encerrado sua apresentação. "O Santos perder é uma bosta, minha família se desentender é terrível, mas nada consegue ser pior que o Marcelo Camelo", disse a Munhoz logo ao encontrar o amigo.

Devido à proximidade da namorada, ele apenas sorriu amarelo. O pior – o show dos barbudos – já havia passado, e ele não queria encrenca com Regiane. Começara a namorar a colega de Impermeabilizar havia poucos meses e, apesar da aversão aos pretensiosos cariocas, explicou discretamente a Fernando, ainda se encontravam naquele momento da relação em que é muito cedo para ser contundente. "É a banda preferida dela, ela pediu para eu vir com ela... Fazer o quê?", sorriu, conformado.

"Ah, encontrei vocês", festejou o rostinho bonito que chegou, no qual Fernando viu algo de familiar.

"Fernando, lembra da Gabi? Daquele dia, um tempão atrás, na Clash...", situou maldosamente Regiane.

"Ah, claro." Num instante, Fernando lembrou de onde vinha a familiaridade. Antes não tivesse. A vergonha da recordação do vexame de então, motivado pela visão do acompanhante de Lívia, ainda lhe fazia arder as orelhas. Mas nem esse embaraço o impediu de fazer um rápido cálculo. Munhoz e Regiane formavam um casal. Gabi estava sozinha. Ele estava sozinho, logo...

Logo apareceu um sujeito abraçando por trás a garota. Com um beijo, o grandalhão, barbudo como os Hermanos e na certa admirador deles, mostrou que um dos componentes da equação de Fernando estava errado.

"Luca, Fernando... Fernando, Luca...", Gabi fez as apresentações.

Enquanto apertava a mão mole do dublê de lenhador norte-americano, Fernando ouvia Suzanne Vega em duo com Evan Dando. Cantavam a música de mesmo nome do empata-foda. O encontro musical de fato nunca existiu, mas, como o Lemonheads gravara a composição da cantora, a jukebox mental embaralhou as recordações das duas versões e presenteou-o com essa graça.

"Opa. Beleza?", disse, protocolarmente.

No mesmo momento, se conformou. Mesmo que Luca – provavelmente com "c" e não "k", como o da música – não existisse, as recordações daquele papelão na Clash continuariam ali. Se não na cabeça de Gabi, na sua própria, e isso já seria o suficiente para acabar com sua autoconfiança e com qualquer chance. Na falta do calor humano, foi buscá-lo nas cervejas – não tinha a ilusão de que, em eventos assim, elas estivessem geladas.

Do bar, contemplou as belas animações digitais, a um tempo modernas e retrô, exibidas nos telões do palco onde o Kraftwerk se apresentava. O que feito por outras bandas seria uma homenagem, no espetáculo dos inventores da música eletrônica era autorreferência. Combinado ao som, o visual dos telões remetia a um futuro alternativo, talvez uma projeção dos correntes anos 2000 como imaginados pela banda na década de 1970. De vez em quando, Munhoz aparecia para pegar cerveja para ele e para os demais e, antes de voltar, trocava com Fernando impressões e expectativas. "Será que eles vão tocar 'The Hall of Mirrors'?"

"Putz! A trilha daquele comercial antigo... Daquele jeans..."
"Não, era de um sapato..."
"Isso! Starsax!"

Mas aí o amigo voltava para a namorada, e Fernando, a ficar só. Munhoz o chamava para juntar-se a eles, Fernando declinava. Sabia que a companhia de casais felizes seria capaz de deixá-lo ainda mais solitário do que nenhuma. "Heaven Knows I'm Miserable Now" acabara de começar a tocar na sua jukebox mental, e não havia necessidade de ilustrar de forma tão literal a letra da música dos Smiths.

~~~~~~

No final de 2007, com o álbum *In Rainbows*, o Radiohead lançou novas bases para a comercialização da música. Cínicos conhecedores dos atuais hábitos de consumo de seu produto, os músicos disponibilizaram o disco para download ao preço que os ouvintes estivessem dispostos a pagar, inclusive pelo valor geralmente desembolsado: coisa nenhuma. O estrondo do sucesso da iniciativa, completamente independente, perturbou o sono dos executivos da decadente indústria. Não só: foi responsável por fazer tremer o solo sob os pés de Fernando, tirando-o da rotina de isolada autopiedade adotada há meses.

Atribuir todo o mérito a Thom Yorke e seus amigos talvez seja exagero. Pela mesma época, o veneno que corria pelas veias de Fernando estava perdendo o efeito; de outra forma, nem tocando no salão de festas do seu prédio a banda conseguiria lhe chamar a atenção. Fato é que, lendo sobre o *In Rainbows*, depois de meses, Fernando interessou-se por algo. Acessou o site e, em reconhecimento pelos serviços prestados, contribuiu com 20 dólares – uma barganha, se considerarmos o custo de qualquer antidepressivo e, mais ainda, o de uma sessão de terapia.

Foi essa a recordação trazida por "15 Step". A primeira música do álbum, abriu o concerto e também um largo sorriso no rosto de Fernando. "Incrível como tocam bem ao vivo", pensou, lamentando não ter por perto Munhoz para dividir o comentário óbvio, mas indispensável. Em seguida, veio "There There" e, dessa vez, a observação foi feita em voz alta, mesmo que para ninguém. "Incrível como tocam bem ao vivo." Mais interessados na voz do feioso cantor, não houve quem ligasse para a sua.

Em meio a "The National Anthem", Fernando sentiu uma leve vibração na perna esquerda. Àquela distância, não podia ter sido causada pelas caixas de som – fosse essa a origem, o efeito não se limitaria a apenas uma das pernas. Pensou então que, acidentalmente, podia ter disparado o MP3 player do celular. O medo de que a bateria do aparelho se esgotasse fez Fernando tirá-lo do bolso para desativar seu player. Olhou para o visor do celular e constatou a verdadeira causa da pequena vibração: uma chamada não atendida. De Lívia. Ainda não tinha conseguido tirar os olhos do visor quando nele apareceu o iconezinho do envelope indicando uma mensagem recebida. Também de Lívia.

To no Radiohead. Vc veio, neh? Queria te ver. Bj

Lívia queria vê-lo? Pois ele já a tinha visto o suficiente durante esses quase dois anos. Em memórias, em sonhos, em fotos. Nos objetos da casa, nos comprados por ela ou mesmo nos que ela simplesmente tocara. Via Lívia até no tão detestado sofá de corino e nos orgasmos de cada mulher com quem dormia. Veio o dia, e veio há pouco, em que Fernando deixou de vê-la, e essa ausência explicava o torpedo. Se o fantasma da ex tinha parado de assombrá-lo, sua versão física se apresentava para fazê-lo pessoalmente. Era tudo o que Fernando precisava.

Sua jukebox mental, então, fez-se ouvir além dos limites cranianos. Requisitada com uma moeda de ironia, "All I Need" ecoava por toda a Chácara do Jóquei. Falava a Fernando de sua falta de opções – "I only stick with you because there are no others" – e lhe avisava: evitasse ou aceitasse o encontro, não faria grande diferença – "it's all wrong, it's all right". Mesmo assim, Fernando lutou.

A resistência durou até o fim de "Pyramid Song". O hino "Karma Police" o obrigou a fazer parte da turba; a turba deu à sua inércia o movimento necessário. Era conduzido pela massa, abraçando todos os melhores amigos desconhecidos, como faria nas arquibancadas do estádio, na comemoração do gol não marcado pelo Santos horas antes. Não sabia aonde estava sendo levado, mas não oferecia resistência. Não se preocupava. Os melhores amigos, confiava, nunca lhe fariam mal.

Entregue à multidão, entendeu enfim para onde estava indo. Sempre tivera um profundo desprezo por bandas que renegam seus maiores sucessos. Essas que, sem nunca ter tocado no Brasil, quando por fim aparecem por aqui, frustram as expectativas dos fãs, há anos ansiosos por "aquela". Os próprios Los Hermanos, mesmo sendo atração nacional, serviam para exemplificar com precisão essa categoria de babacas musicais – faziam cara feia a cada pedido de "Anna Júlia", a até simpática cançãozinha que colocara a banda no mapa.

O single do *Ok Computer* era apenas a sexta música da apresentação, e talvez fosse cedo para afirmar, mas Fernando apostava: o Radiohead daria ao público o que ele queria. Acariciado pelas cotoveladas, massageado pelos empurrões, ele se inspirava na banda de Thom Yorke e seguia errático o caminho rumo ao seu hit pessoal. Podia ser, afinal, que sua interpretação de "All I Need" estivesse errada, que ele pudesse evitar o reencontro. Mas não queria, em hipótese alguma, se igualar aos Los Hermanos. Que viesse o hit.

capítulo 25

Os olhos abertos de Fernando novamente assistiam ao balé das sombras noturnas. Em mais uma apresentação no teto do seu quarto, elas dançavam melancolicamente, ao ritmo quase silencioso do trânsito pouco e distante. Seguiam a cadência da trilha executada pela jukebox mental. Na letra de "That Joke Isn't Funny Anymore", Morrissey dava-se conta: depois de tudo o que se viveu, seria justo morrer sorrindo. A mesma certeza que achou o personagem da canção sentado no banco de couro gelado de seu carro, atingiu Fernando na sua muito mais confortável cama, morna e macia. Essa constatação fez expandir-se o tal sorriso, que ele não ligaria se fosse o último.

Ao seu lado, no lado que sempre fora dela, dormia Lívia. Cobria-se com a parte majoritária do cobertor, desculpada pelo frio muito maior que dizia sentir. Uma reconstituição tão perfeita da antiga rotina do casal, que Fernando tinha de se lembrar: o cenário e os protagonistas podiam ser os mesmos, mas não passava daquilo; uma reconstituição. A memória não desse conta, serviria como lembrete o brilho dourado da aliança na mão dela, visível mesmo no escuro do quarto, mesmo de olhos fechados. Mas nem essa advertência, esse texto legal pouco sutil, poderia desfazer o sorriso com o qual, estava decidido, ele seria enterrado.

No teto, a coreografia das sombras refazia os passos que os haviam conduzido até ali. Passos vindo enlameados do show do Radiohead, dados com os adidas pretos dele e com os Nike de cano alto dela. Dados com a irresponsabilidade de quem, noiva de outro cara, quis ver o ex. Com a inconsequência de quem, mesmo supondo o atual estado civil da ex, atendeu seu chamado. Passos guiados pelo instinto, único instrumento de navegação utilizado por Fernando, em busca de Lívia sem fazer ideia de onde ela estava. Entre a mensagem dela e a decisão dele de ir ao seu encontro, não houve espaço para a praticidade suficiente para perguntar.

Já tinha procurado por quatro músicas – num show, é esta a medida do tempo –, quando se deu conta de que não havia nenhum sentido naquela empreitada. O mesmo instinto que lhe servira de guia até ali dizia para ele desencanar. Noites de sono, quilos, cabelo: tinha perdido o suficiente por conta de Lívia, e o show do Radiohead não entraria nessa lista. Às margens da inacabável multidão, encontrou um lugar tranquilo para ver o resto do show, ao lado de um posto de saúde. Braços em cruz como a vermelha que sinalizava o socorro, forçou-se a se divertir, isentando-se de qualquer culpa. "Paciência. Pelo menos, você foi atrás do hit."

"You can try the best you can, the best you can is good enough", cantava Thom Yorke em "Optimistic". Dava tapinhas nas costas do fã e razão à sua autodesculpa. O fã, no entanto, não se deixava enganar pela ironia da letra. Nenhum dos dois, nem ele nem a canção, era de fato otimista.

Sentindo um puxão na camisa de flanela amarrada na cintura, virou-se para dar de cara com Munhoz. Espantou-se ao ver, no lugar do amigo, a única pessoa que procurava, a última que esperava encontrar àquela altura.

"Oiê!", disse o sorriso sem jeito de Lívia.

"Oi...", respondeu a felicidade indefinida de Fernando.

No tempo de um show, quatro músicas é tempo demais. No tempo de um casal desfeito, é insuficiente para se assimilar a ideia do reencontro. Antes que a ameaça de constrangimento se confirmasse, Lívia projetou-se num abraço ao ex-namorado, ato semelhante aos dos heróis que sacrificam-se no encontro às bombas para abafar sua explosão. Inerte no início, Fernando logo assimilou o choque e retribuiu o afeto. Passaram segundos, talvez minutos, naquele abraço, calados. Ela não perguntou como ele tinha feito para encontrá-la sem nenhuma indicação; ele também não confessou ter desistido da procura um pouco antes.

Ainda abraçados, os dois se olharam nos olhos. Os de Lívia, com a maquiagem borrada. Novo desconforto eminente, outra iniciativa dela para anulá-lo. Agora, em vez de pular sobre a bomba, preferiu tentar desarmá-la. "Você disse para eu não ouvir mais o Morrissey... Não falou nada do Radiohead", sorriu, enxugando as lágrimas com a manga da camisa – uma xadrez de flanela velha e puída, que já tinha sido de Fernando – e manchando-a com a maquiagem.

"E, por acaso, depois daquilo, você não ouviu o Morrissey?", perguntou Fernando, procurando disfarçar a vergonha trazida pela lembrança daquele pedido ridículo.

"Acho que você vai ter que me processar..." O fio cortado por Lívia, sem dúvida, tinha sido o errado. Foi terminar de falar para abraçá-lo novamente, num choro ruidoso.

Fernando deixou-a chorar um pouco, ele próprio se contendo para não fazer o mesmo. Resolveu, então, colocar em prática *sua* tática para minimizar explosões, muito menos delicada. "Cadê o... Como chama mesmo o playboyzinho de nome composto?"

"Ai, Fernando, não começa...", repreendeu, tirando a cabeça do ombro dele e revelando a maquiagem ainda mais borrada. "O Luís Paulo não gosta de rock. O negócio dele é... música de câmara", completou, constrangida.

"Puxa, que maduro ele, não?"

"Eu já te pedi pra..." Quando ia novamente puxar a orelha do ex, Lívia se deteve e, em seguida, assumiu outro tom, bem diferente. "Ah, Fê, tá tudo tão chato..."

Como numa comédia de baixa qualidade, à menção da palavra "chato", surgiu Luisa. A sósia feminina do cantor Lobão aproveitou a deixa da amiga para interromper seu desabafo, estendendo um copo. "Tá aqui a sua Coca", entregou com cara de poucos amigos, entre os quais certamente não estava Fernando.

"Brigada, Lu", Lívia pegou o copo. "Lembra da Luisa, Fê?"

"Claro... Tudo bom?", respondeu Fernando com indisfarçável desprazer. Pensava que, anos depois, algumas coisas permaneciam inalteradas: o hábito de Luisa de atrapalhar os dois e, claro, sua característica cara de Lobão.

Em que pesasse o hábito ou mesmo a intenção, a capacidade dela de atrapalhá-los de fato seria a mesma de qualquer um dos milhares ali presentes. Passado o breve e, de ambas as partes, forçado cumprimento, ela recuou. Solitária, passou a integrar a multidão desconhecida, na qual seu rosto singular se tornou indistinguível como os demais. Receberia de Fernando e Lívia a mesma atenção destinada a todos.

As palavras também assumiram um papel secundário. As únicas que interessavam no momento eram as de Thom Yorke. A comunicação entre os dois se dava de forma física e tímida. Na progressão dos versos das canções, mãos se aproximaram, se deram, recaíram sobre os ombros, depois dirigiram-se às cinturas. Por fim, converteram-se em abraço, o típico de namorados em shows, ela na frente, ele atrás, como manda a diferença de altura e uma certa demarcação de posse – ainda que, naquele caso, a posse já não houvesse.

A boca a poucos centímetros da boca de Lívia, como há muito não havia estado, Fernando temia dar vazão à sua vontade. O medo que o paralisava era da mesma natureza daquele que, num túnel escuro, quando finalmente tivera a chance, impedira Morrissey em "There Is A Light That Never Goes Out". Ao lhe ocorrer a música, Fernando lembrou-se também de quando Lívia a havia sugerido como substituta à marcha nupcial, na estrada a caminho da casa da mãe dela. "Banaliza a música." Recordadas, as malditas palavras ditas naquele dia ensolarado tiveram sobre Fernando um efeito paralisante. Sem ação e sem escolha, contentou-se em participar da catarse promovida pela banda, um transe coletivo de dimensão e recordação épicas. Dois entre tantos olhos fechados, uma entre milhares de vozes em coro, talvez ele nunca tivesse ficado tão feliz por se confundir com a massa.

Para forçá-lo a sair do refúgio, o destino lançou mão de armas químicas. Não fosse a ação traiçoeira do cheiro de xampu exalado pelos cabelos de Lívia, tudo seria diferente. Sem o aroma cosmético de mel a lhe invadir as narinas, a sitiar seu cérebro, Fernando se manteria refém das expectativas reduzidas e de seus encantos possíveis. O cheiro vindo do cabelo de Lívia lhe instigava a lutar contra o medo, contra a mediocridade, contra o quase. A fragrância da L'Oreal começou a agir contra o veneno paralisante das malditas palavras, mas sozinha não daria conta de ser o antídoto. Seriam necessários reforços.

Quando finalmente a cavalaria chegou, tinha como montaria os animais de mentirinha de um carrossel. Na década de 1990, um filme publicitário mostrava dois garotos se divertindo nessa atração de parque de diversões; um deles, portador da Síndrome de Down. O texto que acompanhava as imagens relacionava uma série de coisas

– ir à escola, praticar natação etc. – que apenas um deles, Carlinhos, podia fazer. Ao final, surpresa: o impossibilitado era o outro, apontado pelos letreiros e pela câmera, focalizando seus pés em chinelos de dedo, como um menino de rua. Se a mensagem, as crianças e a bela fotografia em preto & branco não dessem conta de emocionar, a trilha sonora se certificaria de levar a audiência às lágrimas. "Fake Plastic Trees" ajudou o comercial a conquistar o público e o júri das premiações. O comercial retribuiu contribuindo para a popularização do Radiohead no Brasil, onde ainda hoje a canção é conhecida como "a do Carlinhos". Como não deveriam deixar de fazer – mas poderiam se quisessem, depois de tantos anos, discos e sucessos – a banda tocou "Fake Plastic Trees". Generosidade ratificada pelas primeiras batidas do violão de Thom Yorke, decifradas de imediato, como atestaram os gritinhos vindos de todas as partes e os celulares acesos, emuladores bem menos charmosos dos antigos isqueiros.

Uma outra resposta à música não foi tão grandiosa. Muito longe de incrementar a transmissão da tevê, passaria despercebida, um simples beijo entre os muitos simultâneos, embalados pela balada. Mas era muito mais: era um hit. O hit de Fernando. Afinal, se o Radiohead não poupou os seus, quem era ele para fazer isso?

"O que a gente tá fazendo?", Lívia interrompeu o beijo para fazer a pergunta, retórica. Voltaram logo a se beijar e, passado o beijo, só abriram a boca para acompanhar a cantoria geral, legítimos participantes da presente catarse. Novamente, Fernando via seus anseios arrefecidos, talvez adiados até não mais existirem. A insegurança reassumiu as posições perdidas e anunciou aquele beijo como o máximo que permitiria.

Os músicos bem que tentavam ajudar. Os versos de "House of Cards" – "I don't wanna be your friend, I just wanna be your lover" –, uma espécie de carta de intenções de Fernando, ofereciam-lhe a deixa para arriscar. Mas, fortalecido, o receio mostrava que seu vacilo tinha durado apenas o tempo do beijo. Seria preciso mais que o estímulo do sucesso recente para vencê-lo. Sem os reforços da cavalaria, que se retirara com "Fake Plastic Trees", parecia impossível. Faltando ainda três músicas para o fim do show, a derrota de Fernando foi oficialmente anunciada. "A gente vai andando, Fê. Vim com o carro do jornal, e o motorista já tá esperando", desculpou-se Lívia, arrematando com um beijo no rosto.

Ela e Lobão já longe, a Fernando restaram umas poucas músicas e muito arrependimento. Tentava esquecer o último para aproveitar as primeiras. Numa delas, a banda, frustrada em suas tentativas de ajudar, resolveu tripudiá-lo. Para Fernando, "Everything In Its Right Place" parecia dizer: "É, já está bom demais, dê-se por satisfeito." Quem não se dava por satisfeito eram os músicos, estendendo a ironia à sequência com "True Love Waits", última do espetáculo, cuja introdução se anunciava.

"Creep??", surpreendeu-se Fernando ao perceber que os acordes iniciais de "True Love Waits" apenas abriram caminho para o primeiro sucesso do Radiohead. De irônica, "Waits" passou a simbólica. Uma mensagem aos fãs que, desde 1993, quando "Creep" era uma das mais pedidas no Disk MTV, ansiavam por ouvi-la ao vivo. E um lembrete para Fernando: o hit maior estava guardado para o final.

Com a pressa de quem esperou demais, deu as costas para o palco e abriu espaço por entre o público. Sem Lívia ao alcance da vista, contou com a mesma sorte que, contra a falta de direções, o tinha conduzido a ela anteriormente. Desta vez, a sorte não aguardou nem uma música para se manifestar. Enquanto Thom Yorke gritava "ela está correndo", Fernando constatou que *ela* mal tinha espaço para andar. Ao ouvi-lo chamar seu nome, Lívia virou-se. Com a rapidez possível, com a falta de originalidade que a vida empresta da ficção barata, veio ao encontro dele, pedindo passagem à multidão. Olhos entreabertos por sobre o ombro de Lívia, Fernando identificou Lobão. Sem parar, ela continuava andando em direção ao estacionamento.

~~~~~~~~

Passava das 11h de segunda-feira quando Fernando olhou o relógio do celular. Preocupou-se menos com seu próprio horário do que com o de Lívia, de quem antevia uma reação pouco amistosa diante da notícia do atraso. Observou-a ressonar suavemente, um sorriso desenhado no rosto. Com essa visão, o receio do mau humor da ex-namorada deu lugar a uma conjectura: se reeditaram a cama, por que não o ritual que os tirava dela todas as manhãs? Fernando beijaria Lívia, Lívia responderia efusivamente ao beijo e tudo de errado que se dera entre os dois seria desfeito. Nos mesmos estatutos nunca escritos que tratavam desse ritual, devia haver algo falando de um provável poder restaurador. Se, somados, princesa, sapo e beijo resultam em príncipe, Fernando imaginou que uma equação parecida envolvendo Lívia e ele também poderia dar em *happy end*.

"Oi, Fê...", disse ela abrindo os olhos verdes e inchados para Fernando, a olhá-la. Antes que as suposições se tornassem ação, agiu ela. Puxou-o para si e o beijou, com vontade, com paixão, como faziam antes do "bafo".

"A gente dormiu bastante, né?", perguntou, ao fim do beijo.
"Dormiu. Já passa das..."
"Não quero saber", interrompeu. "Hoje é domingo."
"Não, hoje é..."
"Everyday is like Sunday, lembra?", sorriu.

Apresentaram-se, então, as regras para aquele dia. Fernando alcançou seu Nokia e o desligou. Como em toda a cidade fora dos limites do apartamento 1301, lá também a segunda-feira seria dia útil. Útil para as conversas sem fim, para o sexo ímpar, para as piadas bobas, para as risadas descontroladas. Útil não para recuperar o tempo, mas para entender por que o tinham perdido. Não se tratariam apenas dos dois últimos anos, mas de todos os que viriam dali por diante. Esses anos, passados e futuros, vieram à pauta quando, deixando a cama mas não os lençóis – estava enrolada num deles –, Lívia foi à cozinha beber água. Do quarto, Fernando escutou: "Ha, ha, ha! Sabia que você nunca ia trocar esse sofá..."

Chegando na sala, Fernando encontrou Lívia e seu lençol alojados no estofado de corino. Mal podia crer na visão. A ex-namorada e o móvel eram habitantes de dimensões absolutamente opostas, realidades paralelas e excludentes.

"Foi por causa dele, não foi?", perguntou.
"Dele quem?"

"Do sofá."

"Não fala bobagem, Fernando. Você acha que eu ia querer me separar de você por causa de uma porcaria dum sofá?"

"Absurdo, né? Mas o pior é que, lembro bem, quando eu comprei, você fez um escândalo. Me encheu bastante o saco por causa dessa *porcaria de sofá*. Não lembra?"

"Ai, Fê... Tava tudo tão legal... Tem certeza que você quer falar sobre isso?"

"Por quê? O que pode acontecer? A gente se separar?", sorriu e se sentou ao lado dela no sofá.

"Sei lá, Fernando. Na época, eu tinha sido contratada no jornal, estava meio deslumbrada. Achei que a gente podia ter um sofá melhorzinho. Só isso."

"E por isso, você achou que era motivo pra me trocar por um babaca de nome composto?" Fernando desfez completamente a atmosfera amigável de até então.

"Não, Fernando", gritou ela. "Resolvi te largar porque encontrei uma camisinha nas suas coisas!"

"Puxa vida", respondeu irônico. "Agora, sim, um bom motivo... Naquele tempo, a gente transava, esqueceu?"

"A gente transava sem camisinha. Eu tomava pílula, *esqueceu*?"

Imediatamente, Fernando vasculhou a cronologia do casal tentando localizar o fato que até então desconhecia. Desacostumado por anos de monogamia, foi levado a voltar aos preservativos quando de seu caso extra-conjugal. Para atenuar sua canalhice, gostava de pensar que adotara a prevenção como modo de proteger Lívia de eventuais contaminações. A verdade, entretanto, é que se opusera ao látex o quanto pôde e cedera apenas porque Luciana se mostrava irredutível. Fernando se recordava do quanto achava ridículas as recusas da advogada, em interpretações indignas das piores campanhas de combate à AIDS. Essa embalagem encontrada por Lívia devia ter sido fruto de um descuido – sempre levava as camisinhas para a casa de Luciana e lá as deixava. Pensando bem, tendo em conta o hiato entre seu *affair* e o fim do relacionamento com Lívia, aquilo era quase impossível. Ela devia estar apenas blefando, usando ela mesma a camisinha como desculpa para se sentir menos escrota.

"Você tá louca, Lívia. Pra que isso agora?"

"Fernando, eu achei um pacote de camisinhas no bolso da sua jaqueta, aquela de couro, que a gente comprou em Buenos Aires. Tá lembrado?"

Sim, lembrava. Da viagem para Buenos Aires, da compra da jaqueta, de como ela era quente e que, por isso, não a usava muito. A última vez, antes de se separarem, devia ter sido numa noite excepcionalmente fria de dezembro, quando havia estado na casa de Luciana. Antes de ir até lá, tinha passado na farmácia, onde depois pensou ter esquecido as camisinhas compradas lá mesmo. Intransigente como era a amante, o esquecimento acabou fazendo-o dormir sem sexo àquela noite. Agora, com a revelação feita por Lívia, sabia onde realmente as camisinhas haviam sido deixadas – e encontradas meses depois pela namorada.

"Mas eu...", Fernando começou a se explicar, mas sentiu-se patético e deteve-se.

"Olha, eu não sei por que você tinha comprado aquelas camisinhas, mas faço uma ideia. Não sei se você tinha uma amante ou um milhão, ou se tinha comprado para o caso de, sei lá, aparecer alguma vadia disposta a dar pra você... Só sei que as camisinhas significavam que você transava ou estava disposto a transar com alguém que não era eu. E, toda vez que pensava nisso, tinha vontade de vomitar. Só de olhar para a sua cara, eu ficava enojada."

"O bafo", pensou Fernando.

"Não, me deixa falar", impediu o movimento dos lábios de Fernando mal ele começou. "Você pediu, agora vai ouvir. Sabe, a história do sofá, que você tanto martela, essa bobagem? Bom, Fernando, você tem uma certa razão. Eu impliquei com o sofá, exagerei mesmo, fui até ridícula..." Um dos cantos da boca de Fernando começou a se erguer, um sorrisinho de superioridade que ele teve de se esforçar para conter. "Mas você sabe, Fernando, o que é passar necessidade? Não, né? Sei que você não é de família rica, mas duvido que já tenha te faltado alguma coisa. Pois é, Fernando, pra mim faltou. Depois que os meus pais se separaram, minha mãe se virou como pôde para sustentar a casa, eu e o meu irmão.

Imagina a maravilha que é o salário de funcionária da prefeitura de cidadezinha do interior... Meu pai saiu de casa e, com a pensão ridícula que ele pagava, a minha mãe teve até de lavar roupa pra pagar as contas", disse Lívia, os olhos marejados.

"Você nunca me contou isso", disse Fernando, surpreso.

"E por que eu contaria? Pra você ficar com peninha de mim? Só tô te contando agora pra você entender porque reagi daquele jeito ao seu maldito sofá."

"Desculpa, Lívia, acho que não estou te..."

"Eu olhava esse sofá", continuou Lívia, ainda sem permitir interrupções, "e imaginava como seria o nosso futuro. Pensava: 'será que eu posso contar com ele?' Claro, como eu mesma admiti, teve um pouco de deslumbramento, sim. No jornal e por causa dele, comecei a conviver com pessoas mais *sofisticadas*", fez aspas com os dedos, "tive vontade de ser como elas. Isso só me fazia perder mais a confiança em você. Duvidava que você fosse capaz de me acompanhar... Mas tudo era uma besteira, como eu fui me dar conta depois. A terapia também ajudou..."

"Você fez terapia?", surpreendeu-se Fernando mais uma vez.

"Outra coisa que eu não te falei... Era uma coisa muito minha. Inclusive, foi na terapia que eu estabeleci, de forma consciente, a relação entre a minha infância, o meu pai e o meu ódio pelo sofá. Canalizei tudo pra ele. Funcionava como uma espécie de saco de pancadas. Muitas coisas que eu gostaria de falar pra você, sobre você, eu dizia do sofá. Usava ele pra te agredir de forma indireta... Mas, porra, ao contrário desse treco de mau gosto, eu gostava de você. Eu te *amava*. Por isso, cheguei à conclusão: 'a gente nunca vai ser rico, mas vai ser feliz.'" Sorriu. "É, eu sei, é um pensamento cafona, mas era aí que estava a nossa salvação como casal, sabe? A gente ia superar o que fosse. Podiam empilhar um milhão de sofás vagabundos, um em cima do outro, que a gente passaria por cima deles todos."

"Aí veio a camisinha", pensou Fernando.

"Aí veio a camisinha", disse Lívia. "E veio, novamente, o meu pai. Lavar roupa foi o mínimo que ele fez a minha mãe sofrer. Era um filho da puta dum mulherengo, e a minha mãe engoliu muita coisa, durante muito tempo, para que eu e meu irmão tivéssemos um pai por perto. Engoliu enquanto pôde." Enxugou os olhos no lençol. "De você, Fernando, eu podia aguentar a falta de ambição, a imaturidade, mas não isso. Só que não foi uma decisão fácil. Passei semanas, meses, sei lá, até conseguir pôr um fim à nossa relação. Mesmo depois, quando o Luís Paulo começou a me paquerar no jornal, não foi de uma hora pra outra que eu aceitei o carinho dele. Mas a terapia e, claro, o seu hábito de chegar em casa bêbado ajudaram a me decidir..."

"Mas por quê..."

"Eu nunca tinha te dito isso tudo?", interrompeu-o Lívia mais uma vez. "Porque não achei que valesse a pena, nem naquele dia, o último que a gente se viu, naquela balada. Sei que a nossa conversa não foi fácil, mas podia ter sido bem pior. Fiquei morrendo de dó de você. Deixei você sozinho na calçada e voltei pra dentro da balada, mas a minha vontade mesmo era de te pegar, levar pra casa, te dar um banho e uma bronca por ter bebido tanto, como tantas vezes eu já fiz, e te botar para dormir. Depois daquilo, não consegui pregar o olho, imaginando como você estaria. Essa cena, aliás, se repete com frequência: ainda penso muito em você. Acho que, nesses dois anos, não teve um dia em que não pensei."

Aquela declaração, em tese, tinha o que era preciso para fazer a alegria de Fernando, vingado e satisfeito por saber não ter sido o único a sofrer com a separação. Mas não fez. Sim, Lívia tinha penado acompanhada, mas ficou evidente para ele que isso não havia atenuado sua angústia. Ao se referir ao noivo, não passava de comentários superficiais e respeitosos, suficientes, entretanto, para o ex-namorado supor a natureza do seu relacionamento. Nos últimos anos, Lívia tivera tanta paixão com seu namorado de nome composto quanto Fernando e suas múltiplas parceiras sem nome. Fernando sabia que um dia seria o último de sua sentença. Sabia também, e soube pelo aviso de metal dourado no seu dedo, que a pena de Lívia seria perpétua, sempre com o mesmo companheiro de cela. Sentiu-se o culpado por tal condenação, e não pôde ficar alegre diante dessa conclusão.

O tempo que Lívia permaneceu sem falar indicava, mais que uma vírgula, um ponto final. Surgia, então, a oportunidade que Fernando tanto aguardara para falar, se defender e atacar. Viu os olhos de Lívia úmidos, a maquiagem restante do dia anterior borrada tantas e seguidas vezes, e não viu nenhum sentido em lhe falar qualquer coisa além de: "Vamos voltar pra cama?"

capítulo 26

"Aqui está, senhor. Vinho tinto e água, sem gás."

Fernando agradeceu à aeromoça pelos copos entregues. Mais pelo conteúdo, na realidade. Aos copos propriamente ditos, plásticos, nunca havia se acostumado. O gosto que emprestavam a qualquer bebida sempre fora acentuado e invasivo demais para o seu paladar, e ele só o conseguia esquecer quando a quantidade de copos fosse suficientemente persuasiva. Ainda não era. Acrescido do derivado de petróleo, o vinho era rebaixado – de mediano, passava a péssimo. Desculpa perfeita para bebê-lo de um só gole. Só assim conseguiu terminar a bebida antes do imediato chamado da mesma aeromoça. Ao pé do ouvido, discreta, comunicou-lhe: "Sr. Fernando, o comandante gostaria de ver o senhor."

Comandante? O que a polícia poderia querer com ele? Que lembrasse, o delito mais grave que cometera recentemente havia sido o de não dar a descarga após usar o banheiro do avião. Aliviou-se ao lembrar-se de onde estava e que ali o comandante mais próximo era o que pilotava a aeronave. Voltou a se preocupar diante da possibilidade de ter sido chamado por esse outro comandante pela mesma razão, afinal, crimes como não *push to flush* eram da jurisdição dele. O que faria o oficial de maior patente ali presente? Se o obrigasse a deixar o avião, o faria quando pousassem, no aeroporto mais próximo, ou lhe daria um paraquedas e um cartunesco pontapé? E se só lhe desse o pontapé?

"O senhor me acompanha até a cabine?", perguntou a comissária, ainda parada ao lado dele, interrompendo suas absurdas conjecturas. Foi seguindo o rebolar da aeromoça, tão discreto quanto uma turbulência, que Fernando chegou à porta da cabine, logo aberta por ela. Colocando parte do corpo para dentro, anunciou: "Comandante, o senhor Fonseca..."

"Obrigado, Lidiane", disse o comandante. A aeromoça saiu, e o piloto voltou-se para o convidado, mostrando-lhe a cara. "Lembra de mim?"

Os cabelos embranquecidos, encobertos parcialmente pelo quepe, e o bigode não impediram o imediato reconhecimento daquela figura do passado. Com o reconhecimento, o espanto: "Feitosa?", exclamou Fernando, os olhos arregalados diante da visão do antigo editor da Impermeabilizar.

"Isso, garoto. Quer dizer, garoto você já não é mais... Passou dos trinta, certo?"

"Trinta e dois...", confirmou Fernando, ele mesmo já com cabelos grisalhos.

"Senta aí, rapaz", apontou a poltrona que, normalmente ocupada pelo co-piloto, Fernando estranhou vazia. "Pode sentar", insistiu Feitosa, diante de seu vacilo.

"Puxa, quando você disse que ia trocar o jornalismo pela aviação, nunca imaginei um dia ia te encontrar pilotando um vôo que eu pegasse..."

"É... A vida dá voltas", Feitosa havia mudado de profissão, de aparência, mas o seu gosto por frases óbvias continuava o mesmo. "As voltas da minha, eu escolhi que seriam pelos ares. E a sua, que voltas deu?"

"Não muitas... Continuo na editora, no lugar que você me deixou."

"Continua infeliz?"

"Infelizmente."

"Você nunca foi feliz trabalhando lá. Percebi isso já na entrevista."

"Sério? E aquele papo de não gostar de trabalhar com gente infeliz?"

"Papo furado, óbvio. Achei que tinha de te falar alguma coisa, e na hora saiu isso."

"Você sabe que, me dando aquele emprego, me condenou à mediocridade, não sabe? Ainda mais depois, quando pediu demissão e me indicou pro seu lugar..."

"Ah, esse é o Fernando que eu conheço..."

"Como assim?"

"Fernando, meu filho, pare de colocar nos outros a culpa pelos seus fracassos. Quem foi pedir emprego pra mim foi você. Depois, se não quisesse, não precisava aceitar o cargo de editor. Eu te forcei, por acaso?"

"Você? Bom... você, não, mas... a Lívia estava fazendo estágio, eu precisava de mais grana e..."

"Ah, então o culpado não sou mais eu? É a Lívia?"

"É... quer dizer... não... O Zé Eduardo, meu chefe antes de você, na Bizz... Se ele tivesse me contratado no lugar da Clara..."

"E a Clara também tem culpa, né? Afinal, se ela não fosse tão gata, você não teria se apaixonado por ela, a qualidade do seu trabalho não teria caído como caiu, e o Zé Eduardo teria te escolhido no lugar dela."

"Nada disso! O Zé Eduardo contratou a Clara porque estava comendo ela! Eu vi os dois juntos, saindo daquele restaurante..."

"Fernando, vou falar só mais uma vez: para de colocar nos outros a culpa pelos seus fracassos. Não é legal, cara. Mas eu te entendo. Assim dói menos, né?"

O corpo de Fernando converteu-se em 1,78m de calafrios. Descoberta, sua fraqueza parou de fugir e, finalmente, se entregou. Instalou-se entre os dois um breve e perturbador silêncio, rompido pelas palavras menos breves e infinitamente mais perturbadoras do editor-piloto. "Já ouviu falar de auto-boicote, Fernando? É quando puxamos o nosso próprio tapete, sabe? Uma coisa imbecil, mas que a gente, mais imbecil ainda, faz o tempo todo. Fazemos planos e, diante da dificuldade de colocá-los em prática, já vamos arranjando desculpas para o caso de não darem certo. Aí, quando você escorrega numa casca de banana e cai, xinga o desgraçado que jogou. Acontece, cara, que você ainda está de boca cheia, mastigando a tal banana."

Fernando começou a ensaiar uma resposta, mas logo se deu conta: nem se o vôo fosse para a Austrália, lhe daria tempo para ensaiar o bastante. Decidido a dessa vez chamar para si a responsabilidade – um chamado que dispensa palavras –, baixou a cabeça e fixou o olhar. Ficaram os olhos no nada, e aos poucos foram se convertendo em algo: nos pés de Feitosa, adidas pretos, como os seus. Ao perceber-se num sonho, acordou.

~~~~~~~~

Era domingo, mas podia ser qualquer dia. O pedido de demissão tornara vermelhos todos os dias do seu calendário. Calçou os tênis de corrida e, seguindo a rotina inaugurada havia dois meses, preparou-se para correr. A constatação da igualdade dos dias e a subsequente associação à música de Morrissey fazia parte da repetição diária, completada pela lembrança de seu último encontro com Lívia.

"Everyday is like Sunday, lembra?", repetia o sorriso dela, desenhado por sinapses redimidas – de sarcásticas, tinham passado a doces. A cada nova reprise, a memória daquele dia revelava um detalhe escapado e essencial para o seu entendimento. As palavras e a situação lhe mostravam seus erros, porém o tranquilizavam: o fim de tudo o tinha absolvido.

Pesava-lhe menos a consciência, pesava-lhe menos o corpo. Nas corridas diárias, expurgava o passado e as cervejas nele acumuladas. Ainda bebia, mas apenas na companhia de Edgar, de Munhoz ou do pai. Sozinho, só tomava a infalível vitamina de Toddy, banana e leite, combustível para seu exercício. A partir do sonho com Feitosa, tinha decidido parar de atribuir suas cagadas aos outros, e nisso incluíra as cervejas. Se houvera uma noite que, como a da segunda faixa do lado B do *Hatful of Hollow*, lhe tinha aberto os olhos, fora exatamente a noite do sonho.

No dia que se seguiu a ela, tomou a decisão. Não titubeou nem mesmo por Munhoz e Regiane, seu casal de amigos e funcionários. Concluiu que, se desse merda para o lado deles, fosse qualquer a natureza das fezes, também não poderiam atribuí-la a ele. Não deveriam, mas, se quisessem fazê-lo, tudo bem. Depois de tanto tempo adotando esse expediente, não poderia recriminá-los.

"Ângelo, vou sair da Impermeabilizar", disse ele ao ex-estagiário, a quem tinha chamado à sua sala.

"Vai assumir outra revista da editora?"

"Não, estou saindo da editora."

"Puxa, Fernando...", espantou-se o antigo inimigo. "Por quê? Arranjou outro emprego ou..."

"Porque sim", respondeu de modo seco, após cogitar palavras parecidas com as de Feitosa na conversa de anos atrás e descartá-las.

"Bom... boa sorte", desejou Ângelo, sem jeito, mas com alguma sinceridade.

"Boa sorte pra você também, rapaz", fez uma pequena pausa. "Te indiquei para ficar no meu lugar", anunciou, sem emoção.

"Cacete! Porra! Fernando, não sei nem o que dizer... Você acha que eu dou conta do recado?", perguntou entre envaidecido e inocente.

"Ô, se dá."

Dito o adeus à Impermeabilizar, faltava despedir-se também do motivo que, alegadamente, o mantivera lá por tanto tempo. Somado ao valor obtido na negociação da demissão, o do carro vendido serviu para quitar a pendência do empréstimo feito para a compra do apartamento. O sustento nos próximos meses também viria dali.

"Não é possível! Meus dois filhos ficaram doidos!" A reação de Seu Fonseca mostrava: entre o caçula e o primogênito, não fazia distinção. "Quem já viu um negócio desses? Como é que o cabra pede as contas sem ter outro emprego engatilhado?", espumava o velho alagoano.

"Pro senhor ver, pai", respondeu calmamente.

"E você tem algum plano? Já sabe o que vai fazer, filho?", quis saber a mãe.

"Não faço ideia, mãe", sorriu.

A mesma falta de planejamento o guiava nas corridas cotidianas. Os trajetos desenhavam-se automaticamente, inesperadamente, na medida de cada nova passada, sem nunca se repetir, sem avisar aonde se destinavam. Fernando costumava gostar das surpresas encontradas – uma simpática ruazinha por onde nunca passara ou uma praça onde estivera pela última vez na infância. E esperava que o paralelo entre as suas atividades diárias, correr e viver, se mantivesse nos resultados, felizes. Naquele dia, porém, o inesperado e o agradável encontraram-se com ele antes mesmo do começo da corrida. Abrindo a porta do apartamento, os viu sobre o capacho, na forma de um cartão-postal. "Quem ainda manda cartão-postal?", perguntou-se pegando o cartão. "Seu irmão", respondeu a inscrição no verso da bela foto da igreja de Santiago, em Compostela, Espanha.

Finalmente terminei o caminho, e acho que também encontrei o meu. Mês que vêm tô de volta! Beijo! :-)

A carinha desenhada ao final do recado não era exatamente a cara do irmão, pouco dado a "bobagens infantilóides" como aquela. Também o "beijo" não fazia parte do seu repertório habitual de cumprimentos, nem por escrito. Mesmo assim, os dois, carinha e beijo, pareceram-lhe perfeitamente naturais e verdadeiros, símbolos de que, de fato, Roberto estava bem.

Antes de descer para a rua, colocou o cartão sobre a mesa, a mesma que um dia custara tanto a Lívia, a quem, engraçado, nada custara deixá-la para trás. Sabendo que ela própria, não importava o quanto corresse, não seria tão facilmente deixada para trás, Fernando preparou-se para ter Lívia mais uma vez como companhia no seu exercício. Ao contrário da seleção aleatória do iPod, as palavras dela em sua cabeça nunca variavam. Nas horas em que seu corpo se dedicava à corrida, sua atenção se voltava à ex-namorada e, invariavelmente, ao último dia que passaram juntos.

Ouvia Lívia falar do sofá de corino, de seu amor por ele e, dolorosamente, de como esse sentimento fora infectado justo por algo cujo objetivo é evitar contaminações. Depois, repassava todas as suas frases, à procura de alguma mencionando o amor por Luís Paulo – passado o tempo e o ódio, o "babaca de nome composto", o "gordinho playboy", fora rebatizado por ele com seu próprio nome. Todo dia era como domingo, e em todos Fernando só se lembrava de palavras como "carinho" e "companheirismo", nenhum sinônimo de algo que inspirasse canções cafonas e suicídios.

"Não posso." "Não consigo." "Porque eu tenho." Mantidas as mesmas, as respostas de Lívia às suas perguntas e pedidos revelavam uma mágoa insuperável, um senso de dever religioso e incompreensível. Se sacerdotes e freiras abdicam do *amor* pelo amor ao Deus em que crêem, Lívia fazia o mesmo por amor nenhum. A cerimônia do casamento, anunciado por suas lágrimas para breve, corresponderia a uma ordenação: o marco inicial de uma vida de abnegação. Tendo por mais de uma vez tentado viver assim, Fernando lamentou a escolha de Lívia e, mais ainda, culpou-se por tê-la levado a isso.

Teria ela feito essa opção se não encontrasse a camisinha? As respostas de Lívia não mudavam, mas as suas próprias, sim: hoje ouviu de si mesmo um "talvez". Se não fosse pela camisinha, seria pelo sofá de corino, se não fosse por ele, Fernando, seria por outra coisa. Não podia se responsabilizar pela decisão dela se casar com véu, grinalda e sem sentimento. Mas, no futuro, viesse a provável infelicidade e assim o quisesse, também ela tinha sua autorização para lhe jogar essa culpa. Com a consciência do *talvez* adquirida, pesos como aquele não atrapalhariam sua vida, tampouco sua corrida.

Todo dia era como domingo, mas em nenhum outro Fernando sentiu-se tão bem como naquele. Calma como ele, a cidade no fim da manhã convidou-o a estender a corrida. Cruzando bairros sem se dar conta, já estava no Jardim Europa. Corria sob o abrigo das árvores, em calçadas de ruas unicamente habitadas por mansões. Entre elas, uma igreja, cujo convívio o clube fechado das grandes residências só devia tolerar por suas dimensões e luxo se equipararem. "Desde a idade média, catolicismo e burguesia sempre foram íntimos." Divertido com o pensamento, Fernando resolveu reduzir o passo e passar em frente ao templo.

Na sua entrada, notou a concentração de carros, algumas pessoas em trajes de gala se apressando sobre o tapete vermelho estendido – um casamento. Seria o de um casal apaixonado ou mais uma celebração do pragmatismo, como o de Lívia? Interrompeu de vez a corrida ao ser atingido pelos decibéis vindos de dentro do templo, notas familiares que o fizeram tirar os fones para, então, tirar a dúvida: tinha ouvido direito? Apurou a audição e se certificou: sim, era "There Is A Light That Never Goes Out". Herética, profana, blasfema. Todos os adjetivos que vinham à sua cabeça para definir a execução do tema relacionavam-se à religião. Não por se tratar da trilha de um evento católico, mas da profanação do solo sagrado constituído pelo repertório dos Smiths.

Além da voz de Morrissey, faltava àquela versão instrumental sua alma. Parecia ter sido retirada deliberadamente, num processo de pasteurização que substituiu o sentimento de urgência da canção – o dos que não importariam se um ônibus de dois andares os atropelasse –, por violinos estéreis, como certamente seria a vida em comum reservada para os noivos. Teve certeza, tratava-se de mais um casal *viável*, unido pela mesma desesperança que ataria os laços de Lívia e Luís Paulo. Aquele casamento, aliás, podia muito bem ser o dos dois.

Transportado à tarde em que dirigiu pela última vez rumo à cidade natal de Lívia, ouviu dela, sentada ao seu lado no carro: "Imagina essa música tocando num casamento... Assim que a noiva entra, começam os violinos... Já pensou que lindo?" Depois, a memória repetiu o reencontro no show do Radiohead, onde ela admitiu: "O negócio dele é música de câmara." Mas, se Lívia havia consentido em casar-se com ele sem amor, pareceu natural a Fernando que o erudito noivo lhe atendesse um capricho tão *sem* importância.

A marcha nupcial com melodia de Johnny Marr, por outro lado, podia não passar de coincidência – enorme, mas ainda possível. O casal embalado por ela podia ser outro, de sentimentos mútuos como teria sido a decisão pela canção. Talvez esses noivos gostassem tanto dos Smiths quanto ele, mas de um modo mais *descuidado*. Menos exigentes, poderiam não ter achado nada de errado na versão apresentada pelos músicos contratados, sendo, assim, os mandantes de um crime sem dolo. É, devia ser isso mesmo.

Já havia dado o primeiro passo na direção oposta, decidido a deixar os pombinhos no anonimato e em paz, a recomeçar sua corrida e sua vida. Mas como poderia? Estava *tão* perto. Mais alguns metros e estaria na porta da igreja. De onde, mesmo sem entrar, conseguiria reconhecer Lívia, em que pesassem a distância, a maquiagem, o vestido. E se fosse mesmo ela, o que faria?

Lembrou dos gritos e socos dados na vidraça da igreja por Dustin Hoffman, interrompendo o casamento no final de A *Primeira Noite de Um Homem*. Se a cena tinha um quê de ridículo, o que dizer de uma reedição protagonizada por ele, sua camiseta regata e seu curtíssimo shorts de corrida? Correria igreja adentro, também gritando para impedir a conclusão da cerimônia? Ou, simplesmente, exigiria que parassem de fazer aquilo com a *sua* música? Era domingo, um dia como qualquer outro.

READER MEET AUTHOR

ENTREVISTA COM LEANDRO LEAL
POR MARCELO VIEGAS

Quem vai ficar com Morrissey? é o primeiro romance do escritor Leandro Leal. É também o título inaugural da Coleção Impulso, etiqueta para novos autores criada pela Edições Ideal. O livro gira em torno do fim do relacionamento de Fernando e Lívia. Lívia sai da relação sem levar nada, só o que Fernando tem de mais importante: suas músicas preferidas, que ele não quer que a ex continue ouvindo. Afinal, apesar de o terem dividido enquanto estavam juntos, Morrissey é *dele*. Assim como são dele o diploma do Áudio Curso de Apreciação do Desgosto e a jukebox mental. Vieram junto com um certo par de adidas pretos, que Fernando ganhou aos 14 anos e que determinou todo o resto de sua vida. De prosa ágil e divertida, *Quem vai ficar com Morrissey?* trata de paixões. Das que começam e terminam, das que nunca terão fim.

Como apêndice para esta primeira edição, elaboramos uma entrevista exclusiva com o Leandro, na qual ele fala sobre a sua obra, as inspirações, os pontos de intersecção entre o personagem e o autor e, claro, sobre Morrissey. Mesmo que você ainda não tenha lido o livro, pode devorar a entrevista sem receio, pois ela não contém *spoilers*!

Levando em consideração as pessoas que não leram a introdução do seu livro (na qual você revela alguns "detalhes de bastidores"), gostaria que você falasse um pouco sobre as motivações e inspirações para ter escrito QVFCM?. Qual foi o pontapé inicial?
Leandro Leal: O pontapé inicial foi na minha bunda. É sério. Tive a ideia da história quando terminei – ou melhor, ela terminou – um longo relacionamento. Sempre que isso acontece, rola aquela divisão de coisas. Mas essas coisas sempre são físicas: carro, casa, móveis, livros... e discos. Aí, pensei: "Certo, cada um ficou com os discos a que tinha direito. Mas quem tem o direito de continuar a ouvir certas músicas? Eu posso muito bem exigir que ela nunca mais ouça o Morrissey, com os Smiths e em carreira solo. A lei estará do meu lado: afinal, o Morrissey é um bem que adquiri antes de conhecê-la, que dividi com ela enquanto es-

tivemos juntos. Separação total de bens!" Passado o delírio, vi que não havia nenhum fundamento naquilo. Mesmo assim, podia ser um bom ponto de partida para uma história. De cara, escrevi um conto de quatro páginas, que mostrei para alguns amigos. Diante da boa recepção deles, me animei. Achei que valia a pena transformar aquele conto num romance. E, se estamos falando sobre ele, acho que estava certo.

Primeiro romance. Qual foi o maior desafio/dificuldade para concluir a obra?
Leandro Leal: Em primeiro, eu colocaria como grande adversário o tempo. Escrever um livro tem que ser um ato diário. Sabe a velha analogia da bicicleta que, se você para de pedalar, cai? Acho que quem escreve um livro tem que escrever sempre, nem que seja ao menos um parágrafo, uma linha, todo dia. Se não, perde-se o timing da história e o próprio tesão de escrevê-la. Claro, não sou o primeiro a afirmar isso: antes de mim, muitos escritores – melhores e mais conhecidos – disseram o mesmo. A minha experiência apenas comprovou isso. O trabalho como redator em agência de publicidade – o que paga as minhas contas – exige demais de você. É uma namorada ciumenta, que não admite te dividir com ninguém – às vezes, nem com a namorada propriamente dita. Então, às vezes, eu chegava em casa de madrugada e abria o Word só para dar uma olhada onde tinha parado. Digitava umas duas ou três palavras, que no dia seguinte apagava. O que nos traz ao outro fator que dificultou bastante a execução do livro: a autocrítica. Eu lia o que escrevia e tinha um medo desgraçado de que achassem aquilo tudo uma bosta – medo, aliás, que ainda tenho, mesmo com o texto revisado, pronto para ser impresso. Este temor me fez selecionar os seis primeiros capítulos que já havia escrito e arrastá-los para a lixeira, sem piedade. Antes de fazer isso, tinha lido no jornal uma matéria sobre cursos de escrita criativa e resolvi me matricular em um. Para mim, a principal função desse curso foi a leitura crítica que me forçou a fazer dos meus textos – o que reforçou o meu temor de estar escrevendo páginas e páginas de merda. Mas uma hora me dei conta de que nunca ia me livrar desse medo. Resolvi me conformar. Sei que o livro não é perfeito, mas é o melhor que eu poderia escrever naquele momento.

A obra tem muito de autobiográfica: o fim do relacionamento, a paixão por Morrissey, pelo Santos, a paixão pela escrita (a Metodista!), imagino que talvez até algo relacionado aos bairros de São Paulo... Enfim, o Fernando tem muito do Leandro. Mas quanto? Você consegue dizer (ou quer dizer) quanto de ficção e quanto de realidade convivem no personagem?

Leandro Leal: Recentemente, vi o ensaio de um fotógrafo que colocava lado a lado pessoas que nunca haviam se visto. Esses desconhecidos eram – se não iguais – muito parecidos. E não tinham nenhum parentesco. Diria que eu e o Fernando somos assim. Posso ter passado pelo Fernando nos corredores da Metodista, ter estado ao lado dele nas arquibancadas do Pacaembu ou da Vila Belmiro. Se, num desses lugares, por qualquer razão, tivéssemos sido apresentados, tomaríamos umas cervejas. E descobriríamos que, além de estudar na mesma faculdade e torcer para o mesmo time, temos em comum a ascendência nordestina – o pai dele alagoano, o meu, pernambucano – e temos como banda preferida a mesma. Também falaríamos de quadrinhos, de cinema e de literatura. Falaríamos de mulheres – em algum ponto, todas as conversas masculinas derivam para isso –, e cada um relataria suas desilusões. Sim, eu simpatizaria com esse cara. Mas sairia da conversa grato por termos tantas diferenças quanto coisas em comum. O Fernando se vitimiza demais e é muito egocêntrico. Se eu sou assim, honestamente, não estou sabendo.

Seus amigos e familiares também ganharam outros nomes e fisionomias no livro? Tem mais "gente de verdade" ali na história?

Leandro Leal: Como falei, em comum com o do Fernando, meu pai só tem a origem nordestina. Meu pai é um cara extremamente sensível e carinhoso, e, apesar do clichê que associa nordestinos a machões, ele não faz nenhuma questão de esconder isso. O do Fernando, pelo contrário, faz o tipo durão. Este é um bom exemplo para falar também dos outros personagens. A composição de cada um partiu de um ponto em comum com uma pessoa conhecida, ao qual acrescentei uma série de outras características emprestadas de outras pessoas. Ninguém no livro é uma só pessoa. Nem mesmo a Lívia – ou o Fernando. Mesmo assim, dá para dizer que, sim, tem gente de verdade lá. Todas as características, apesar de pertencerem a pessoas diferentes, são reais.

Fernando é infeliz na Impermeabilizar, e gostaria na verdade de escrever sobre música. Você também compartilha desse "sonho"?
Leandro Leal: O Fernando é como a maioria das pessoas: em maior ou menor grau, todos somos frustrados. Somos incentivados pela famigerada cultura da autoajuda a "perseguir nossos sonhos" e, no caminho, diante da impossibilidade de alcançá-los, nos acomodamos no lugar aonde chegamos. Muitas vezes, nem é uma impossibilidade de fato; é mais uma dificuldade. O Fernando parou num lugar que ele odeia, que é a Impermeabilizar. Claro, gosto muito de música e de escrever, mas me tornar crítico nunca foi um sonho como é para ele. Publicar este livro, sim, foi algo que sempre quis.

Desde o começo do fenômeno Nick Hornby, parece que toda obra literária que envolva relacionamentos e música pop é automaticamente colocada na conta do inglês. Não é o caso, ele não é o dono do assunto, como sabemos. Em termos de literatura, o que você enxerga como referência para QVFCM?
Leandro Leal: O primeiro livro do Nick Hornby que li foi justamente *Alta Fidelidade*, lá por 2000, 2001, quando nem pensava em escrever este. Lembro que, por essa época, o Alex Antunes lançou *A estratégia de Lilith* e foi apontado pela crítica nacional como "primo" do Hornby. Essa comparação me levou a comprar *Lilith*. Queria comprovar se tinha mesmo alguma coisa a ver. Sim, tinha, mas só as referências à música e à cultura pop; de resto, nada. É o que você disse: criado por ele ou não, o Nick Hornby mijou nesse território. Todo mundo que passar por ele terá de lidar com as comparações. Estou preparado para elas, que, se surgirem, serão tidas como elogios – já que acho o Hornby um excelente escritor. Mas, literariamente, vejo pouca semelhança entre o meu texto e o dele.

Hatful Of Hollow é o favorito de Fernando. Essa parte é autobiográfica?
Leandro Leal: É muito difícil dizer qual o melhor disco dos Smiths, uma banda que teve uma produção tão curta e coesa. Pararam por cima. Todos os discos são excelentes. A crítica, todos sabem, considera *The Queen Is Dead* a obra-prima. Morrissey e Marr dizem que *Strangeways, Here We Come* é seu melhor trabalho conjunto. *Hatful Of Hollow* corre por fora. É um apanhado de gravações feitas nos estúdios da BBC, onde a banda teve a oportunidade de registrar muitas das músicas do álbum de estreia como eles queriam, sem a interferência do produtor, que, segundo o Moz, "pesou a mão". É um puta disco. Além de versões mais vigorosas de músicas já conhecidas, trouxe, pela primeira vez, "William, It Was Really Nothing", "Heaven Knows I'm Miserable Now", "Please, Please, Please, Let Get What I Want". E ainda tem "How Soon Is Now"! Tudo isso para ganhar tempo e criar coragem de admitir: sim, é o meu preferido. Mais uma coisa que eu e o Fernando temos em comum.

Em muitos aspectos, QVFCM? é um livro super nostálgico. Isso reflete sua personalidade? Você também é um cara nostálgico?
Leandro Leal: Tenho uma queda pela estética dos anos 1950 aos 1980 – costumo dizer que, a partir dessa década, o design começou a degringolar. Compare os *muscle cars,* como o Mustang, aos carros de hoje, sem qualquer personalidade. Para mim, também os traços de mestres dos quadrinhos de herói como John Buscema ou Jack Kirby são muito superiores a qualquer coisa feita para o gênero hoje. Além disso, por questões que vão além da estética, tenho uma coleção de LPs (que estou recomeçando) e outras de livros e revistas impressas. Também prefiro ver filmes no cinema. Essas três coisas – discos, revistas/livros e filmes – são minhas grandes paixões. Se são paixões, tenho que ter uma relação íntima com elas, certo? Não que não ouça MP3, não leia conteúdo online ou não baixe filmes – embora a Net tente me impedir de fazer isso tudo. Mas acho que as formas analógicas favorecem um contato mais íntimo com as artes. Além do mais, tenho apego às mídias físicas, algo muito próximo ao colecio-

nismo. Meu apartamento não tem mais espaço para nada, e não paro de comprar mais coisas! Isso tudo, somado ao meu relógio digital Casio modelo anos 80, responde à pergunta. Agora, não sou desses que dizem: "O rock morreu nos anos (preencha aqui a década da sua preferência)." Ainda tem muita coisa legal sendo feita. Prova disso é que o Foxygen, banda americana formada por dois moleques de 20 e poucos anos, lançou um dos melhores disco do ano passado, na minha opinião. Pouca coisa mais velhos, os caras do Arctic Monkeys lançaram outro álbum que entra nessa minha lista. Mas nela também estão *The Next Day*, do David Bowie, e *The Messenger*, do Johnny Marr, claro.

Falando sobre livros, sobre Morrissey, impossível não tocar no assunto: leu a autobiografia? O que achou?
Leandro Leal: Comprei assim que saiu, no mesmo dia, no site de uma livraria inglesa. Comecei a ler assim que chegou, e terminei relativamente rápido. Fiquei surpreso com a qualidade do texto. Certo, é o mesmo sujeito que escreveu os melhores versos da música pop, mas prosa e poesia são coisas absolutamente distintas – eu mesmo, para o bem de todos, mantenho uma distância segura desse outro gênero. Tinha expectativas elevadas, e elas, felizmente, foram cumpridas. Moz faz várias referências à sua própria obra na narrativa, o que torna a leitura particularmente interessante para quem é fã. O texto não é fácil, mas isso também eu já esperava. Sobre o conteúdo, acho que as melhores partes estão no começo, quando ele fala da sua infância em Manchester, das bandas que ama e do impacto que elas tiveram sobre ele. No trecho em que ele diz que a primeira mulher por quem se apaixonou foi o Jerry Nolan (baterista) do New York Dolls, na capa de um disco da banda, eu gargalhei. As impressões dele sobre o Lou Reed, o David Bowie, a Patti Smith e os Ramones são sensacionais. Os bastidores da gravação dos álbuns – solo e dos Smiths – também são ótimos. Mas, honestamente, me encheu o saco o enorme percentual do livro dedicado ao processo que o Mike Joyce moveu contra Morrissey e Marr, e que acabou com a cessão de 25% dos direitos autorais dos Smiths para ele e outros 25% para o Andy Rourke. O Moz é muito

ressentido – o que, apesar de já ser sabido, me entediou um bocado. Mesmo assim, é leitura obrigatória para qualquer "mozófilo".

O que toca na sua jukebox mental quando pensa no livro lançado, circulando por aí?
Leandro Leal: Minha jukebox mental, assim como a do Fernando, é acionada por associações. As músicas que tocam nela não precisam ter absolutamente tudo a ver com o momento. Pode ser apenas um verso. Por isso, quando penso no livro, tocam na minha cabeça duas músicas – do Morrissey e dos Smiths, obviamente. A do Morrissey é "Reader Meet Author". O título me faz pensar no evento de lançamento, nos autógrafos que darei. A outra é "Handsome Devil", por causa do verso "there's more to life than books, you know, but not much more". Para mim, é a mais pura verdade. Até porque, foi Deus quem disse.

Sobre o autor: Nascido em 1977 em São Caetano do Sul (SP), **Leandro Leal** se formou em publicidade 21 anos depois na Universidade Metodista, na vizinha São Bernardo do Campo. Iniciou a carreira como redator publicitário em 1999 e, desde então, passou por algumas das maiores agências do país. Atualmente, está na Grey. Em paralelo, já participou dos extintos blogs literários "Veríssimos" e "Morfina". Este último deu origem à coletânea *Morfina – Pequenas doses para dores diárias*, lançada em livro em 2009. Hoje, escreve crônicas para seu blog pessoal ("Anotações Mentais") e dá opiniões sucintas sobre livros, cinema e música no site "Resenha em 6". Também exercita seu lado desenhista na *fanpage* "Mal Traçados Traços", do Facebook. Apaixonado por música desde sempre, *Quem vai ficar com Morrissey?* é seu primeiro romance.

O autor agradece: Marcelo Machado, Renata Sette, Charles Franco, Rogério Leal e demais amigos envolvidos.

LEANDRO LEAL

QUEM VAI FICAR COM MORRISSEY?

EDIÇÕES ideal   COLEÇÃO IMPULSO

Este livro foi composto em Caecilia LT Std, com textos auxiliares em Elephant.
Impresso pela gráfica Prol, em papel Offset 75g/m². São Paulo, Brasil, 2014.